Эмигрантские сказки

В. ЛеГеза

Emigrants' Fairy Tales v.2   *V. LeGeza*

Эмигрантские сказки, 2 *В. ЛеГеза*
Emigrants' Fairy Tales v.2   *V. LeGeza*

Published by: OKHO Publishing Company, L.L.C.
848 Dodge Ave., PMB 229, Evanston, IL USA 60202
Phone : (312) 303-8538
E-mail address: OKHO@juno.com

Editor: Arina Golikova
Cover and illustrations: by Victoria Kisel

Library of Congress Control Number:
99-62684

ISBN: 0-9672614-1-4

Printed in the USA by MORRIS PUBLISHING
3212 East Highway 30, Kearney, NE 68847, 1-800-650-7888

Эмигрантские сказки 2
В. ЛеГеза

Содержание

Рассказы

Рассказы из цикла «Частный детектив Рафаэль Коровин»

Пьесы

Гигантский Алый

Посвящается Г. Х.Андерсену

Очень рано, с первыми лучами солнца, наконец раскрылся алый цветок гигантского амариллиса. Старик Деревьев (странная фамилия), шаркая тапочками, выполз на кухню, чтоб сварить утренний кофе и остановился, как по сигналу светофора, пораженный красным свечением цветка. Пока старик стоит, уставясь на цветущий амариллис, можно немного о нем рассказать. Пить кофе ему категорически запрещалось врачами, но он все равно варил каждое утро горький, как полынь, напиток и, морщась, выпивал до дна целую чашку. С тех пор как пять лет назад умерла жена Деревьева, он совершенно одичал, постарел, зарос пестрой щетиной и косил на мир безумным глазом. Инна, приемная дочка от первого брака покойной Маруси, переехала с внуками в пригород, и он жил в Чикаго совсем один.

В прошлом году старик увлекся разведением комнатных цветов. Дочка подсунула ему каталог садоводческой фирмы «Весенний Холм». Нарядные глянцевые фотографии разнообразных цветов и ягод, каких-то экзотических вьющихся лоз. Старик начал выписывать по почте африканские фиалки, пахучие разноцветные примулы и нежную герань. Накупил литературы о домашних растениях и занялся этим делом всерьез. Аккуратно расставлял зеленые горшочки на подоконниках. Поливал растения ежедневно, подрезал, пересаживал и опрыскивал мыльным раствором от паразитов и фруктовых мух. В последнее время его страстью стали амариллисы. На картинке в каталоге они выглядели, как огромные яркие граммофоны разных оттенков: розового, белого и красного. Старик заказал целую гору цветочных луковиц разных сортов, посадил их в горшки и с нетерпением ждал цветения. Может быть, по-русски эти цветы назывались иначе, но Деревьев никогда не интересовался

.садоводством в России, поэтому он называл растения их английскими именами.

Все луковицы медлили, безучастно покоились в горшках, и только *Гигантский Алый* амариллис начал подавать признаки жизни. Сначала *Гигантский Алый* выбросил сочную светло-зеленую стрелку, которая росла вертикально, как пика, и образовала плотный бутон, похожий на бутон тюльпана. Этот бутон тянулся, тянулся вверх и начал розоветь. Лопнул, образовав четыре почки, как клювы, направленные во все четыре стороны.

И вот, наконец, раскрылся первый цветок. Он оказался таким же огромным, как на картинке, даже еще больше, и освещал все вокруг своим алым отсветом. Его восемь лепестков складывались в правильный орнамент. Старик крякнул от удовольствия и подошел поближе. Яркие упругие лепестки поблескивали серебристыми искорками. Изящно изогнутые тычинки с желтыми мохнатыми щеточками на концах торчали, как кошачьи усы. Деревьев осторожно потрогал их пальцем и вдруг заметил, что в середине цветка, в самой чашечке что-то шевелится. «Неужели жук? - подумал он. - Откуда бы?» - надел на нос очки и взялся за опрыскиватель с мыльной водой. Но только брызнул, как до него донесся из цветка тонкий писк и чей-то голос пронзительно заверещал: «Ничего себе встреча! Сразу водой обливают, хамство какое! Хоть бы поздоровался сначала. Я уже сегодня умывалась, так что нечего». Старик подвинул свои очки вплотную к распустившемуся цветку и увидел крохотную девочку, сидящую верхом на пучке тычинок у самого их основания.

- Поздравляю, у меня начались галлюцинации, - сказал Деревьев сам себе, - я умираю! *И мальчики кровавые в глазах...* Девочки, в данном случае. Одна девочка.

Он взял себя за запястье и сосчитал пульс. Пульс был нормальным. Девочка стряхнула с себя капли воды и ловко спрыгнула на кухонный стол. Если она и была галлюцинацией, то пока не собиралась исчезать. Она прошлась по столу, уселась на край блюдца и уставилась на старика, а старик - на нее. Хорошенькая такая, в красном платьице, настоящая Дюймовочка. Он даже потряс головой. «Это я Андерсена перечитался, - объяснил он то ли себе, то ли девочке. - Я внукам сказки Андерсена читаю, Ганса Христиана, когда навещаю их по выходным. Чтобы они русский язык не забыли. И вот результат -

бред на сказочные темы». «Бред - не бред, а неплохо было бы позавтракать, - заметила Дюймовочка. - С моей точки зрения, ты тоже на бред похож. Монстр какой-то гигантский и небритый, в очках». Деревьев пожал плечами и пошел ставить на плиту чайник, а девочка побежала за ним по столу.

Старик покосился на нее и проворчал: «Осторожно, на плите не обожгись. Ты чем питаешься? Медом?» «Мед подойдет, печенье там, фрукты». «Ты совсем, как фруктовая муха, фруктами питаешься». «Что тут плохого? Ты тоже фруктами питаешься, и нечего меня сравнивать с мухой». «Ладно, не обижайся. Я ничего плохого не имел в виду». Старик накрошил в блюдечко печенье, капнул меда и отрезал от яблока тонюсенький ломтик, а остальное съел сам.

Он задумчиво смотрел, как Дюймовочка расправлялась с крошками. «Знаешь, удобнее всего считать тебя плодом моего расстроенного воображения». «Считай чем хочешь, - согласилась девочка, - а мы пойдем гулять после завтрака?» «У меня ноги болят, ревматизм. Я уже неделю не выхожу. Можем на балконе посидеть». Он надел пальто, посадил Дюймовочку в стеклянную банку от варенья, чтобы ее не сдуло ветром и вынес на балкон. Он хотел показать ей озеро Мичиган и вид Чикаго с шестнадцатого этажа, но девочка пожаловалась, что от высоты у нее кружится голова. Старик поставил банку на балконный столик. Дюймовочка некоторое время рассматривала пробегавшие облака и воробьев, примостившихся на перилах, но скоро ей это надоело: «Скучно просто так сидеть в банке. Расскажи что-нибудь». «Я рассказывать не очень умею. Хочешь я тебе книжку почитаю о разведении узумбарских фиалок? Или сказки Андерсена». «Кто такой Андерсен?» «Ну темнота! У него про тебя все написано. Только давай обратно в комнату пойдем, а то замерзнешь, простудишься. Март, а все еще холодно. Как это я не сообразил, что ты без пальто?»

Деревьев достал с полки томик Андерсена и прочитал ей историю Дюймовочки. Девочка сидела на спинке кресла и внимательно слушала. «Все неправда, - заключила она, когда сказка закончилась, - говорящих жаб не бывает, и этих эльфов тоже. Все он выдумал, этот Христиан, как его». «Ты совсем, как мои внуки, они тоже сказкам не верят. На себя посмотри, разве ты не выдумка? Самая натуральная Дюймовочка. Между прочим, у Инночкиной сотрудницы одной жила говорящая жаба». «Я бы побоялась на ласточке летать. Меня от высоты укачивает. А где я спать буду? У тебя есть ореховая скорлупка? Так ты меня Дюймовочкой считаешь? У меня, между прочим, имя есть - Манон-Изольда-Жозефина-Люция-Катана». «Очень длинно, я не запомню. У меня на имена отвратительная память, особенно иностранные. Можно, я тебя буду называть Манечкой? А скорлупку я тебе найду. Только лепестка у меня нет, чтобы укрываться. Я от галстука кусочек отрежу, он шелковый, легкий».

Когда Манечка устроилась на ночлег, старик тоже лег, но не смог сразу уснуть. Его мучили разные заботы. Неужели Дюймовочка, то есть Манечка, действительно плод его воображения? Какой тогда у него будет диагноз? Шизофрения, маниакальный психоз или еще похуже? Может быть, следует показаться психиатру? Если же Дюймовочка и вправду существует, что он будет с ней делать? Он уже старик, у него больное сердце. Умри он, кто о ней позаботится, о такой крошке? Он долго ворочался, пока, наконец, не задремал, и приснился ему цветущий амариллис *Гигантский Алый*. Старик вспомнил во сне, что забыл полить сегодня свои цветы.

На другой день раскрылись остальные три цветка, но в них никого не было. Теперь амариллис окончательно стал похож на светофор, висящий над перекрестком, с четырьмя красными огнями.

Девочке захотелось бананов, которых у него не было. Деревьев покряхтел, поохал и вышел с ней в магазин. Банку он поставил в карман и велел Манечке сильно не высовываться, чтоб она, не дай Бог, не вывалилась. Вылазка прошла удачно. После обеда они оба ели бананы, а потом Манечка попросила почитать еще из Андерсена. На нее произвел большое впечатление «Стойкий оловянный солдатик», она даже расплакалась в конце и попросила не читать ей такое грустное. Потом Дюймовочка играла с пушинками и перышками, выбившимися из подушки, а Деревьев опять рассуждал, плод ли она его воображения. Оказалось - не плод. Вечером к старику пришел в гости сосед по дому Зиновий Яковлевич Телятников. Они по средам всегда играли в шахматы. Расставили фигуры. Старик сделал первый ход пешкой (Е-2, Е-4), Телятников ответил, и тут на доску выскочила Манечка. Она с разгону опрокинула белого слона и споткнулась о пешку. «О, лошадка! - закричала девочка. -

Можно, я покатаюсь?» Она начала карабкаться на белого коня и сбила ладью. Та покатилась и упала на пол. Деревьев долго шарил под столом, пытаясь ее найти. «Ну вот! - огорчился Зиновий Яковлевич, - вся игра - псу под хвост. Это что, твоя внучка? Теперь даже у тебя нельзя сделать партию в спокойной обстановке. Я лучше с компьютером пойду играть. Он хотя бы фигуры не разбрасывает».

- Какая внучка, у меня двое мальчишек! - сказал старик Деревьев и, обдув пыльную ладью, поставил ее на место. - Ты посмотри, какая она крохотная! Я думаю - она Дюймовочка. Пойди, Манечка, поиграйся с марками, почитай, что на них написано, пока мы закончим партию. - Манечка неохотно слезла с доски. Телятников вытянул шею, рассматривая ее: «Дюймовочка - это сказка. Я мультфильм видел в Союзе. Странное существо. Игра природы какая-то непонятная. Где ты ее взял? Из цветка *аморалиса*? Он что, аморальный, или только так называется? Маленькая, а шустрая. Не кусается? Может она грызун и заразная? Ты ее в научную лабораторию сдай, где с мышами опыты делают, они разберутся». Деревьев обиделся: «Сам ты грызун! Посмотри, какая она хорошенькая, как фарфоровая статуэтка. А ты - заразная, грызун! Еще скажи - крыса или хорек». «Ты уж извини, если я не так сказал, - пошел на попятную Зиновий (ему очень не хотелось терять партнера по шахматам), - я не разберу без очков. *Мартышка к старости слаба глазами стала...* как там у Маяковского. Мне доктор выписал новые стекла, какие-то *би факальные*, пардон за выражение. А я никак не соберусь заказать, вот и живу, как слепая сова. Так ты говоришь - Дюймовочка и не кусается? Симпатичная. Ну давай, двигай фигуры. Твой ход».

Когда они закончили партию, Зиновий опять посмотрел на Манечку, прилежно читавшую марки. Она сидела на краю блюдца и демонстративно не обращала на друзей никакого внимания. Обиделась на «грызуна». Телятников придвинул к ней вплотную свой бугристый нос и покачал головой. «Что-то она сильно маленькая для Дюймовочки. Ты ее линейкой замерь. Дюйм равняется двум с половиной сантиметрам, точнее - два и пятьдесят четыре сотых». Он любил демонстрировать свои знания. Деревьев заверил его, что измерял Манечкин рост, точно два с половиной сантиметра. «Она рослая для своего возраста», - пошутил он. Телятников поднял палец: «Ты не шути такими вещами. Чего только в Америке не бывает, нужно быть осторожным, - он перешел на шепот, - может она - секретный эксперимент ЦРУ? Заброшена со шпионскими целями выведать у нас информацию. У тебя был допуск в Союзе? У меня был. Поэтому я всегда опасался контактировать с иностранцами». «Очнись, какая у тебя секретная информация? Один склероз остался. Ты уже забыл, как штаны застегивать. Какие иностранцы? Вся Америка - иностранцы, так ты что, из дому не выходишь? Союз давно развалился со всеми своими секретами. ЦРУ - скажешь такое, что на голову не наденешь». Впрочем, они не поссорились и договорились встретиться в следующую среду.

Ночью старик Деревьев опять не спал и рассуждал сам с собой: «Зиновий говорит - в лабораторию сдай! Глупости, конечно, но кто за ней присмотрит, если у меня завтра инфаркт? Поместить объявление в зоомагазине, как о котенке, - отдам в хорошие руки? Неизвестно, согласится ли на это Манечка. Не котенок же она, а человек, индивидуальность!» Наконец, старик решился поговорить с Инной, приемной дочкой, может быть она возьмет Манечку на воспитание.

Он позвонил рано утром, до восхода солнца, когда девочка еще спала. Инна сначала не разобрала, чего старик от нее хочет, а когда поняла, наконец, то категорически отказалась. Она была сонная и злая, что ее рано разбудили. «Мне своих бандитов хватает, ребенков... и мужа. Мальчишки еще щенка притащили на той неделе. Забот - выше головы. Сдай ее в детский приют, там о ней государство позаботится. Америка - богатая страна. У меня ее может собака покусать или ребята случайно что-нибудь уронят на нее, потом отвечай. Как твое сердце? Ты приедешь в выходные? Мальчики за тобой соскучились. Привези мне долларов триста до получки, я опять вышла из бюджета. Хорошо? Ну, целую, не забудь лекарство принимать и не пей кофе...» Длинные гудки.

В выходные Деревьев поехал к внукам. Он хотел и Манечку взять с собой, но та почему-то отказалась. Ехать пришлось долго, двумя автобусами, а потом идти минут двадцать пешком. Мальчики возились со щенком, смешной длинноногой овчаркой, и на деда не обращали внимания. Инночка напоила его чаем на кухне, поблагодарила за деньги и пообещала, что с получки отдаст, если не с этой, то со следующей точно. «Я сегодня не готовила, машину нужно было отвезти в мастерскую, полдня убила. Если посидишь до шести, мы пойдем на обед *аут* в китайский ресторан». Старик подумал, как хорошо, что у них с Марусей не было машины, и она готовила обед каждый день. Он не жаловал китайскую еду, ему больше нравились котлеты и борщ. Он отказался ждать до шести. Ему хотелось приехать домой засветло, чтобы успеть погулять с Манечкой. Она не любила темноты. Старик еще раз пытался заговорить с дочкой о Дюймовочке, но та даже слушать не стала и перебила его: «Я не хотела говорить тебе по телефону, но, может, тебе к врачу нужно? Знаешь, к специалисту по нервам, который медикэйд принимает. На Диване есть один, очень приличный. Какая еще Дюймовочка? Это только плод утомленного воображения». «Не плод!» - пробормотал старик, но долго спорить не стал, а поехал домой.

В тот день им так и не удалось погулять, хотя погода была отличная. Старик очень устал, после долгой поездки у него разболелось сердце. Он сидел на диване, задыхался и глотал валидол, а Манечка обмахивала его перышком. Когда Деревьев немного оклемался, он посадил Манечку на стол перед собой и завел серьезный разговор, как со взрослой. Честно рассказал ей, что с больным сердцем долго не живут, и он беспокоится за Манечкину судьбу. Даже признался, что хотел отдать ее на воспитание Инночке, но та отказалась, и теперь он не знает, как быть.

Манечка слушала внимательно, а потом устроила старику сцену. Она пискливо кричала, что не позволит распоряжаться собой, как игрушкой. Что она не желает жить ни с какой затруханной Инночкой и ее бандитами, где ее может сожрать собака. И вообще, она не хочет никуда переезжать. Если Деревьеву она в тягость, ей придется самой позаботиться о себе, и нечего ее раздавать, и нечего... Тут Манечка разрыдалась, и старик почувствовал себя кругом виноватым. В то же время ему было приятно, что Манечка не хочет от него уходить, привязалась. Давно ему никто не закатывал сцены, с тех пор, как жены не стало... Он даже почувствовал себя моложе, как в былые времена. Успокоив девочку и заверив ее, что никогда с ней не расстанется, он приготовил чай. От теплого чая оба почувствовали себя счастливее. «Ты сколько собираешься еще прожить?» - спросила Манечка. «Пару лет надеюсь протянуть...» «Ну - это целая вечность, - заверила его Манечка, - давай сказки читать».

Вся неделя прошла без происшествий, только в среду позвонил Телятников и сказал, что не сможет прийти, у него грипп. Старик не слишком огорчился. Они с Манечкой и так были заняты целые дни - ухаживали за цветами, читали книжки, гуляли, вместе варили обед. Деревьев показывал ей старые фотографии в альбомах, открытки с видами разных городов и рассказывал о родных и знакомых, и о разных местах, где он побывал. Манечка любила рассматривать каталоги с фотографиями цветов и ягод. Они мечтали, какие растения можно было бы посадить в саду, если бы у них был сад, а однажды даже поспорили. Старику хотелось разводить крыжовник и смородину, а Манечка предпочитала малину, потому что она слаще.

В выходные опять подул холодный ветер со снегом, несмотря на то, что была середина апреля. В Чикаго, все-таки, сумасшедший климат. Миндаль, уже раскрывший цветы, весь покрылся ледяными сосульками. Дюймовочка огорчилась, глядя на замерзшие цветы. Старик пытался ее развлечь, рассмешить, но она казалась грустной и вялой. Уж не простудилась ли? Сквозь бегущие тучи не пробивался не единый луч, все стало серым и скучным. Алый амариллис тоже потерял свой блеск, померк. Лепестки потемнели по краям и скрутились, как папиросная бумага. Они утратили живую упругость, начали обвисать, увядать. Манечка часто подходила к цветку и заглядывала внутрь. Что-то ее тревожило.

В понедельник, когда желтые прежде тычинки стали коричневыми и осыпались, а цветок совсем потемнел и начал сворачиваться в трубочку, Манечка со вздохом сказала старику, что им нужно серьезно поговорить. «Мне пора назад. Цветок закрывается. Совсем мало места осталось, завтра я уже не пролезу внутрь». «Ты о чем? - заволновался Деревьев. - Ну и пусть себе закрывается. Другой расцветет. Ты что, хочешь от меня уйти куда-то?» «Не куда-то, а в цветок. И не хочу я совсем уходить, но не могу жить без моего цветка». «Я тебя в другой амариллис посажу, розовый вот-вот раскроется и белый на подходе. Уже почка лопнула». «Розовый не подходит, - терпеливо объясняла Манечка. - Я - из *Гигантского Алого* и должна быть вместе с ним. Ты не огорчайся. Будущей весной цветок опять раскроется, и я смогу выйти наружу». «До следующей весны еще нужно дожить. Где же ты будешь весь год?» «В луковице буду спать. Знаешь, я думаю, мне будут сниться все сказки, которые мы читали. Ну и ты тоже». «А если ты останешься снаружи, когда цветок закроется?» Манечка только посмотрела на него долго и ничего не ответила. «Так ты полезай тогда, - засуетился старик, - он еще не очень закрылся? Пролезешь? Что же ты раньше ничего не сказала! Мы бы цветок чем-нибудь спрыснули, чтобы он подольше не вял». «Не хотелось тебя огорчать. Только не опрыскивай меня ничем в следующий раз. Как ты меня за жука принял!» И они оба рассмеялись.

Старик подсадил Манечку, и она на четвереньках протиснулась в увядающий, теперь уже темно-красный цветок. Он очень долго сидел перед *Гигантским Алым* амариллисом, глядя на потемневшие лепестки и пытаясь угадать в них какое-нибудь движение. Остальные три цветка уже скрутились в жгуты и походили на обгорелые факелы. Он представлял, как там внутри в глубине растения все сворачивается, усыхает, умирает, или, лучше думать, засыпает до следующей весны, и не заметил, как задремал. Проснулся Деревьев уже в сумерках, зажег свет и увидел, что свернувшиеся лепестки, как тряпочки, лежат на ковре, а из горшка торчит только голый зеленый стебель.

В среду к старику опять пришел Телятников играть в шахматы. Они сыграли одну партию, потом другую. Деревьев проигрывал. Зиновий Яковлевич, довольный, откинулся в кресле и надел очки. «*Би факальные*, извините за выражение. Сделал-таки, надоело ходить, как слепень. Ну, где твоя грызунья? Показывай. Теперь я ее хорошо рассмотрю». «Нету ее». Старик Деревьев опять расставил фигуры. «Ты что, ее действительно в лабораторию сдал? Я же пошутил тогда», - испугался Телятников. «Нету ее, - опять повторил Деревьев, - не заговаривай мне зубы, твой ход». Остальные пять партий они сыграли молча. Две из них старик выиграл, и две сыграли вничью.

Ночью старик ворочался в постели и упорно думал об амариллисах. В книге по садоводству он читал, что если засунуть луковицу в холодильник и продержать там восемь недель, создав искусственную зиму, то можно ее опять высаживать в землю, и *Гигантский Алый* амариллис будет тогда цвести трижды в год. Нужно будет завернуть луковицу в бумажное полотенце, в несколько слоев. Но что, если в холодильнике слишком низкая температура и Манечка простудится? Или луковица амариллиса засохнет и не даст росток? Или покроется плесенью? С другой стороны, до следующей весны ждать бесконечно долго, когда и эта толком еще не началась.   Ледяной ветер завывал вовсю за окнами.   Он завернулся поплотней в одеяло, поправил подушку. Вытащил из нее несколько пушинок и отложил аккуратно на тумбочку, для Манечки. Что же делать?   Класть луковицу в холодильник или не класть? Старика мучили сомнения..

Берег Доброй Надежды

Если вам покажется, что история эта напоминает «мыльную оперу», то вы не ошибетесь.   «Берег доброй надежды» - вполне подходящее название для телевизионного шоу с чуть-чуть перезрелыми голливудскими звездами третьей величины.   Но в нашем рассказе это просто название жилого комплекса в одном из пригородов Чикаго.   Знаете, такие длинные серые таун-хаусы в полу-престижном районе (мечта каждого программиста и таксиста).   Квартира в двух этажах с неизбежным подвалом, который щедро заливает дождями и сточными водами каждую весну.   Крохотный дворик с железным грилем и чахлой растительностью.   Бесплодные мечты о том, что когда-нибудь цены на недвижимость в этом районе внезапно вырастут и всякий, купивший дом, станет за одну ночь миллионером... Неизбежные счета за воду, электричество, газ и починку прохудившейся крыши. Что за странная фантазия давать неприглядным барачным комплексам романтические названия, как парусным кораблям?

Ветер злобно рвал бледно-розовые цветы с приземистой магнолии, растущей перед самым домом, и пригоршнями швырял мокрые лепестки прямо в стекло, как дохлых рыб.   Уже половина окна была залеплена ими, а ветер рвал еще и еще... Буйное цветение магнолий началось в этом году в пригородах Чикаго необыкновенно рано. Листья еще не проклюнулись из липких коричневых почек, и магнолия белела, как парус одинокий, среди серого квартала одинаковых новеньких таун-хаусов. Дождь лил не переставая, докучно стучал по тонкой крыше, хлюпал в желобе, бил в оконное стекло, отчего на подоконнике уже образовалась небольшая лужа.

- Страшный весенний месяц Нисан... - произнес Фима глубокомысленно, глядя в окно на бурные потоки, бегущие вдоль улицы. Он представил, как заливает подвальный этаж нового дома со светло-серым ковровым покрытием на полу, и поежился.

- Принеси пиво из холодильника и открывалку! Сейчас ребята приедут, - зычно скомандовала Лина из столовой.

Лина и Фима переехали в новый дом за две недели до Пасхи. В гостиной до сих пор стояли не разобранные чемоданы, картонные коробки с книгами и постельным бельем. Мебель уже заказали - итальянскую зеркальную спальню, два белых кожаных дивана для гостиной и польский стол с шестью стульями в столовую. Но в русском мебельном заказ обещали привезти через шесть недель, а диваны - только через два месяца. Пока спали на матрасах прямо на полу. Старую рухлядь с прежней рентованной квартиры решили не брать в новый дом. Поэтому внутри просторного, пахнущего свежей краской таун-хауса было пока пусто и неуютно.

Но несмотря на это, на Пасху решили собраться в новом доме, а заодно отметить и новоселье. Все остальные ребята из их компании жили в ренте, в тесноте, вместе с родителями. Лина с Фимой стали первыми домовладельцами, хотя приехали в Чикаго на шесть месяцев позже Миши. Но они нашли работу, и приличную, по специальности в первые же месяцы после приезда. А Соня, Мишина жена, до сих пор моет полы, и Миша не может удержаться ни на одной работе - то сокращение, то характером не сошелся с начальником...

На двух сдвинутых складных садовых столах (один одолжили у соседей) Лина расставила глубокие тарелки с салатами из моркови, свеклы, оливье, тонко нарезанную сухую колбасу, пахнущую чесноком, сыр и рыжую копченую рыбу из русского магазина, украинский хлеб нью-йоркской выпечки, красную икру в маминой хрустальной вазочке (подарок на новоселье), золотистые шпроты, маринованные огурцы в эмалированной синей миске. В огромной пузатой банке - кислая капуста с клюквой. Фима сам ее квасил по бабушкиному рецепту. В доме запахло съестным и стало гораздо уютнее. Фима принес пиво и большую белую бутылку - «ручник» смирновской водки. «Ты думаешь - хватит?» - спросил он, кивнув на водку. «Сашка теперь пьет мало, Мила вообще не пьет спиртного. Если вы с Мишкой не надеретесь до чертиков, то хватит. Мишка еще обещал привезти кого-то, знакомых из Москвы».

Загудела машина. Фима пошел встречать гостей. Лина выглянула в окно и сквозь лепестки магнолий разглядела Сашин потрепанный синий «Шевроле», который Мила, Сашина жена, называла «скотовозом». Из машины первой вышла полненькая рыжеватая Мила, за ней выпрыгнул Славка. Подрос мальчик за тот месяц, что они не встречались. Крупный малый для своих семи лет. «Алик! Твой друг прибыл!» - окликнула Лина сына. Он тут же увязался за Фимой, хотя нога у него все еще болела после перелома. (Когда они перебрались в новый дом, он на радостях начал носиться как сумасшедший и свалился с лестницы.)

- Очень прилично устроились! - одобрила Мила, оглядывая прихожую. - Сколько у вас тут спален и туалетов? Три спальни наверху и два туалета... неплохо. А школа в этом районе хорошая? Черные и мексиканцы есть? Как с транспортом? Магазины близко?

Лина подробно отвечала, зная, что «да» и «нет» от Милы не отделаешься, и рассматривала ее и Сашу. Он тоже изменился за последнее время - пегая бородка скрывала его знакомую с детства улыбку и ямочки на щеках. Он был, как всегда, в черной шляпе и длинном пиджаке. Какие-то белые кисти свисали из-под рубашки. «Талес! Это называется талес, то, что у него под рубашкой надето», - вспомнила Лина.

Фима повел гостей показывать СВОЙ новый дом. Он сиял от удовольствия, как новенький пенни. По лестнице он поднимался с некоторой одышкой, но непременно хотел показать спальни и ванную комнату на втором этаже. За последний год Фима сильно прибавил в весе, и живот у него торчал вперед, как яйцо. Ноги он ставил теперь носками врозь, как будто для того чтобы удержать в равновесии отяжелевшее тело. И курчавые светлые волосы на макушке заметно поредели. Славка и Алик скатились в подвал, где стоял телевизор. (Даже с гипсом он продолжал бегать.) Алик горел желанием продемонстрировать в действии новую электронную игру, которую получил в подарок на десятилетие.

Лина подошла к окну и начала высматривать Мишину новенькую красную «Тойоту», но улица была пуста. Только дождь злобно хлестал бело-розовую магнолию. «Чикаго находится на широте Сочи. Приезжай - позагораем!» - вспомнила она строчку из старого Мишиного письма.

Лина познакомилась с Мишей, Сашей и Фимой, когда заканчивала школу. Они встретились случайно на белом песчаном пляже в Гидропарке. Весь день играли в волейбол, плавали и загорали. Лина пришла на пляж с двумя школьными подругами. Они собирались готовиться к выпускным экзаменам, даже притащили с собой какие-то книги и тетрадки, но так и не открыли их в тот день. Миша и тогда был самым заметным из всей компании - самый высокий, самый веселый, самый красивый. Лина до боли в зубах завидовала длинноногой худышке Ларисе, с которой Миша явно заигрывал. Лариса только загадочно улыбалась и откидывала с лица светлые пышные волосы, постоянно падавшие ей на глаза. Имени третьей подруги Лина не запомнила, та была новенькой в классе. После окончания школы Лина никогда ее больше не встречала.

Лето прошло шумно, нервно и бестолково. Выпускные экзамены, подготовка к поступлению в институт и долгие вечерние прогулки вдоль Днепра, побеги от учебников и зубрежки на раскаленные пляжи. Еще ходили в кино всей компанией и в кафе есть мороженое. Танцевали поздно ночью под приглушенную музыку у кого-нибудь в квартире... Как только у них сил на все хватало. Лина и Лариса поступили в Художественный. Саша уехал в Новосибирский университет. Миша и Фима подались на радио-факультет в Политехнический институт. Фима поступил, а Мишка с треском провалился на физике. Но неудача Мишу не слишком огорчила. Весной его должны были призвать в армию, поэтому на работу он не захотел устраиваться, а решил провести приятно оставшееся свободное время. Наступила осень, все друзья занимались, а он по-прежнему играл в теннис в Гидропарке, ходил в кино, а по вечерам встречался с Ларисой. Все друзья знали, что он влюблен и уже три раза предлагал ей выйти за него замуж. Лариса с замужеством не спешила. Она мечтала стать знаменитым художником. Мишина шумная влюбленность ей льстила, но он ей не очень-то нравился. Ее больше интересовал преподаватель истории искусств в Художественном институте, молодой профессор, который (по слухам) недавно развелся с женой.

Когда профессор наконец обратил на Ларису внимание (после новогодней студенческой попойки), она сразу дала Мишке отставку. Мишка хотел утопиться, и Саша с Фимой бегали за ним по заснеженным днепровским берегам. Потом он запил, загулял, как ненормальный, оправдываясь тем, что скоро все равно в армию, а там не погуляешь. Все об этом знали, кроме Лины. Затмение на нее нашло, что ли? Поэтому, когда однажды Миша позвонил ей по телефону и предложил встретиться, она ужасно обрадовалась.

Поскольку дождь все еще хлестал, никто не увидел, когда зажглась первая звезда. Но Саша сказал, что пора начинать, и раздал всем синенькие тонкие книжечки с текстом Пасхальных молитв, напечатанных русскими буквами. Он страдальчески посмотрел на блюдо с украинским хлебом и принес из своей машины несколько пачек мацы и бутылку сладкого ягодного вина. Саша начал читать, потом запел. Мила и Славка нестройно подпевали, Фима тоже пытался подтягивать. «Может быть, подадим горячее? Они уже на два часа опаздывают. Сколько можно ждать?» - озабоченно спросил Фима. Он повозился на кухне и вернулся, торжественно неся над головой поднос с куриными четвертушками, запеченными в тесте. «Серьезные» блюда Фима готовил сам. Он утверждая, что Лине ничего нельзя доверить, кроме салата из одуванчиков, поскольку у нее «руки не к тому месту приделаны».

- Когда-то гуси Рим спасли! Меня спасают куры! - продекламировал Фима, чуть задыхаясь и осторожно водружая блюдо посредине шаткого стола. «Очень остроумно!» - без улыбки одобрила Мила. Саша и Лина вежливо посмеялись, хотя оба знали, что придумал эти стихи не Фима, а поэт Наум Сагаловский.

За столом мальчики строили друг другу рожи. Тощий, синеглазый Алик, несмотря на свои десять лет выглядел младшим братом семилетнего здоровяка Славки. Черные жесткие волосы лезли Алику в глаза, Лина давно его не стригла. Замоталась с покупкой дома и переездом. У Славика рыжеватые кудри покрывала шелковая вышитая кипа, а возле ушей уже вились маленькие пейсы. По длине пейсов и Сашиной бороды можно было определить, как давно Саша стал строго придерживаться всех обрядов ортодоксального еврейства. Всего год прошел с тех пор, как Лина с Фимой встречали Сашино семейство в аэропорту, а как все изменилось!

Мила выглядела тоже иначе, чем раньше. Строгая прическа, темное платье с кружевным белым воротником, длинная нитка искусственного жемчуга на шее делали ее похожей на женщин с фотографий двадцатых годов. Как это Саша разрешил ей выйти из дому с непокрытой головой? Лина наклонилась к Миле: «Тебе очень идет новая прическа, и цвет красивый. Ты что, волосы подкрасила?» Мила замялась на секунду, пытаясь подцепить на вилку скользкий огурец. А потом шепотом сообщила, что она в парике. «Совсем как настоящие! - одобрила Лина, а про себя подумала: совсем сдурела баба. Неужели она и вправду голову обрила, как положено правоверной еврейке?»

Заскрипели, завизжали тормоза. Лина встрепенулась. «Миша никогда не научится тормозить по-человечески, - думала она, глядя в окно. - И вообще, он ничего не делает, как люди. Машину новую купил, а долгов у него... И зачем? Соне захотелось красную новую машину! Для него - вполне веский резон». Сквозь залепленное белыми лепестками стекло увидела, как выскочил из машины Мишка и побежал открывать Соне дверцу. На ходу он раскрыл зонтик. «Чтобы его «принцесса» не замочила прическу», - заметила про себя Лина. Из красной машины следом за Соней выбрались еще двое. Высокий мужчина спортивного сложения (пожилой, голова вся седая) и длинная женщина, закутанная в длинный плащ. Лица Лина не рассмотрела. Она ринулась в прихожую и, не дожидаясь звонка, распахнула дверь. В лицо ей ударил ветер с дождем.

Дыхание у Лины перехватило то ли от ветра, то ли от Мишиной улыбки. И, как обычно, когда она его видела, сердце резко упало куда-то на дно живота: «Какие у него синие глаза... именно синие, а не голубые, и светятся...» Гости ввалились в прихожую, начали отряхиваться. Миша представил долговязую пару. Мужчина - знаменитый фотограф (у Миши все знакомые - знаменитости). Женщина - известный художник. Неделю назад они приехали из Москвы и, если понравится, останутся в Чикаго.

Лина не спросила, пришлось ли им по душе Чикаго, но сами они ей ужасно не понравились. Особенно ей неприятно было видеть, как Миша увивался вокруг художницы Ады, помогая ей снять плащ. Ада снисходительно улыбалась, поправляя затейливую прическу. На пышной груди «известного художника» бренчали разнокалиберные цепочки и бусы. Очень нарядное открытое платье элитного покроя явно выбивалось из общего домашнего колорита вечеринки. Лина с ненавистью посмотрела на низкий вырез московской знаменитости и бессознательно одернула свой черный с вышивкой свитер, казавшийся ей до сих пор очень нарядным. Настроение у нее портилось с каждой минутой.

С приходом Миши сразу стало шумно. «А это моя жена - знаменитая Сонечка. Сонька-золотая ручка, обещай, что сегодня ты не надерешься, как обычно, и не будешь буянить», - вопил он, подталкивая вперед Соню. Стеснительно улыбаясь (улыбка обнажала два передних кривоватых зуба, что делало ее похожей на кролика), Соня пыталась урезонить мужа: «Мишенька, ну что ты такое болтаешь? Новые люди, что они могут подумать? Куда мне поставить?» Она неловко протянула Лине кастрюлю с винегретом, бережно завернутую в полиэтилен. «Серая мышь! Как он мог жениться на ней? Вот уж поистине - любовь зла, полюбишь и козла...» - в который раз презрительно подумала Лина, оглядывая Сонину тощую неказистую фигуру. Мишка тоже был худой, но широкоплечий и высокий, а Соня выглядела, как цыпленок по рубль двадцать.

После знакомств и взаимных поздравлений все уселись за стол. Миша вручил мальчишкам подарки - одинаковые пожарные машины с выдвижной лестницей. И, как обычно, сердце у Лины защемило, когда она увидела, как Миша потрепал Алика по макушке и начал расспрашивать его о школе, друзьях и где он умудрился сломать ногу. Наверное пытался влезть на телебашню и спрыгнуть с нее как Бэтмэн? Алик радостно хихикал.

Лина тихонько встала и вышла на кухню. Открыла духовку, посмотрела на пирог. Закрыла ее, но не могла вспомнить, подрумянилось ли тесто. Подошла к окну. В груди саднило, как будто кошка полоснула по сердцу когтистой лапой. «Линочка! Все тебя ждут. Все пьют тост за хозяйку!» Это был Фимин голос. «Одиннадцать лет прошло, все еще больно. И через двадцать будет больно, и через тридцать». Лина промокнула глаза салфеткой и фальшивым голосом прокричала: «У меня пирог подгорает! Я сейчас приду». «Где горит? Что горит? Мы сейчас потушим ваш душевный пожар! - Мишка ворвался в кухню с игрушечной пожарной машиной, отчаянно бибикая и строя дикие рожи. - Линусик, душка! Утри свои слезы, мы съедим подгорелый пирог! Это же твое коронное блюдо. Оно будит во мне воспоминания безумной молодости». Лина рассмеялась. Он всегда мог ее рассмешить, как бы скверно у нее не было на душе. «Помоги мне вытащить пирог. Отдай детям игрушку... ты себе ее купил или им?» Она осторожно поправила темные жесткие волосы, падавшие ему на глаза, и в который раз подумала: «Сказать ему? Что из этого выйдет? Поздно, глупо...»

Прошло два месяца. Дожди сменились ветром и знаменитой чикагской жарой. Лина устанавливала в столовой новый сверхмощный вентилятор, когда неожиданно позвонила Соня. Обычно, когда хотели встретиться, звонил Мишка. Сонин голос звучал еще тише, чем обычно. Она полушепотом спросила, можно ли ей заехать поговорить с Линой о важном... Она рядом, возле овощного тут на углу. Лина удивилась и сказала, что, конечно, можно. Уж не случилось ли чего с Мишкой?

Соня зашла боком, как будто боялась слишком широко распахнуть дверь. Но обжигающий ветер ворвался в узкую щель и закрутил занавески, углы скатерти, раскидал бумаги на столе. Она села на новенький белый диван и долго рылась в сумке, отыскивая платок. Лина подумала, что ей жарко, но когда Соня подняла голову, в глазах у нее стояли слезы.

- Я не знала, к кому другому пойти. Вы же друзья со школы. Если вы на него не сможете повлиять... - Соня промокнула глаза платочком, но они моментально опять переполнились слезами. - Он хочет меня бросить и жениться на этой... - Соня задохнулась, - на этой... длинной, Аде. Он говорит, что это только формально, потому что ей нужно остаться в Штатах, а гостевая виза кончается. Он только так говорит. Она его округлила, эта Ада. Почему он? Он что, святой, за всех думать? Мишка просто в нее влюбился, в эту длинную ведьму. Ненавижу! Обоих ненавижу. Что я ему сделала? Я всегда...

Соня залилась горькими слезами, и речь ее стала совершенно бессвязной. Лина стояла неподвижно, как будто потеряла власть над своим телом. Оно стало немым и тяжелым, как груда камней. Где-то в глубине этой груды бешено колотилось раздавленное сердце: «Вот чего стоит его большая любовь к Соне, о которой он столько трепался! Он опять женится, и опять не на мне. Я этого не переживу во второй раз. Конечно, эта серая мышь не смогла его удержать!»

Выплакавшись, Соня шумно высморкалась и с надеждой, робко, как напуганный кролик, посмотрела на Лину. Нужно было что-то сказать: «Может это у него просто очередной заскок? Подурит немного, как раньше...» - Лина прикусила язык.

17

- Нет! - Соня замотала головой. - Ты не знаешь! Аду бросил ее фотограф и уехал в Россию. Мишка теперь ее очередная жертва. Она же тигрица, вцепляется намертво. Сначала ко мне подлизывалась, какая она несчастная, жертва одинокая. Никто не понимает ее искусства. Каждый день к нам таскалась. Потом заявила, что ей негде жить, ее из квартиры выгнали знакомые, к которым она приехала погостить. Ну, Мишка (ты его знаешь) сделал широкий жест и предложил ей, бездомной, пока ночевать у нас. А меня стыдил, что я - эгоистка старомодная и ревнивая дурочка. Ее и вправду выгнали. Мне рассказывали, что она клеилась к мужу своей подруги, и та Аду вышвырнула вместе с чемоданом прямо на мусорку через заднюю дверь. И физиономию ей расцарапала... Жалко, что не убила!

Соня так разгорячилась, что даже перестала плакать. Лина никогда не видела ее в таком возбуждении. Щеки у нее разгорелись, глаза блестели от ненависти и слез. Соня даже похорошела.

- Пока Ада пела про искусство и бездомность, Мишка только слушал и кивал, но потом эта стерва двинула тяжелую артиллерию - свою дочку. У нее пятилетняя дочка в Москве с бабушкой. Неизвестно от кого, потому что замужем эта шлюха в жизни не была. Раньше Ада о ней и не вспоминала, а теперь каждый день стонет, что ребенка нужно спасать и девочка погибнет. Болезнь ей какую-то придумала, которую можно вылечить только в Америке. Поставила на стол большую фотографию ребенка и каждый день закатывает истерики. Хорошенькая такая девочка, совсем не в мать. Ты же знаешь, как Мишка любит детей? Я бы ребенка взяла, девочка не виновата, что у нее мать такая... Но Аде нужен Мишка, ей на малышку наплевать. Мы всегда хотели ребенка, все не получалось... (Горло ее сдавили рыдания, но Соня сдержалась.) Если Мишка от меня уйдет, я утоплюсь в Мичигане! Он - единственный, он такой... Больше никого на свете... нет такого, я без него не могу жить, незачем... Знаешь, я его так люблю, я на все готова, только бы...

- Знаю! - подтвердила Лина без выражения, глядя в угол. Но Соня ничего не заметила и отнесла «знаю» к ее личным, Сониным страданиям. В итоге Лина обещала поговорить с Мишкой. Или нет, пусть лучше Фима поговорит. Мужчины лучше поймут друг друга. Соня немного успокоилась. Напудрила нос, улыбнулась робко, показав кривые передние зубы, села в красную «Тойоту» и укатила.

А Лина зажгла дрожащими руками сигарету и ушла курить в гараж. У Фимы была астма, и он не переносил дыма.

Неизвестно о чем говорили мужчины. Соня и у Саши побывала. Но после этого разговора все немного успокоились. Ада переехала жить к какой-то старушке, которую Мила нашла через синагогу. Старуха жила одна в большом доме, и дети давно подыскивали подходящую женщину. «Но не в качестве няньки, а просто как компаньонка», - настаивала Ада. Соня шепотом жаловалась, что Мишка тайком встречается с Адой, но внешне все выглядело по-прежнему. Только Соня еще больше похудела и стала совсем незаметной, как тень в облачный осенний день. Только Миша перестал дразнить Соню «золотой ручкой» и носиться по всему дому с мальчишками, когда они собирались вместе, и много курил. Только Фима еще больше располнел и страдал одышкой. Только Лина просыпалась каждое утро с неясной надеждой, которую сама боялась определить словами.

Пятого октября, в день рождения Лины опять собрались в их уже не очень новом доме, «на берегу доброй надежды», как пошутил Мишка. Его голос опять звучал весело, и настроение у Лины моментально поднялось. Хотя обычно она не любила свои дни рождения. С каждым годом становишься старше. Чему радоваться? В этом году двадцать девять, а в следующем уже тридцать... Осень была такая же теплая и пестрая, как в Киеве. За окном шумели неправдоподобно желтые клены. Они излучали свет как факелы. Магнолия уже осыпалась, но ее голые ветки чертили нежный и тонкий узор на фоне яркой листвы других деревьев. Бабье лето...

Лина повернулась перед зеркалом. В этом платье она выглядела не хуже, чем в том, бирюзовом, на выпускном вечере. После выпускного она надела его только один раз, когда ей позвонил Мишка. «Старуха, в голубом ты выглядишь сногсшибательно!» Он не очень хорошо разбирался в цветах. Сколько ей тогда было? Восемнадцать? Девятнадцать? Может быть, все-таки сказать? Так ведь доживу до семидесяти лет, а он ничего не будет знать... Фиму только жалко. А вдруг это ничего не изменит? Тогда еще хуже будет...

- Линочка, ты у меня просто красавица! *Моя красавица всем очень нравится, походка легкая, как у слона...* - запел Фима, обнимая жену. Он попробовал покружить ее по комнате, но закашлялся и разжал руки.

- Ты мне платье помял. Тебе нельзя так прыгать. Видишь, опять кашляешь! Лекарство принимал? А где Алик? Хватит ему играть на компьютере, пусть поможет накрыть на стол. Такая погода, а ребенок сидит в подвале целый день. И когда спустишься за ним, прихвати пиво.

Заскрежетали тормоза. Из красной машины выпрыгнул Мишка, за ним Соня. Яркое платье с зелеными и лиловыми полосами по желтому полю не очень-то ей шло. Но она так ослепительно, радостно улыбалась, что Лине стало завидно. К ее огромному удивлению следом из машины вышли Ада в сногсшибательном черном платье и какой-то потертый бородатый мужчина в шляпе. Лина вопросительно посмотрела на Соню.

- Познакомьтесь, это - Адочкин друг Херолд. Он не говорит по-русски, но мы его учим. До-брый день, Херолд! - произнесла Соня по складам, обращаясь к бородатому. Тот оскалил зубы и ответил так же по складам: «Доб-ри ден!»

Приехали Славик с Милой, еще какие-то Фимины знакомые по работе. Пока Лина всех рассаживала вокруг стола и хлопотала на кухне, она все время думала: «Сонька - ненормальная, если она думает, что Ада выберет этого потертого вместо Мишки. Нужно быть совершенно слепой или сумасшедшей. Ясно, они что-то затевают, а Херолд - для отвода глаз. Дура набитая - эта Соня. Если бы он был моим мужем, я бы Аду на пушечный выстрел к нему не подпустила».

Обед прошел шумно и весело, как всегда, когда Мишка был в хорошем настроении. Он рассказывал уморительные истории, смешил Алика до слез. Соня не сводила с него сияющих глаз. Ада же, казалось, всецело была поглощена бородатым. Поскольку по-английски она говорила не очень бойко, Саша служил им переводчиком. Мила вопросительно поднимала брови, показывая на них глазами. После жаркого Лина заявила, что ей нужно разогреть пирог. (На этот раз она купила готовый в магазине.) Мила вызвалась ей помогать, а через минуту к ним присоединилась и Соня. Мила без всяких околичностей набросилась на нее: «Чего вы опять притащили эту стерву Аду? Тебе мало того, что было? На ней же пробы негде ставить, типичная потаскуха. Доиграешься, что он тебя-таки бросит, если будешь вести себя, как мокрая курица. Семью нужно охранять. Я знаешь как Сашку держу? Он даже посмотреть в сторону не смеет. С мужиками иначе нельзя!»

Соня примирительно улыбнулась и погладила Милу по руке: «Не сердитесь, девочки. Вы же ничего не знаете. Этот Херолд - старухин родственник, у него обувной магазин в Детройте. Ада своего не упустит. Дай ей Бог, я на нее не сержусь. Ей тоже трудно - одна ребенка растит. И даже если у них не сладится, Миша меня все равно не бросит теперь. - Соня обвела всех сияющими глазами. - Я знаю, что об этом не рассказывают, пока незаметно, но у нас будет мальчик, доктор сказал. Знаете, какой Мишка замечательный отец будет? Посмотрите, как он с Аликом возится. Он всегда о сыне мечтал. Я такая счастливая, такая счастливая... дайте постучу по дереву».

Мила бросилась обнимать Соню, а Лина улыбнулась через силу и подумала: «Теперь уже точно - конец. Поздно. Навсегда поздно, даже если нам будет по семьдесят».

- Со-о-онька! Сонька-золотая ручка! Чего ты на кухне застряла? Пирог собираешься стибрить? Знаем мы тебя! Где что плохо лежит... Линусик, тащи сюда свою горелую отраву, мы слопаем ее за милую душу, как воспоминание невозвратной юности! «Как молоды мы были! Как искренне любили! Как верили в себя!» - затянул Мишка, и все за столом начали ему подпевать, кроме Херолда, который застенчиво чесал бороду.

Безумный день или женитьба Вени Гольдберга

На свадебную церемонию я, конечно, опоздал. Без меня молодые стояли под хупой. Без меня жених наступил на бокал, аккуратно завернутый в белый платочек, и раздавил его с хрустом (что должно было символизировать разрушение Иерусалимского храма). Из-за снежной бури самолет вылетел из Чикаго на три часа позже. В Нью-Йорк прилетели только в сумерки. Сверху город казался прозрачным и сверкающим, как фальшивое бриллиантовое колье.

На Восточном побережье стояла промозглая декабрьская погода. Все улицы были покрыты блестящей коркой льда. Угораздило же Веню выбрать для женитьбы такое время года!

Из аэропорта я сразу поехал в ресторан на свадебный обед, но тоже опоздал к началу. По дороге я остановил такси возле цветочного магазина и купил букет одуряюще пахнущих желтых роз для новобрачной. Я не знал имени невесты, но представлял ее тощенькой, очень поэтичной и перепуганной, в огромных очках. Таким я помнил Веню в десятом классе, когда мы виделись в последний раз. Сразу после окончания школы родители увезли его в Нью-Йорк. Он был нервным, «заученным» мальчиком, не интересовавшимся ничем, кроме математики, декадентской поэзии и научно-фантастических романов. В течение многих лет мы переписывались, и после того, как я перебрался в Чикаго, даже перезванивались. Но встретиться нам так и не удалось. И вот теперь я приглашен Вениным свидетелем на свадьбу и так позорно опоздал! Представляю, какой гвалт поднялся, когда я вовремя не прилетел.

Когда я вошел в русский ресторан, свадебное веселье уже бушевало вовсю. Стараясь перекричать оркестр, я попытался выяснить у мордатого сонного швейцара, в каком зале женится Веня Гольдберг. Не повернув головы кочан в фуражке с золотыми галунами и не дослушав меня, швейцар ткнул пальцем в зеркальные двери, ведущие в «Красный зал», как возвещала вычурная надпись. Зал был действительно обставлен красной бархатной золоченой мебелью, как дореволюционный бордель. Слепили сверкающие люстры, отражавшиеся в бесчисленных зеркалах на стенах. Звуки оркестра обрушились звонким водопадом. В нос ударил непередаваемый аромат торжества: сложная смесь духов, вкусного пара горячих блюд и сигаретного дыма. Все мои чувства были оглушены одновременно. Гремел фрейлахс, и толпа пляшущих гостей неслась по паркету мощной лавиной, сметая все на своем пути. С риском для жизни, прижимая к груди букет и стараясь не натыкаться на мебель и гостей, я протиснулся к главному столу. Там восседали жених и невеста, полускрытые гигантским свадебным тортом с двумя розовыми целующимися сахарными голубками на верхушке.

За последние десять лет Веня чрезвычайно изменился. Из нервного тощего подростка он превратился в жизнерадостного борова с жирной неподвижной шеей. Курчавые волосы жениха начали заметно редеть на макушке. Лицо его, впрочем, по-прежнему скрывали внушительные очки. Полные малиновые губы раздвинулись в радостную улыбку при моем приближении. Я проорал свои поздравления, только не знаю, услышал ли он меня в адском грохоте. Веня рассеянно чмокнул меня в ухо, помял немножко и подтолкнул к невесте. Она совершенно не походила на созданный мной чахлый образ. Новобрачная поразила мое воображение обилием тела и пышностью белого кружевного наряда. Крутыми боками и потрясающего размера бюстом она напоминала корову-медалистку на выставке достижений народного хозяйства. Взгляд у нее тоже был совершенно коровьим - бархатным, нежным и бессмысленным. Дивные темные кудри щедро пенились над низким атласным лбом. В жарких объятиях эдакой красотки можно провести, как в теплой ванне, всю жизнь, не приходя в сознание. Подобных женщин я видел раньше только на полотнах Рубенса. Она лучезарно улыбнулась и протянула руку. На пальце блестело новенькое обручальное кольцо, по размеру напоминавшее браслет. Я пробормотал какой-то затейливый поэтический комплимент, но невеста его явно не оценила. Она бессмысленно захихикала, заворковала глубоким голубиным голосом и, как кукла, захлопала длинными накрашенными ресницами. Вместе с некоторым разочарованием я неожиданно ощутил острую зависть к жениху.

Удивленный, я тихонько отошел в сторону и сел за стол, освободив место для другого опоздавшего поздравителя. Вениных родителей нигде не было видно. Наверное, его мама по привычке пыталась прорваться на кухню, чтобы поруководить ресторанными поварами. Или же она поссорилась с кем-то из родни и лежала где-нибудь в нервном припадке, а Венин папа отпаивал ее валерьянкой. (Это было их постоянное времяпрепровождение.) Я решил отыскать их попозже. Мне досталось место между благообразной, ухоженной древней старушкой в сизом парике и девицей хилого цыплячьего сложения. Девица была в зеленом платье с глубоким вырезом, из которого вызывающе торчали ключицы, как металлоконструкции. Старушка сунула мне свою негнущуюся ладошку и представилась - двоюродная бабушка мужа тети жениха со стороны мамы. Ее сухонькую птичью лапку завершали немыслимой длины малиновые ногти. Девица неопределенно хрюкнула, застеснялась и уткнулась в тарелку. По сравнению с рубенсовской невестой, она вызывала во мне ощущение болезненной жалости. Ее хотелось немедленно накормить чем-нибудь калорийным. Я попытался выяснить, как ее зовут, но вразумительного ответа не получил.

Общее внимание переключилось на эстраду. Мужчинка злокачественного вида в лоснящемся на локтях фраке руководил свадебным весельем. Его бананообразный фиолетовый нос загибался, как хобот, прямо в широкую пасть. Казалось, что он с удовольствием жует его и при этом на его самодовольной физиономии застыла гримаса, говорившая: «Подумайте, обыкновенный нос, а как вкусно!» Он энергично замахал коротенькой ручкой, требуя внимания. Мужчинка сообщил, что получил телеграмму от тети Берточки из Одессы, которую абсолютно необходимо немедленно зачитать. Телеграмма была составлена в стихах, длинных и усыпляющих, как «Песнь о Гайавате». Не перевелись еще рифмоплеты в Одессе! Я запомнил только отдельные строки, и с тех пор они кружатся и жужжат у меня в голове, как назойливые мухи:

Большая радость в целом мире,
Что Сеня женится на Фире.
И все родные из Одессы
За ними смотрят с интересом.
Позвольте мне и Соломону
Поздравить вас, молодоженов.
Наш Сеня станет программистом
И вверх пойдет он быстро-быстро.
Красавице-невесте Фире
Он купит новую квартиру.
На долгие желаем годы
Иметь хорошие доходы,
Здоровья, радости, удачи
И не могло чтоб быть иначе,
На зависть всей родне в Одессе
Кататься только в Мерседесе,
И ездить в отпуск на Багамы,
А не зависеть им от мамы...

В этот момент жених густо покраснел. Веня всегда был маменькиным сынком и с годами это, видимо, не изменилось.

Поздравители наступили на больную мозоль. Меня удивило, что одесские родственники упорно называют жениха Сеней. Но потом я решил, что за дальностью расстояния они могли не разобрать имени новобрачного. От этих размышлений меня отвлек подошедший официант, похожий на журналиста-международника времен застоя, седой и поджарый, с горькой застывшей улыбкой. Он презрительно спросил: «Свинью будешь?» «Разве в еврейском ресторане подают свинину?» - удивился я. «Ты что, с луны свалился? - захихикал международник. - Это в синагоге все кошерное, когда бесплатные подарки к Еврейскому Новому году и к Пасхе раздают. Заказывай давай, а то все сожрут». Он плюхнул передо мной на стол тарелку с изрядной отбивной, окруженной жареной картошкой, зеленым горошком и грибами. Отбивная плевалась жиром и тихонько посвистывала, как флейта.

Я решил не ломать себе голову по поводу фантастических изменений с моим другом и принимать жизнь такой, как она есть. Я почувствовал, что жутко проголодался в результате всего пережитого за сегодняшний день. Тяпнул водки, закусил серебристой селедкой, затолкал в рот бутерброд с икрой и с новыми силами приступил к восхитительной обильной трапезе. Празднично сверкали бокалы и вазы с цветами. Оркестр слегка притих, и настроение у меня заметно улучшилось.

После трех перемен горячего подали рыбу. Ее внесли под звуки свадебного марша, как султаншу на носилках. Злокачественный мужчинка провозгласил с завыванием: «Фа-аршированная рыба приготовлена собственноручно многоуважаемой мамашей невесты, которую мы будем отныне и во веки веков именовать тещей!» (дружное одобрительное ржание). Рыбу запивали четырьмя различными сортами водки и ни один не остался без внимания. Гости ели с завидным, яростным аппетитом. Провозглашались громкие тосты, которых никто не слушал. Публика веселилась от души. Звонкие голоса ярких обильных женщин и писк активных, упитанных детей сливались в ровный птичий гул. Иногда в него вклинивался звон разбитой посуды. Это была пестрая жизнеутверждающая картина в стиле фламандских пиров и обедов эпикурейцев.

За соседним столом широкоплечий мужчина с узкими бедрами и яйцевидным животиком размахивал фотоаппаратом, сбивая гостей в компактную группу для фотографии. Полное отсутствие волос на его макушке компенсировалось длинным и седым конским хвостиком, выросшем прямо из багрового затылка. «Манечка! Сонечка! Подвиньтесь ближе. Зюня, прижмись к Манечке. Ты наел себе такую морду, она уже не влазит в объектив. Улыбнитесь! Веселее! (Вспышка!) Кошмар! Ну почему у вас всегда такие лица?»

На другом конце стола развлекались иначе. Одна из подружек невесты, развеселая барышня с потрясающей грудью, притащила на свадьбу своего бойфренда американца. Он не понимал по-русски ни слова и чувствовал себя очень неуютно. Изрядно подпившая барышня развлекалась тем, что обучала своего дружка русскому мату. Иногда ясноглазый лопоухий американец робко спрашивал, что означают эти загадочные русские слова. Барышня, тряся грудью, заливалась истерическим мелким хохотом. Сквозь смех и визг она заверяла американца, что он разучивает поздравление для новобрачных. Когда он научится выговаривать русские слова совсем хорошо, то должен будет подойти к невесте и поздравить ее по-русски... И барышня опять заходилась приступом непреодолимого пьяного смеха. Американец снисходительно похлопывал подружку по обнаженному плечу, напоминавшему нечто сдобное, свежевыпеченное, чрезвычайно аппетитное.

Тощенькая девица, сидевшая рядом со мной, выпила несколько бокалов шампанского, тоже развеселилась и похорошела. Выяснилось, что ее зовут Гитл (Гитл-Сарра, если точнее). Единственной женщиной по имени Гитл, которую я знал, была моя прабабушка, крохотная горбатая старушка с трясущейся головой. Для меня эти имена ассоциировались с чем-то древним, забытым, пахнущим валерьянкой и пожелтевшим от времени бельем в пыльных сундуках. Поэтому я очень удивился, глядя на юную Гитл-Сарру в ярко-зеленом воздушном платье с глубоким вырезом. Она стреляла в меня черными блестящими глазами, жадно курила «Мальборо» и стряхивала пепел в бокал с недопитым шампанским. Гитл родилась уже в Бруклине и по-русски говорила с некоторой натугой. Я предложил перейти на английский, но она округлила глаза, вскинула тонкие брови, как будто я сказал что-то очень неприличное, и продолжала лопотать на варварской смеси двух языков. Я поинтересовался, умеет ли она читать и писать по-русски. Гитл серьезно ответила, что умеет (ее научила бабушка). Она может писать печатными буквами и прочитать то, что сама написала. В подтверждение своего таланта

Гитл-Сарра попросила у меня ручку и криво накарябала левой рукой на салфетке слово «САБАКА», а потом с запинкой прочитала его по слогам. Когда я спросил, чем она занимается, девица слегка смутилась и сообщила, что работает в салоне парикмахером... стрижет собак. Она мечтает выйти замуж за миллионера, уехать жить на Гавайи и чтоб у них была вилла с бассейном. Но пока миллионер ей еще не встретился, и она свободна по пятницам и воскресеньям.

Двоюродная бабушка тети презрительно фыркнула. Старушка очень внимательно прислушивалась к нашей беседе, несмотря на адский грохот оркестра. Для ее древних лет у бабульки, по-видимому, был прекрасный слух. Я уже наелся так, что не мог больше смотреть на накрытый стол, а суровые официанты продолжали подносить новые блюда. Опять грянул оркестр, перекрывая звон посуды и шум голосов. Чтобы передохнуть от пищевого марафона, я предложил Гитл потанцевать. Она с готовностью погасила сигарету, засунув ее в тарелочку с маслинами, и бодро завиляла тощими боками. Я последовал ее примеру, насколько мне позволяли съеденная отбивная и все прочее. Рядом прыгала сдобная барышня с американцем. Бойфренд скакал, как козлик, и восторженно смотрел на свою подругу, не отрывая глаз. И было на что посмотреть! Ее черное, блестящее, как рыбья чешуя, очень открытое платье готово было слететь в любую минуту от резких движений. Американец боялся, видимо, пропустить этот знаменательный момент.

Вдруг в разгар веселья в ресторане погас свет. Засветились красные надписи «Выход» над дверями. Но середина зала была погружена в густую тьму. «Такое наше еврейское счастье», - философски заметила двоюродная женихова бабушка. После короткой паники злокачественный мужчина во фраке поднял над головой зажигалку и в ее неверном свете объявил, что «маразм, то есть мороз крепчает» и в связи с повсеместным «обляденением» оборвались электрические провода. В течение часа не будет света. Он призвал почтеннейшую публику не предаваться унынию и продолжать веселиться при свете свечей, которые принесут из ресторанной кухни.

Опять заиграл оркестр. Зажгли свечи. Свадьба стала походить на шабаш ведьм. Зыбкие тени плясали на лицах, углубляя впадины под глазами и складки около губ, удлиняя и укорачивая носы по своему усмотрению. Улыбки превратились в причудливые гримасы. Волосы женщин развевались, как гривы диких коней. Их оскаленные красные рты пугали и завораживали. Неестественно расширенные подведенные глаза прекрасных ведьм таинственно мерцали. В полутьме вспыхивали цветными искрами блестящие камешки украшений. Многие мужчины размахивали в такт музыке горящими зажигалками. Зрелище было фантастическое, отталкивающее и привлекательное одновременно.

Сквозь туман алкоголя и дыма, мне казалось, что я потерял вес и, подхваченный густыми звуками залихватской музыки, лечу вместе с другими призраками. Рядом трепыхалась зеленой бабочкой легкая Гитл-Сарра. Захватывало дыхание, казалось, что полет никогда не кончится. Но оркестр смолк, и я тяжело упал на скользкий паркет. Наваждение растаяло.

Гитл потребовала еще шампанского и совсем разомлела. Сначала она пожаловалась, что ее недавно покусала клиентка-собака и, задрав зеленое прозрачное платье, продемонстрировала багровый шрам чуть повыше колена. Ни шрам, ни колено не вызвали у меня никакого энтузиазма. Оркестр грянул по просьбе Женечки и Горация с Дерибасовской незабываемую песню нашей юности «Ах, Одесса, жемчужина у моря!» В зале запрыгали еще живее.

Гитл повисла у меня на шее и грустно призналась мне, что жених - это ее первая любовь. Они вместе ходили в еврейскую школу и дружили с пятнадцати лет. Я удивился, зачем Вене понадобилось ходить в еврейскую школу, если он закончил в Киеве десятилетку. «Ты все путаешь», - перебила Гитл заплетающимся языком, и еще крепче ухватила меня за шею. Она прижалась ко мне боком, ребристым, как стиральная доска. Меня обдало ароматом французских духов «Яд», к которому примешался легкий запах псины. Гитл тяжело вздохнула и залепетала опять: «Его зовут не Ве-еня, а Се-еня. Се-еня Штольберг! Мы вместе выросли в одном Бруклине, в одном доме, в одном подъезде, в одной...» И девица, не закончив фразу, истерически расхохоталась, как будто очень удачно сострила. Я похолодел. Я понял, что произошла страшная ошибка. Дубина-швейцар перепутал фамилии. Как мог я заподозрить, что мой лучший друг за несколько лет мог превратиться в пошлого ожиревшего борова? Не мог Веня, интеллектуал и сноб, выбрать в жены ренессансную увесистую красотку без тени мысли в бархатных глазах! Я был в отчаянии.

Я отволок Гитл-Сарру на ее место за столом (она уже не могла передвигаться самостоятельно) и осторожно прислонил ее к задремавшей двоюродной бабушке жениха. Потом, стараясь не смотреть на молодых, тихонько выбрался из зала и бросился к дубоголовому швейцару. Швейцар посмотрел на меня тупым взглядом и нагло заявил, что не обязан помнить все дурацкие фамилии женихов и невест. Для него что Веня Гольдберг, что Сеня Штольберг - все едино, а если я буду возбухать, могу и в морду получить. (Он скажет, что я пьяный, и меня мигом выкинут на улицу.) Видя, что драться с ним я не собираюсь, он смягчился и посоветовал мне заглянуть в подвальный «Зеленый зал», где тоже идет свадьба.

Перед зеркальной дверью, ведущей в «Зеленый зал», я, по возможности, привел себя в порядок, стряхнув пудру цепкой Гитл-Сарры и разгладив галстук. Я мучительно придумывал оправдание, но ничего не придумал и толкнул дверь. В этот момент в ресторане опять вспыхнул свет и ярко осветил душераздирающую сцену, представшую передо мной. В зале никто моего появления не заметил, потому что все внимание сосредоточилось на молодоженах.

Мой друг Веня, набравший за последние годы как минимум сорок добавочных килограммов живого веса, с трудом склонил свою апоплексическую шею к ноге невесты. (Шелковая вышитая кипа частично прикрывала изрядную плешь на его макушке.) Он стоял на коленях и пытался зубами стянуть кружевную подвязку с чудовищной ляжки новобрачной, более всего напоминавшей окорок. Краснощекая невеста бессмысленно хихикала, задрав кружевную белую юбку значительно выше, чем требовалось по сценарию. Подружки невесты в нежно-розовых длинных платьях ритмично подпрыгивали, тряся в такт двойными подбородками. Они хлопали в ладоши и скандировали, как на стадионе: «Ве-ня! Ро-за! Ве-ня! Да-вай!» А печальный еврей в потрепанном фраке наяривал на скрипочке «Без Подола Киев невозможен». Гости нестройно подпевали.

Я бесшумно протиснулся обратно в полуоткрытую дверь и вытер пот, струившийся по щекам. Полез в карман пиджака за платком, но вместо него вытащил бумажку со стихотворным свадебным поздравлением, которое накропал, пока летел в Нью-Йорк. Некоторое время я стоял в задумчивости, перечитывая первые строчки:

Мой лучший друг решил жениться,
Ну как при этом не напиться?
В Америке, вдали отчизны
Нашел он счастье в личной жизни.

Меня передернуло. Я оглянулся, чтобы проверить, не стоит ли кто-то за моей спиной. Вокруг никого не было, только нестройные звуки музыки доносились из двух залов, смешиваясь в адскую какофонию.

На глаза мне попалось собственное перекошенное отражение. Подойдя к зеркалу вплотную, я внимательно всмотрелся в себя. Я впервые заметил, что сильно раздобрел за последние несколько лет. Воротничок белой праздничной рубашки подозрительно врезался в шею, оставляя на ней красные вмятины. Плечи обвисли. Волосы на висках резко посветлели, как будто я приглаживал их руками, выпачканными мелом. Губы перекосила хроническая брезгливая гримаса.

Я заглянул глубже в свои покрасневшие от дыма и выпивки глаза и не обнаружил в них выражения глубокого интеллекта. Только припухшие мешочки под нижними веками - следы постоянного недосыпания и регулярного посещения ресторанов и ночных баров. Когда я в последний раз был на концерте или читал серьезную книгу? Лет семь назад. Работа, жратва, выпивка, случайные встречи с женщинами, и опять работа. У меня даже собаки нет, как я мечтал в детстве, не то что жены... Я снял запотевшие от волнения очки, протер их и надел опять, бросив в зеркало последний отчаянный взгляд. Пожалуй, на расстоянии десяти шагов меня было бы трудно отличить от Вени или Сени. Не в силах вынести этого зрелища, я бросился прочь. Зачем-то сунул дубоватому швейцару пять долларов (наверное, чтоб он меня не выдал) и попросил его вызвать такси.

Через пять минут я уже катил в аэропорт Кеннеди, бессмысленно повторяя про себя: «Я скажу им, что самолет разбился, что произошла катастрофа, что у меня денег не было на билет, что я сломал ногу, что моя прабабушка скончалась в Гомеле, что я внезапно заболел СПИДом или ветрянкой...» И блестящий, как фальшивые бриллианты, Нью-Йорк заглядывал в окна машины, быстро скользившей по обледеневшему зеркальному асфальту.

Пришельцы и ушельцы

...и вот тогда, после всего что случилось, я напился по-настоящему - в доску, в дым, до положения риз и свинячьего визга. Вы пробовали когда-нибудь смешивать бренди с пивом и клубничным ликером? И не пробуйте, гадость жуткая! Даже от сивухи мне никогда не было так плохо. Ноги упорно шли в разные стороны. Глаза самопроизвольно разъезжались, и окружающий мир представал передо мной мутной смесью различных предметов, как на полотнах кубистов. Добраться до машины, а тем более сесть за руль - было пустой затеей, и я решил воспользоваться услугами чикагского общественного транспорта, подземки, переходящей кое-где в надземку. Метро это, по-советски. В Чикаго его именуют «Эль», не напиток, а английская буква «Л». Почему не «Би» или «Зи» например? Странные ребята эти американцы... Столбов натыкали посреди города.

Где-то наверху прогремел поезд, и я сообразил, что нахожусь прямо под мостом «Эля». Если перемещаться от столба к столбу, не сворачивая, то я, наверняка, добреду до станции. По пути можно отдыхать, прислонившись к столбу, будто любуешься луной или слушаешь соловья. Хотя какой, к лешему, может быть соловей в начале апреля в центре Чикаго? Я сбрендил от бренди... Замечательно сказано! Тут меня разобрал дикий смех. Пришлось присесть прямо на асфальт, чтобы не упасть.

Падал мелкий мокрый снежок. Даже не падал, а висел зыбкой сетью в сыром воздухе. Ночь была черная-черная. Я знаю, что все ночи - черные, но эта была какой-то особенно черной, как варенье из черники, как уголь, как сапог, как черная дыра во времени. По сторонам уходили в небо бесконечные стены небоскребов без окон, с кривыми ржавыми пожарными лестницами, ползущими вверх, как гигантские пауки. Лестницы чуть раскачивались и жалобно поскрипывали в такт стуку удалявшегося поезда. Головы редких фонарей окружали тоскливо-голубые светящиеся нимбы.

А снег все падал - на грязные блестящие тротуары, на мусорные баки, на головы редких прохожих, на машины, на деревья, на почтовые ящики, на рекламные щиты... Мимо прошмыгнула крупная крыса, может быть, опоссум. Даже не прошмыгнула, а быстро прошла с озабоченным видом, будто спешила на деловую встречу. Мне показалось, что на шее у крысы болтается цветной шелковый галстук, а на передней лапе поблескивают часы «Роллекс». Крыса выглядела солидно и преуспевающе. Она еле кивнула мне и с полным сознанием собственного достоинства продолжала свой путь, слегка потряхивая изрядным животиком, как мой босс. Я задумался о превратностях крысиной судьбы и своей собственной и просидел так довольно долго, пока не почувствовал, что мой зад примерзает к обледенелому асфальту.

Я уже собрался продолжить свой нелегкий путь, когда вдруг заметил, что рядом со мной кто-то сидит, прислонившись к другой стороне холодного бетонного столба. Черный человек внимательно смотрел на меня, глаза его странно поблескивали в зыбком свете синего фонаря. Когда человек придвинулся ближе, я разглядел, что он одет в потрепанную, даже истлевшую местами, пятнистую военную форму. На ногах - грязнейшие бутсы с оборванными шнурками. Руки - в драных перчатках. Голова человека была заключена в прозрачный пластиковый шлем, а поверх него натянута полосатая лыжная шапочка с помпоном и надписью «Аспен». Лицо под шлемом выглядело синеватым то ли из-за пластика, то ли из-за освещения. У черного человека не было одной щеки и части подбородка. Сквозь шлем видны были крупные зубы и язык, фиолетовый и толстый. Когда человек заговорил, я увидел как язык медленно шевелится между зубами.

Сначала его трудно было понять. Раздалось какое-то невнятное шипение, бульканье, чмоканье. «Тебе чего? Денег просишь?» - спросил я. Человек откашлялся, еще немножко пошипел и наставительно произнес по-русски: «Неразумное потребление спиртного может привести к тяжелым последствиям. Пьющие в неумеренных количествах уподобляются тварям бессмысленным и теряют человеческий облик - запомни это, вьюноша!» Голос показался мне знакомым. Я порылся в своей замутненной алкогольными парами памяти и с ужасом обнаружил, что голос принадлежал директору моей родной семьдесят шестой киевской средней школы Владимиру Никифоровичу Боброву, умершему за два года до моего отъезда в Штаты. Я уставился на черного человека и с изумлением заметил, что его фиолетовый язык шевелится совершенно независимо от произносимых звуков. Возможно, он ухмылялся под пластиковым шлемом, но я не мог определить наверняка, так как губы у него начисто отсутствовали.

Складывалась забавная ситуация. Я отодрал примерзшие брюки и выпрямился, опираясь на столб. Черный человек тоже поднялся. Он посмотрел на меня доброжелательно и продолжал голосом покойной тети Поли: «Нехорошо на земле сидеть, можно попку застудить. Иди поиграйся с мальчиками на дворе, а я тебе манную кашку сварю». Я оглянулся, но никаких мальчиков не обнаружил. Черный таращился на меня, но кашку варить не собирался. Его язык неуклюже переваливался во рту, а крупные зубы ритмично постукивали. «Ты чего глупости мелешь?» - строго спросил я, но не выдержал серьезной мины и рассмеялся. Уж очень у него дурацкий был вид в шлеме и вязаной шапочке.

Грязный человек ничуть не обиделся. Он сделал нелепый жест растопыренными руками и торжественно провозгласил голосом диктора Левитана: «Контакт налажен! Работают все радиостанции Советского Союза! Даешь смычку города и деревни! Все - на баррикады!» А потом добавил, уже спокойнее: «Поздравляю с установлением прямого контакта с цивилизацией галактики ...(тут он вставил непечатное слово) и ее представителем ...(опять нецензурное выражение)».

Несмотря на торжественность момента, я опять не сдержался и откровенно заржал: «Ну и имечко же тебе дали любящие родители!» Черный инопланетянин (теперь это стало очевидным) почмокал и сказал, что на самом деле его зовут иначе, но он не мог отыскать в земном языке адекватного выражения и заменил первым попавшимся звучным словосочетанием, не несущим конкретной информации. Родителей, в земном понимании слова, у него тоже не было. Он является продуктом совокупления четырех различных биологических особей и пяти энергетических астральных субстанций.

- Ну, братец, - заметил я, - это уже не совокупление, а настоящая сексуальная оргия! Дорого бы «Плэйбой» заплатил за такую картинку.

Человек в шлеме сообщил, что он не слышал об уважаемом представителе науки по имени Плэйбой, но, к сожалению, жители его галактики не могут быть отображены или зафиксированы с помощью фотоаппарата или других технических средств. Они не могут быть также обнаружены с помощью ни одного из пяти чувств, присущих землянам, что чрезвычайно осложняет контакты. «Это уж ты загнул! Я же тебе вижу и о-ся-за-ю!» В подтверждение я ткнул грязного человека в грудь. И напрасно... Я и раньше чувствовал, что от него попахивает. Но когда придвинулся ближе, смрад стал невыносимым, как от полуразложившегося покойника. Не моются они, что ли, никогда в своей б-ской галактике?

Пришелец заметил мою недовольную гримасу и отодвинулся на безопасное расстояние. Мимо медленно проехала патрульная машина, мигая синими и красными огнями. Жирный полицейский высунулся из окошка и подозрительно спросил, все ли у нас в порядке. Черный в шлеме тупо уставился на представителя власти, а я замахал ему, что все О-Кэй, проезжай, - представители двух рас и цивилизаций ведут мирные переговоры. Полисмен уехал, оглядываясь.

Черный опять пожевал свой язык и предложил голосом стюардессы Аэрофлота посетить межпланетный корабль, чтобы в спокойной обстановке продолжить контакт и устроить пресс-конференцию с его собутыльниками, то есть соплеменниками. (Хотя он, очевидно, использовал телепатический контакт, но не был все же силен в земном языке.) Предложение показалось мне заманчивым. Я изрядно промерз и не прочь был выпить чего-нибудь в приятной обстановке. О межпланетных кораблях у меня было некоторое представление по фильмам «Стар Трек» и «Вавилон пять». Мне особенно нравились астронавтки - экзотические неземные красотки в плотно облегающих нарядах. Я замер и зажмурился, ожидая когда же меня телетранспортируют.

В мгновение ока я оказался парящим в мутной серо-голубой субстанции, напоминающей густой воздушный кисель. Постепенно цвет киселя изменился на золотистый и оранжевый. Он стал прозрачным. Вокруг двигались неясные тени. До меня не доносилось ни единого звука. Пахло бензином, аммиаком и еще какой-то гадостью. Было довольно прохладно и непонятно, где - верх, где - низ (неприятное ощущение). В моих мозгах опять раздался голос пришельца. Он приветствовал меня от имени б-ской цивилизации на борту межпланетного лайнера. «Слушай, мне надоело болтаться тут, как муха в супе, разговаривая непонятно с кем. Покажись, а то не видно ни черта! И перестань называть свою цивилизацию б-ской, это неприлично. Я буду именовать тебя мистером «икс», а твой народ - «иксянами», пока мы не подберем лучшего названия». Пришелец огорчился моим последним замечанием. Изобретенное непечатное имя казалось ему солидным, поэтичным и благозвучным. Мы немножко мысленно попрепирались и он, после дополнительных разъяснений, согласился на «иксян». В заключение беседы пришелец пообещал порыться в моем подсознании и воссоздать комфортабельную для меня среду, приближенную к земной реальности.

Действительно, через несколько минут воздушный кисель растаял, и я оказался сидящим в зале межпланетного корабля, который выглядел точь-в-точь, как сцена из телевизионного сериала «Стар Трек». Рядом на треугольном столике красовалась батарея неземных бутылок с заманчивыми этикетками. За стеклами гигантских иллюминаторов плыли в черной глубине разноцветные звезды. Напротив меня в кресле удобно расположился симпатичный лысый капитан Жан-Лук в двухцветной форме. Он невпопад зашевелил губами и заговорил приятным женским голосом. У пришельцев, видимо, тоже случались технические неполадки.

Псевдо Жан-Лук подробно изложил мне историю неудачных контактов представителей галактики Икс с землянами, уходящую корнями в глубокое прошлое. Сначала иксяне пытались связаться напрямик, и голоса их звучали непосредственно в мозгах неподготовленных землян. Но контакт не устанавливался, так как голоса приписывались святым, духам и ангелам. Контактируемый впадал в религиозный мистический транс и завязать с ним деловые отношения было невозможно. Тогда иксяне решили использовать в дополнение к звуку объемное изображение, но ничего хорошего из этого тоже не вышло. Мерцающие фигуры, появлявшиеся прямо из воздуха, только поддержали религиозную истерию. Их нарекли «видениями», а те, что появлялись по ночам, получили название «духов» и «призраков».

На Большом научном совете икс-ученые постановили впредь использовать для контактов реальные объекты, чтобы не подавать повода для мистических толкований со стороны жителей Земли. Группа молодых ученых выступила с оригинальным предложением - утилизировать «отработанные» тела землян. Все равно они никуда не годны, поскольку их сжигают или зарывают в грунт. Если их слегка подремонтировать с помощью иксянской техники, они будут вполне пригодны к употреблению. Специалисты по гуманоидной психологии утверждали, что вид тел, принадлежавших родным или знакомым, создаст благоприятную моральную почву для контакта. Идею одобрили. Молодые ученые с энтузиазмом взялись за дело и привели проект в исполнение в рекордно короткие сроки.

Блестящий замысел провалился с треском! Жители венгерской деревушки, избранные для эксперимента, увидев своих слегка разложившихся родственников, бодро приближающихся к селению со стороны кладбища, немедленно покинули свои жилища и в панике разбежались по окрестным полям и лесам. Этот же опыт повторили в различных точках земного шара, с тем же отрицательным эффектом. Среди землян поползли нелепые слухи о вампирах, упырях, зомби, оживших мертвецах и прочих глупостях. Не лучшей оказалась идея воплощаться в животных, породившая сказки о вервольфах, оборотнях и «вовкулаках».

Последней отчаянной попыткой было решение внедряться в живых людей, нейтрализуя на время работу их собственного мозга, и через них вступать в контакт с упрямыми землянами.

- Получилось? - сочувственно спросил я, потягивая из высокого зеленого бокала мятный звездный коктейль. «Куда там! - Жан-Лук безнадежно махнул рукой и уставился в беспредельные космические просторы за иллюминатором. - Людей, через которых мы контактировали, церковь заклеймила, как «одержимых» и «ведьм». Несколько столетий назад их сжигали на кострах или, в лучшем случае, пытались изгнать из них бесов. Правда, в современном обществе они называются «провидцами», «экстрасенсами», пользуются уважением и заколачивают неплохие «бабки» и «дедки»... Нет, только «бабки», - подумав, поправился Жан-Лук, - но все равно, толку никакого - контакт не устанавливается. Ты оказался первым здравомыслящим землянином, способным перенести психологическое напряжение контакта и пересечь барьер между двумя цивилизациями. Поздравляю!» «Ну, чего там, - скромно сказал я, - просто в доску пьяный был...» Жан-Лук тут же заинтересовался, что именно я пил и в каких дозах, и аккуратно записал рецепт адской смеси.

Я тяпнул еще какого-то внеземного пойла и поинтересовался, где же девочки. Жан-Лук серебристо расхохотался (не к месту) и хлопнул в ладоши. В помещении появились несколько привлекательных инопланетянок в прозрачных нарядах, с лавровыми венками и букетами. Все - с пышными волосами и роскошными бюстами. У некоторых было даже по три груди, а у одной - дополнительная пара грудей между лопатками. Рыжая красотка с единственным глазом между бровей попыталась усесться ко мне на колени, но капитан Жан-Лук Пикар сурово нахмурился, и она живо соскочила. Инопланетянки пританцовывали, вращая бедрами, принимали завлекательные позы, задирали ноги, закатывали глаза и посылали мне воздушные поцелуи. Я подумал, что если все эти образы действительно извлечены из моего подсознания, то там, видимо, изрядная помойка. Мне стало скучно. Капитан заметил это, махнул рукой, и девочки с визгом убежали прямо в иллюминатор, растворились в космической пустоте.

- Значит, этот черный парнишка, который со мной разговаривал, тоже... отработанный материал? - спросил я, чтобы поддержать беседу. «Натурально, - с гордостью согласился Жан-Лук, - мы его подобрали в одном нежилом доме, почти свеженького и слегка подремонтировали. Правда, удачно получилось?»

- Очень удачно... - сказал я сдавленным голосом и поставил стакан с коктейлем на столик. Меня подташнивало. В животе неприятно заурчало, и голова начала кружиться. Я поднялся и сделал несколько неуверенных шагов. «Я, пожалуй, пойду, знаете. Нужно принять таблетку от головной боли. Спасибо за гостеприимство». «Куда же ты пойдешь? Еще детское время... - Жан-Лук пристально посмотрел мне в глаза. - У нас есть маленькое деловое предложение». Не помню, как я оказался опять сидящим в кресле. Все подернулось туманом, в котором передо мной горели желтые зловещие глаза инопланетянина.

- Ты будешь осуществлять наблюдения за развитием земной цивилизации и выполнять наши спецзадания. В награду ты получишь все, о чем мечтал - престижную работу, сказочную зарплату, виллу на берегу океана, белый лимузин с шофером, подругу-кинозвезду. Соглашайся! Повелительный голос сверлил мой мозг, как бормашина. Я не в силах был пошевелить языком, но пришелец прочитал ответ в моем гаснущем сознании...

С трудом нашарив тапочки на холодном полу, я поднялся на следующее утро на час позже обычного. Я не помнил, как добрался домой. Оказалось, что я спал, не раздевшись, в мокрых джинсах. Свитер был загажен не то пивом, не то чем-то похуже. Горячий душ привел меня в чувство. Я переоделся, напился кока-колы (за неимением огуречного рассола). Проклиная все на свете (и отдельно - фирму, производящую клубничный ликер), с жуткой головной болью я отправился на работу и, естественно, опоздал.

Придя в офис, я включил компьютер и тупо посмотрел на экран, но не увидел привычных формул. Вместо этого на голубом экране замелькали инопланетные девочки, похожие на циклопов, красно-черный капитан Жан-Лук, крыса с «Роллексом», говорящий труп в пластиковом шлеме.... Голова болела. Чтобы как-то облегчить страдания, я начал раскачиваться на стуле и даже чуть-чуть подвывать.

В таком виде меня обнаружил через час непосредственный начальник (белобрысый зануда в вечно измятых брюках и красном шелковом галстуке). Он начал читать мне длинную мораль, угрожая увольнением. Все более распаляясь и наливаясь свекольным румянцем, белобрысый нелестно отозвался о моих умственных способностях, деловых качествах и перспективах профессионального роста. Он начал нудно перечислять все мои многочисленные провинности с момента поступления на работу, но его прервала секретарша президента компании. Затянутая в элегантный деловой костюм, секретарша выглядела очаровательно, как фея бизнеса. Она мило улыбнулась белобрысому, потом мне, и сказала, что меня срочно вызывают к высшему начальству.

Президент компании, лысый толстенький итальянец с мохнатой шеей, стараясь не смотреть мне в глаза, сообщил, что ему посоветовали (не уточняя кто именно) обратить на меня внимание. Затем он уставился в потолок с черными светильниками и сказал, что назначает меня специальным консультантом по особым вопросам. Мне повышают зарплату на тысячу процентов и предоставляют в мое распоряжение белый лимузин и шофера. В данный момент я должен срочно отправиться в деловую поездку на Гавайи, где меня будет ждать собственная вилла на берегу океана.

Со сказочной быстротой, как в кино, я оказался среди пальм, под лазоревым небом. Теплый прибой ласково шлепал в желтый песчаный берег. На пороге виллы меня встретила длинноногая блондинка, высокая и тонкая, как хрустальный бокал. Она будто за минуту до встречи сошла с глянцевой страницы «Плэйбоя» и даже слегка попахивала свежей типографской краской. Блондинка в черном кружевном белье и золотых туфлях! Конечно же, ее звали Николь. Она держала поднос, на котором стояли бокалы с шампанским. Николь сообщила, что случайно увидела меня в аэропорту и полюбила с первого взгляда. Она готова бросить карьеру в Голливуде и разделить со мной жизнь (которая все больше напоминала глупый приключенческий фильм).

Так начался этот странный период в моей жизни. Вилла мне нравится. Правда, внутри она состоит из бесконечных коридоров, освещенных нестерпимо яркими люстрами, как в кошмарном сне. В конце каждого коридора находится спальня с зеркальным потолком. В центре комнаты - огромная, как стадион, кровать с шелковым серебристым бельем и гигантским кружевным балдахином. И всякий раз я нахожу в постели неизбежную Николь. Она - очень милая девочка, а к запаху типографской краски я скоро привык. Инопланетяне чуть-чуть напутали с анатомией. Например, пуп у нее вообще отсутствует, и на теле нет никакой растительности, так что на ощупь кожа кажется скользкой и влажной, как у змеи или ящерицы. Но я быстро приспособился к ее специфическим особенностям.

Шпионская деятельность в пользу иксян не составляет для меня никакого труда. Я просто читаю газеты, смотрю последние известия по телевизору, слушаю радио, а инопланетяне считывают информацию прямо из моего мозга. Информация перекачивается непосредственно в центральный компьютер, а потом отправляется для обработки в их далекую галактику. Для плавного и беспрепятственного контакта предпочтительно, чтобы я в этот момент находился в расслабленном состоянии, тогда мои волевые импульсы не будут мешать телепатической связи. Поэтому с утра я расслабляюсь при помощи французского коньяка, а после полудня - перехожу на шампанское. Порою, просто для смеха, я неделю подряд смотрю только музыкальные рок-передачи, или порнофильмы. Тогда на борту иксянского шпионского корабля начинается паника и неразбериха. Главный информационный компьютер начинает рассказывать похабные анекдоты или напевать «Я сделаю все для любви...»

Порою мне задают неожиданные вопросы: «Почему апельсиновый сок по фамилии Симпсон разбрасывает грязные перчатки по чужим дворам?», «Если человек, которого зовут Мясной Рулет, каждый день кричит, что он сделает все для любви, почему он ничего не делает, а только продолжает кричать, бьет зеркала и портит мебель?», «Почему на Ближнем Востоке процесс, в ходе которого убивают много людей и взрывают автобусы, называется «мирные переговоры»? (Иксяне наивны, как дети. Какой с них спрос? Инопланетяне...) Я добросовестно стараюсь отвечать, вот только не знаю, понимают ли они мои разъяснения. Время от времени я требую, чтобы меня отправили в очередной круиз (для сбора информации, естественно). Я уже объездил все американские и европейские курорты, часть Латинской Америки и теперь собираюсь в Японию.

...иногда, когда я просыпаюсь, особенно в часы перед рассветом, мне кажется, что я все еще сижу на промерзшем асфальте возле мусорного бака, и крысы смотрят на меня с любопытством. Но стоит мне тряхнуть головой, и я оказываюсь опять в своем сверкающем праздничном внеземном мире, построенном инопланетянами по шаблонам моих фантазий. Что более реально - трудно определить. Я предпочитаю думать, что подлинной является моя сладкая киножизнь с хрустальной блондинкой на берегу лазурного океана...

Ты меня слышишь?

- Что происходит на свете? - спрашивает она. Что-то хрипит и клокочет в телефонной трубке. Я смотрю в черное непроглядное окно и вижу заснеженную ветку в мертвенном свете фонаря. На минуту все озаряется синими вспышками - деревья в снегу и синагога «Сыновья горы Синай» на другой стороне улицы. По мостовой с ревом пролетает пожарная машина. Завывание сирены заглушает шум в трубке. Мы не говорили с ней с прошлого года.

- Зима, - отвечаю я, когда все затихает.

- Зима? - задумчиво повторяет она на другом конце провода и в голосе ее слышится недоверие. - Ты полагаешь - это зима?

- Полагаю... Вчера выпало шесть дюймов снега. Минус двадцать по Цельсию и ледяной ветер с озера. Если это не зима, то что же?

- А у нас - миндаль цветет под окном, и ветер горячий из Сахары... Знаешь, восход такой нежно-розовый и облака закрученные, как страусовые перья. Приятно, когда воскресенье начинается таким восходом.

- У нас еще суббота и ничего не начинается. Глубокая ночь. Ты звонишь из завтрашнего дня и не даешь мне спать. Ты вообще не существуешь! Мираж и дым..

Она хихикает, и в трубке опять что-то хрипит.

- Не выдумывай, ты не спал. У вас сейчас около восьми вечера. Разница во времени всего девять часов. Если я не существую, кто будет платить счет за телефонный разговор. Ты, что ли?

- Нет, я не буду. Я теперь - полноправный американский безработный, одинокий и почти бездомный.

В ее голосе вспыхивает новый интерес: «Ты развелся с Людой?» «Почти...» «Что значит - почти? Почти разведенный мужчина звучит, как немножко беременная девушка. Или ты разведен, или нет!» Она раздражена, и ее тяжелое раздражение

41

доносится через континенты, пустыни, горы, моря и океаны, собираясь в темные грозовые тучи.

- Мы разъехались, но на развод не подавали. Придется переезжать на другую квартиру поменьше и найти кого-нибудь в сожители, я не осилю рент в одиночку. Совсем денег нет...

- Я могу представить, кого ты найдешь! Алкоголика себе под стать, или девку подберешь... - Ее раздражение достигает апогея и неожиданно разряжается короткой вспышкой молнии, за которой следует далекий громовой раскат. Звенят стекла.

- Дикая погода в Чикаго. Зима, и вдруг - гроза, - примирительно говорю я, стараясь переменить тему.

- Вот и переехал бы в Израиль, к нам, в Хайфу. Тут хотя бы тепло. Что тебя держит в Чикаго, безработного и одинокого?

Я ничего не отвечаю, гляжу на пустую улицу, на косо летящий снег. Я молчу так долго, что она начинает дуть в трубку и стучит ногтем по микрофону где-то на другом конце Земли. Я закрываю глаза и вижу ее узкую смуглую руку (наверное, она загорела в Израиле) со знакомыми кольцами, длинные ярко-красные ногти. Интересно, красит ли она ногти ежедневно, как в былые времена. Для нее это был почти религиозный ритуал. Она всегда повторяла: руки художника - его лицо.

- Алло! Алло! Ты меня слышишь? Черт, опять прервалось...

- Не чертыхайся, я тебя слышу.

- Ты меня слышишь, но не понимаешь! Ты приедешь?

- Как твои мальчишки, как Петя?

- Мальчишки - нормально. Ходят в школу. Младший говорит только на иврите, из принципа.

- Как Петя это переносит? Он был таким советским патриотом, истинно русским по духу... Помнишь, какой скандал он устроил, когда я сказал, что уезжаю в Америку? Клеймил меня предателем Родины и врагом народа. И как ему сейчас в Хайфе?

Она невесело смеется.

- Ты ничего не знаешь. Он сейчас еще более ярый патриот Израиля, чем был патриотом России, больше еврей, чем я и ты вместе взятые. Ярый патриотизм - это как стригущий лишай, всегда при тебе и не зависит от места проживания.

- Петр Подгорный - патриот Израиля?

- Теперь он не Петр. Он - Пинхас, и фамилию он взял мою. Ходит в кипе, отпустил пейсы и бороду и упрекает меня за то, что мой дедушка был наполовину немец.

- Я всегда подозревал, что твой Петечка...

- Что «мой Петечка» ? Он, между прочим, на мне женился и вырастил твоего сына, когда ты с Людкой шлялся неизвестно где.

- Ты сама меня тогда выгнала, - бессильно защищаюсь я, забыв, что все давно уже говорено-переговорено, перегорело, обратилось в пепел и поросло густым быльем. - Я не знал, что у нас будет ребенок. Ты же сама мне ничего не сказала. Я узнал, только когда вернулся через два года. Ты уже замужем была и ждала второго ребенка, что я мог сделать? И с Людой у нас ничего не было в то время, мы просто поехали на заработки вместе, целой группой.

- Но женился ты не на группе, а на Людке, на этой бестолковой мокрой курице! Ничего лучшего не мог найти. Да что говорить...

Над материками и океанами опять повисает тяжелое молчание. Наверное, солнце в Хайфе уже взошло, и она жмурится на желтые лучи, вспоминая былую боль и обиду.

- Я не могу приехать в Израиль. Ты меня слышишь? Я не могу... опять все сначала начинать, новый язык, новая работа. Что я буду делать? Мостовые подметать или грузчиком вкалывать? Мой сын даже не знает, что я его отец. Кому нужен безработный художник в Израиле?

Она молчит. Длинная пауза.

- Ты что, решилась, наконец, уйти от Пети, то есть Пинхаса?

- Твоя ирония неуместна!

Я чувствую, что теперь она по-настоящему разозлилась. Тогда я судорожно и невпопад начинаю торопливо рассказывать, как в прошлом году меня задавила ностальгия и я съездил летом на Украину, в Киев. Встретился с ребятами из нашей институтской группы и подрабатывал художником в разных клубах. Я болтаю обо всем на свете, лишь бы она не бросила трубку: «Помнишь Алика, на год старше нас, который женился на Оле Голубко, она жила в общаге? У них уже трое детей, все девочки, все блондинки в Олю. Алик пытался купить квартиру, но сейчас в Киеве с жильем совсем туго. Так он к своей однокомнатной на первом этаже пристроил застекленную террасу, а под полом выкопал подвал и оборудовал там мастерскую. Мы с ним оформили выставку в клубе авиазавода. Теперь это уже ночной клуб «Бинго» с бильярдом, кегельбаном, стрип-баром и живым крокодилом в вестибюле. Когда мы там вкалывали, подошли к нам ребята блатного вида и спрашивают: «А небо на потолке могете?»

Дали нам расписать какой-то злачный притон на Русановке. Шестьсот квадратных метров настенно-потолочной живописи. Спокойное небо переходит в струи, они скручиваются в око тайфуна и по колоннам обрушиваются на балкон. Когда мы заканчивали, в зал вошла кошечка, милая такая. Подняла глазки к нашему потолку, да как завопит прямо по-весеннему. А когда убежала, на ковре, извини, осталась куча. Так что и кошка ценит великое искусство живописи. Мы, между прочим, с Аликом работали на высоте десять метров, на тонкой телескопической вышке, как обезьяны. Целый месяц цирк показывали. Заработали неплохо. Алик меня зовет весной на Западную Украину, церкви расписывать. Киев теперь совсем изменился. Злачных мест - тьма. Все продают на гривны и доллары. Слово дефицит вышло из употребления, только плати. Старикам плохо. Мои родители собираются уезжать в Америку. На свою пенсию они уже не могут прожить».

- Что же теперь будет? - Ее голос звучит растерянно.

- Будет апрель. Будет весна. Я, наверное, поеду с Аликом на Буковину, а на обратном пути заберу родителей в Штаты. Им страшно одним ехать, ну и собраться помогу.

- Так и будешь мотаться туда-сюда по всему свету? Тебе же не шестнадцать лет...

- Я соберу немного денег и открою свой бизнес в Чикаго. Реставрация живописи. (Помнишь, как я здорово Рубенса подделал на третьем курсе, и меня чуть из института не вышибли?) Портреты, пейзажи и классы живописи для домашних хозяек. Я уже мастерскую присмотрел, недалеко от Мичигана. Вид потрясающий. Правда, район жутковатый, стреляют по ночам... Чикаго - город гангстеров. Хочешь посмотреть на гангстеров? Приезжай!

- Это что, официальное приглашение?

Я опять вспоминаю ее тонкие руки и своего сына, которого видел два раза, случайно на улице. Сколько лет прошло? Девять? Нет, уже десять...

Она чувствует, что «перебрала» с прямым вопросом, и делает шаг назад.

- Я боюсь гангстеров. У вас в Чикаго до сих пор, наверное, орудуют наследники Аль Капоне. В газетах пишут, на юге города каждый день перестрелки между разными бандами.

- В газетах пишут, что террористы в Израиле взрывают что-нибудь каждый день. Террористов ты не боишься?

- Мы привыкли... Они же не всюду одновременно взрывают. Страшно, конечно. Особенно, когда подумаю, что мальчиков заберут в армию. Хорошо, что пока они маленькие. Но и за маленьких беспокоишься все время. Впрочем, тебе мои родительские волнение, наверное, не интересны.

Это уже запрещенный прием. Удар под дых.

- Знаешь что, - говорю я, - ты разоришься на телефонных разговорах. Пора завязывать нашу светскую беседу. Тебя ждут твои родительские обязанности и перековавшийся Петр-Пинхас. Всего хорошего! - Я выпаливаю все одним духом, но не спешу положить трубку. Мне интересно, как она отреагирует на мой выпад. Реакция неожиданная

- Я в состоянии оплачивать свои счета. Я достаточно зарабатываю.

Это для меня новость. Я слыхал от общих знакомых, что она не смогла устроиться художником и работает по ночам няней в круглосуточных яслях, и получает считанные копейки, то есть шекели.

- Я оформила книжку для детей и получила еще несколько новых заказов. - В ее голосе - гордость и вызов. Она всегда была сильным графиком. Представляю, как тяжело ей было сидеть без работы. В Киеве, на киностудии мультфильмов, она за несколько лет после института выбилась в художники-постановщики и сделала два очень милых фильма. Не ее вина, что киностудия развалилась вместе с Советским Союзом, и нас разметало по свету. Я искренне рад за нее, и вся моя злость куда-то уплывает.

- И что же ты теперь будешь делать со своими миллионами? Купишь яхту и поедешь в кругосветное путешествие, как ты всегда мечтала? - В институте это была постоянная тема наших разговоров и фантазий. Она ежедневно рассказывала мне, куда ей хочется уплыть, и какая погода сейчас в океане, где-то возле Огненной Земли. В зависимости от настроения она обещала взять меня с собой, или грозилась, что уплывет навсегда со своим котом Кузькой («Единственной мужчина, который не действует мне на нервы!»), а мне будет присылать цветные открытки из каждого порта, что-бы я лопнул от зависти. Даже имя для яхты она тогда придумала «Флигар», но никогда не объясняла, что это значит.

- Твой «Флигар» уже стоит, наверное, в какой-нибудь средиземноморской заводи под парусами.

- Как же, не с моей удачей. Держи карман шире... Знаешь, я на море Средиземном за все эти годы была всего четыре раза и один раз ездили к Красному морю. Там вода, как студень соленый, обжигает кожу... Все мотаюсь, как ненормальная, или мальчишки болеют, или еще что-нибудь. Недавно бежала на автобус - подвернула ногу, пришлось неделю пролежать. Вот тебе и отпуск. На свои миллионы я нашью себе ситцевых платьев и буду щеголять по Хайфе, как царица Савская.

Мне становится ее жалко до слез. Самая живая, самая яркая, самая беспечная из всех девчонок... Я представляю, как она бежит с тяжелыми сетками к автобусу. Ее пижон Петя никогда ей ни в чем не помогал, она только из гордости его всегда хвалила. Одна заслуга, что зарплату в дом приносил. Та еще скотина! Мне ее подруги рассказывали. Завалится после работы перед телевизором, как граф, и скандалит, что обед недостаточно вкусный - его мама лучше готовила. На ней все хозяйство было - и покупки, и стирка, и детей забрать из садика. Конечно, она больше не красит ногти каждый день и вообще, наверное, не красит. Я пытаюсь вспомнить, был ли у нее маникюр, когда я видел ее последний раз перед отъездом, и не могу. Но мне не хочется выдавать своего волнения.

- Почему, как царица Савская, а не Софи Лорен?

Она смеется: «Потому что у царицы Савской, по легенде, были волосатые ноги, как у меня. Суровая расплата за то, что родилась брюнеткой. А брить ноги мне всегда было лень, и противно как-то. Так что я ношу длинные платья, чтоб было незаметно. Ты что, забыл? А правда, что в Америке все женщины безволосые, как ящерицы, и бреются каждый день с ног до головы?»

Я вспоминаю ее ноги, ее улыбку, волосы... Мне приходится прислониться к холодному оконному стеклу, чтобы спала накатившая горячая волна. Я начинаю молоть глупости: «В Штатах вообще невозможно отличить мужчин от женщин. Техника шагнула вперед и все делают операции по перемене пола раз в пять лет, чтобы не было скучно. Американские женщины бреются два раза в день, и от этого у них растут борода и усы. В Чикаго в этом сезоне усатые женщины входят в моду. И голову они бреют, и...»

Она меня прерывает: «У тебя что, жар? Что ты болтаешь? Я зарабатываю хорошо, но этого недостаточно чтобы через океан слушать твои бредни об усатых женщинах».

- Извини, глупо, конечно. Что пожелать тебе в Новом году? Ты ведь позвонила поздравить меня с Новым годом, правда? У нас сейчас бушует вьюга, настоящий праздник, но что следует за всем этим?

Это - из прежней жизни. Мы познакомились на новогодней вечеринке. И наш первый разговор был о том, как мы оба любим этот перелом времени, метели и елки в огнях, подарки и прочие чудеса в решете... Мы ссорились и мирились, и не встречались подолгу, но всегда на Новый год обменивались новогодними пожеланиями.

Следует короткое молчание (я смотрю в окно на смерчи из белых хлопьев), а потом она цитирует слова песни, которую мы оба так любили: «Следует жить, ибо сколько вьюге не кружить, не долговечна ее кабала и опала...» И я заканчиваю строфу, охрипшим от волнения голосом: «...так разрешите же в честь Новогоднего бала руку на танец, сударыня, Вам предложить». «Звучит, как настоящее предложение руки, нужно подумать». Неожиданно в трубку врываются детские крики и шум улицы, как будто распахнули дверь. По-летнему гудят машины и звучат далекие голоса. Она говорит с кем-то, прикрыв трубку рукой, так что слов не разобрать. Потом я слышу ее нарочито-равнодушное: «Ну пока! С Новым годом, с новым счастьем...» и короткие безнадежные гудки, как последние удары сердца перед разрывом. Что мы скажем друг другу в следующем году?

Все утки...

Дыра в рыжем стволе. Это не дупло, а пещера в самом основании дерева. Полость в рост человека. Вигвам. Внутренности дерева, из которого вынули сердце и желудок. Впрочем, может быть, сердце располагается выше, ближе к кроне, короне ствола, и к небу. Мы забираемся внутрь, заполняя собой пустоту. Теперь дерево приобрело новый смысл. Кентавр, русалка, полудерево, получеловек, человеки. На несколько минут мы породнились через ствол с обитающими в нем белками, жуками, дятлами, древоточцами и грибами-паразитами. Если дерево поднатужится, оно может втянуть нас внутрь, принять в свое лоно, сделать твердыми, как орехи, неподвижными и мудрыми. Мы ждем, но ничего не происходит. Дереву не до нас. Мы значим для него не больше, чем жуки и белки. Приходится выбираться наружу, так и не затвердев.

Красный лес называется красным за рыжий пух, покрывающий его стволы. Красно-рыжий лес многовековых секвой. Деревья древние, а пух новенький, как на цыпленке. Только пробился. В лесу всегда темно. Кроны закрывают солнце. Но солнце и так собирается закатиться, как медная монета за горизонт. Пора. Вечер. Поднимается ветер. Он поднимается с земли, закручивая опавшие листья и пыльную затоптанную хвою. Треплет наши волосы. Поднимается вдоль волосатых стволов к темным ковровым игольчатым лапам. Перебирает растопыренные пальцы ветвей вплоть до верхушек. Мы идем между секвойями в красном лесу. Валечка и я. Настоящее его имя - Кирк Мюллер. Он родился в день святого Валентина. (Американский праздник, сладкий, как переваренный сироп. Шоколадные сердца в золотых обертках, поздравительные открытки с диатезными ангелочками и неизбежные красные розы). Сентиментальная бабушка потребовала, чтобы ему дали второе имя - Валентин. Кирк-Валентайн - на американский манер. Я называю его Валечкой. Имя Кирк напоминает мне не то кирку, не то кирху. Слоистый разлом горной породы. Крик утки в седых жестяных камышах. Звон косы, наскочившей на камень.

Мне сорок. И Валечке сорок. Но у меня - половина белых волос, двое почти взрослых детей, два замужества за плечами, три диплома, аспирантура. Я переменила четыре профессии и три страны. Я знаю четыре языка и еще могу читать на иврите. Я потеряла все, что могла, включая Советское гражданство, последнего мужа-альпиниста, работу и левую почку.

Валечка моложавый, мускулистый блондин без единого седого волоса. Ему не дашь больше двадцати пяти. Его вышибли из одиннадцатого класса школы за употребление и продажу наркотиков. Он навек обиделся на человечество в целом после того как отсидел две недели в каталажке. Это не мешает ему хорошо относиться к отдельным людям. Он - добрый, отзывчивый

48

и недалекий. Валечка никогда не был женат, все еще ищет себя, думает кем ему быть. Он строит планы и живет со своей мамой, Джиной, в доме, где он родился сорок лет назад в день св. Валентина. Если смотреть ретроспективно - у нас нет ничего общего. Если взглянуть на сиюминутную картину жизни - мы удивительно похожи. Нам по сорок, мы оба одинокие, без работы, и практически бездомные, находимся в одной и той же точке Земли и времени. Сумерки. Мы - в красном лесу. У Валечки преимущество, английский - его родной язык. Поэтому он относится ко мне покровительственно.

Мы остановились возле дерева, уходящего на километр в высоту. Стоим как на распутье. Можно пойти дальше по тропе, а можно - вверх по стволу. Оба пути ведут в темноту. Мир становится удивительно трехмерным. У подножия - табличка: «Дерево посвящается президенту Линкольну». Дереву это безразлично. И мне это безразлично. А Линкольну и подавно. Между рыжими стволами течет ручей. Маленький поток, который берет начало в горах и мог бы разлиться в грозную стихию, но не хочет. Ему и так хорошо. Поток времени, поток сознания, поток круговращения природы. Он несет мусор, сбитые листья и сучья после недавнего дождя, он несет зыбкие отражения, пауков-водомерок, мелких рыб, блики уходящего дня, запахи травы и тины. Он тянет по дну картавые камешки, он тянет в глубь леса устремленные на него взгляды. В ручье, в потоке времени, плывет нарядная утка. «Валечка, - говорю я , - посмотри, какая утка!» Утка ближе, интереснее, чем вековые деревья. Многовековые деревья. Я не многовековая, я здесь временно. Меня больше интересует утка. Она своя, близкая, смешная, даже аппетитная. И Валечка.

Мы садимся на поваленный ствол секвойи. Зеленый, а не рыжий. Мертвый пух позеленел, заплесневел. Кругом мрачные папоротники, цветущие раз в году на Ивана Купала. Шумит ручей сознания и мешает мне сосредоточиться. Вечный, болтливый ручей сознания, повторяющий на разные голоса банальные истины, ворочающий обкатанные голыши слов. «Тебе уже сорок, приличный возраст, - картавит ручей, - неустроенная, немолодая. Время уходит. Кому ты нужна такая? Без работы, без почки, без денег, без друзей...» Валечка смотрит поверх моей головы. У него прозрачные мальчишеские глаза и волосы до плеч, по моде семидесятых годов. В темноте мне тоже кажется, что я в семидесятых. Мне двадцать и Валечке, который немного похож на моего сына, тоже двадцать. Он оглядывается и вытаскивает из кармана мятую сигарету без фильтра. Затягивается, дает мне затянуться. Табаком не пахнет. Марихуана! Пат, трава... Сидим рядом на бревне, как два американских студента, сбежавших с занятий. Будто мы так и просидели на этом бревне, покуривая травку, последние двадцать лет. Мой поток сознания успокаивается, затихает, вяло струится между знакомых слов и образов. Я вживаюсь в чужие воспоминания, впитываю их вместе с запахом марихуаны и хвои: хиппи, война во Вьетнаме, земляничные поляны, свободная любовь, Битлз, марши мира. Что из этого было и в моем прошлом? Битлз... Я не очень переживаю по поводу маршей мира, но жаль, что прошло время свободной любви. Или еще не настало? Я впервые чувствую себя по-настоящему свободной, как пролетариат, который сбросил цепи и еще не обзавелся новыми. «Свобода от чего?» - иронически спрашивал мой бывший муж. «От тебя, от прошлого, от детей, которые уже выросли, от обязательств, от друзей и родных - зрителей, оценивающих каждый твой шаг». Назойливые, как струйки, бьющие в жестяную раковину из незакрытого крана, голоса: «Зачем ей аспирантура? Все равно ничего не зарабатывает. Лучше бы детьми занималась. Опять задурила баба. Завела роман со своим шефом. Мужик на двадцать лет старше ее и женатый. Ходит вечерами на курсы французского, как будто ей английского мало. Она бы готовить научилась, больше толку было. Может быть, тогда муж не сбежал бы».

Я подвигаюсь ближе к Валечке и чувствую тепло его плеча сквозь футболку из белого хлопка. Он чуть-чуть отодвигается, достает из кармана синий пластмассовый гребешок. Расчесывает длинные светлые волосы. От него пахнет детским теплом, яблочным шампунем и мылом, дымом. «Я растрепалась?» Приглаживаю свои волосы, стараясь не думать о белой пряди на лбу. (Когда я научусь, как все нормальные женщины, красить волосы, носить за собой сумочку с расческой, зеркалом, помадой-пудрой? Охорашиваться по временам, как птица чистит перья, вызывая одобрительные и восхищенные взгляды мужчин... Наверное - никогда. В сорок поздно менять привычки.) Валечка притягивает меня к себе. Проводит несколько раз синим гребнем по моим волосам. По дорожке, переваливаясь, проходит утка. Она хромает, как я после операции, но это не вызывает в утке ни малейшего смущения. Она кокетливо поводит широким перистым задом. Смотрит на нас, мы - на нее.

Интересно, это та же, что плыла в ручье, или другая? Или она идет вслед за первой? Нам все утки кажутся одинаковыми, а уткам - люди. «Утки все парами, как с волной волна! Только я одна, как берег у моря, - проникновенно говорю я Валечке, по-русски конечно, - поцелуй меня». «Звучит для меня как китайский! - констатирует Валечка по-английски. - Ты меня обругала?» «Нет, я сказала, что ты очень милый. Холодно становится. Поехали обратно».

Мы идем по черной тропинке. Тропа извивается, как змея. Она виляет и дыбится, уходя из-под ног. Я пытаюсь удержаться в равновесии на спине хвойной змеи. Временами хватаюсь за локоть Кирка-Валечки, чтоб не упасть. На стоянке, окруженной цепью белых фонарей, все кажется очень четким. Поток ненатурального холодящего света обрушивается на наши головы и стекает по рукам. Машины стоят далеко-далеко. Мои глаза превращены в перевернутый бинокль. Квадрат стоянки залит светом, как каток льдом. Ветер гонит меня по светящемуся льду - людской кораблик под парусом раздутой куртки. Ветер из леса подгоняет запахом влажной хвои и шумом ручья обратно к машине, на которой мы приехали. Прогоняет из своего многоствольного тела. Змея уползает обратно в красный лес, который стал черным. «Марихуана обостряет зрение и вообще все чувства», - покровительственно объясняет Валечка.

Из просторного тела леса мы переходим в компактное, пахнущее искусственной кожей и бензином чрево машины. В машине я обнимаю Валечку за шею и целую в щеку. Разбивая колени о ручку трансмиссии, разделяющую нас, я обнимаю его и быстро начинаю рассказывать об утках и о море, о времени, которое обтекает нас, как этот белый ужасный струящийся свет фонарей. И скоро совсем утечет, это время и этот свет. Валечка понимающе кивает и расстегивает мою куртку. В середине монолога я думаю, что следует, наверное, перейти на английский или на китайский, в крайнем случае, чтобы он понял. Тут я с ужасом обнаружила, что не знаю ни слова по-китайски. Хорошо, что Валечка молчит. Я тоже буду молчать, и, может быть, он не догадается, что у нас нет общего языка.

В окно машины стучат. Поднимаю глаза. Жирный полисмен светит на нас ручным фонариком и стучит в стекло. Лицо Валечки каменеет. Я боюсь, как бы он не наскандалил. Валечка ненавидит всех полисменов, бюрократов, учителей, почтовых служащих, врачей, политиков, артистов и военных. Но больше всего - полисменов. Я поспешно выбираюсь из машины, любезно улыбаюсь полицейскому и на своем каркающем английском спрашиваю, что случилось. Полисмен тоже улыбается, глядя на мою расстегнутую куртку и смятую блузку. Он вежливо сообщает, что после захода солнца парк закрывается. Нам следует убираться со стоянки. Я улыбаюсь еще любезнее и заверяю его, что мы отбудем сию минуту. Желаю ему приятного вечера. Жирный хихикает и желает нам тоже приятного вечера. Редкие белесые волосы на его висках смочены потом, несмотря на прохладный вечер. Я подозреваю, что некоторое время он наблюдал за нами через окно машины. Хорошо еще, что он не унюхал марихуану.

Валечка включает радио на полную катушку, нажимает на газ, и мы срываемся в темноту калифорнийской ночи. От быстрой езды и громкой музыки он постепенно смягчается. Его красивый примитивный профиль уже не кажется каменным. Мы летим со смертоносной скоростью по шоссе. Валечка обгоняет все машины, попадающиеся на пути. Он водит, как маньяк. Раньше у меня каждый раз выступал холодный пот на лбу и желудок подкатывал к горлу, когда я с ним ездила. После того, как я выбиралась из машины, меня рвало минут двадцать. Но мне стыдно было признаться, что я боюсь. Валечка бы меня задразнил. Он любит дразнить меня, как мальчишка. Теперь я привыкла к его манере езды. Он здорово водит машину, и реакция у него хорошая. Даже если мы навернемся, что я потеряю? Кучу проблем и еще одну почку? Зато отправлюсь на небо в приятной компании. Валечка крутит баранку одной рукой, а второй держит меня за руку. Так вот, держась за руки, мы войдем с ним в рай, где не будет иметь значения, что у нас нет общего языка.

Приезжаем домой, в пропахшую сигаретным дымом, плесенью и холодом квартиру на шестом этаже. Мы снимаем вместе квартиру в Сан-Франциско. Соседи, значит. «Рум-мейт», как говорят американцы. У меня - пособие по безработице и крохотная стипендия в университете, где я пытаюсь освоить популярное компьютерное программирование. (Куда мне было еще податься с моим дипломом специалиста по английской литературе и незаконченной докторской диссертацией, посвященной Оскару Уайльду?) На что живет Валечка - неизвестно. Может быть, опять торгует наркотиками? Мы познакомились в буддийском медитационном центре. Куда идет человек, когда ему некуда пойти? Медитировать или молиться. Я предпочитаю медитировать. Сидеть на полу и погружаться во вселенскую пустоту под нежные звоночки восточной мелодии. Буддисты действуют на меня успокаивающе. Мои дети разъехались по университетам, бывший муж-альпинист женился на другой. Она лазит лучше меня по горам и моложе на десять лет. За квартиру платить было нечем. Тут подвернулся Валечка, и я сдала ему пустую комнату. Вместе мы кое-как оплачиваем счета. Когда становится совсем невмоготу от безденежья, я мою посуду вечерами в одном китайском ресторанчике неподалеку. (Пять долларов в час наличными.) Когда кончится мое пособие, я окажусь на улице, поскольку программирование для меня по-прежнему темный лес, а одной китайской посуды на квартплату не хватит. Дорогое жилье в Сан-Франциско, просто кошмар! А Валечка, наверное, вернется под крылышко к своей маме, с которой он смертельно разругался полгода назад. Может быть, под этим крылышком найдется место и для меня? Вряд ли...

В одной спальне - я, в другой - Валечка. В общей комнате мы иногда по вечерам смотрим телевизор, когда Валечка не шляется по девочкам. Я его попросила как человека не водить к себе барышень, когда я дома. Один раз он пришел с подружкой, и я всю ночь ни на секунду не могла заснуть, так она вопила и стонала. Раскрепощенная американская девушка девяностых с трехцветными волосами и кольцом в носу. Стены тонкие. Я не монашка, но нервы у меня не железные. Теперь он вежливо приносит мне билеты в соседний кинотеатр на последний сеанс. Во всем остальном я стараюсь не вмешиваться в Валечкину личную жизнь, а он - в мою. Как-то раз он постучал ко мне ночью, но я заперлась на задвижку и сказала, что он ошибся дверью. Больше это не повторялось.

Валечка зажигает свет во всех комнатах. (Мне кажется, он боится темноты.) Включает телевизор. Мигает заспанный заснеженный экран. Сначала хлопья летят по диагонали, потом сверху вниз. Из белых они становятся зелеными, красными. Валечка стучит по антенне и по ящику, пока изображение не выравнивается. Его любимое шоу: «Дикий, дикий запад». Еще он любит мультфильмы про полосатого кота и умную мышку и документальные фильмы о животных. Сегодня показывают что-то из жизни аллигаторов. Валечка ложится на ковер перед телевизором и внимательно, как кот, смотрит на экран. Я наливаю себе чашку кофе и сажусь рядом. У меня еще не прошел хмель от марихуаны и все кажется приятным и легким. Глажу Валечку по спине, по голове. Он жмурится от удовольствия: «Потри между лопатками. У меня там мускулы свело. Перекачался утром». (Валечка каждое утро пробегает две мили, а потом делает зарядку с гирями. Не удивительно, что он в отличной форме.) Я чешу Валечку между лопатками, как большого кота, пялюсь на крокодилов и думаю - неужели это итог моей жизни? Заплесневелая пустая квартира, безработица, безмозглый загорелый Валечка со стальными мускулами и неотразимой детской улыбкой?

Через пару месяцев, отравленная собственными бушующими гормонами и одиночеством я, наверное, перестану запирать дверь спальни. Рожу белобрысого сына с примитивным нежным профилем. Назову его Дугласом. Валечка сбежит обратно к своей маме, убоявшись ответственности. Я брошу опостылевший университет и осточертевшее программирование, в котором до сих пор ни фига не понимаю. Как мне надоела вся эта борьба за существование! Заведу рыжую зубастую собаку плюс к ребенку и сяду на государственное пособие для матерей-одиночек. Мои подросшие дети будут навещать нас и со снисходительным презрением пожимать плечами: «Сдурела мамочка на старости лет. Ранний маразм. Куда ей ребенка в ее возрасте? И от кого она родила?» (Назойливая болтливая струйка из незакрытого крана.) Деликатно поинтересуются, хватает ли мне денег и вздохнут облегченно, когда я откажусь от их помощи.

Буду ходить каждый день к Тихому океану с потрепанной коляской, купленной в магазине Армии спасения, набирая песок в плетеные сандалии. Я буду разговаривать с маленьким Дугласом на четырех языках, а он улыбнется в ответ бессмысленно и лучезарно, как Валечка. Рыжая собака ляжет у моих ног в зернистый песок, прислушиваясь к шуму волн. Высплюсь наконец. Буду писать роман из жизни эмигрантов, который никто никогда не прочитает. Но все же это будет лучше, чем моя заплесневелая бесполезная докторская. Запишусь в библиотеку и перечитаю всего Марка Твена, Теодора Драйзера и Джека Лондона на английском языке, как давно мечтала. Не так уж плохо для одинокой сорокалетней женщины. Впрочем, к тому моменту мне будет уже сорок один с хвостиком.

За окном в тумане ревет пароходная сирена. Холодный ветер с океана пробивается сквозь щели и ерошит жидкие занавески. Еще сильнее пахнет плесенью и одиночеством в нашей запущенной квартире на последнем этаже. Я поощрительно похлопываю Валечку по широкой спине, поднимаюсь и, пошатываясь, иду в кухню. Долго роюсь в ящике с инструментами, чтобы найти отвертку. Или, может быть, просто сбить молотком эту проклятую задвижку с двери?

Чердак

Бывают дома с привидениями, домовыми, гномами, кикиморами, мирчутками и прочей нечистью. Этот дом был с Рабиновичами. Собственно, Рабиновичи занимали только половину кирпичного рыжего дома, состоящего из одиннадцати больших и малых комнат, пыльных кладовок и закоулков, чердака, подвала и застекленной веранды. Хозяева дома вышли на заслуженный пенсионный отдых и уехали во Флориду, не выдержав безумного чикагского климата. Они оставили свой кирпичный дворец и заглохший сад под присмотром Рабиновичей до той поры, пока решат, что с ним делать - продавать или оставить детям. Рабиновичи обжили и щедро унавозили несколько комнат рядом с кухней. Остальные апартаменты были заперты, кроме редких дней, когда мадам Рабинович вспоминала о своих обязанностях домоправительницы. Тогда она начинала проветривать нежилую часть дома, шумно двигать мебель и выбивать ковры.

Хозяева запретили сдавать дом жильцам. Но предприимчивые Рабиновичи сдали мне в аренду застекленную заднюю веранду (рассудив, что веранда - это не дом). Моя обитель выходила окнами в заброшенный сад, заросший крапивой и репейниками. Летом там было нестерпимо жарко, а зимой - холодно и на высоких стеклах изнутри нарастали увесистые ледяные гроздья и листья. Из мебели на веранде стояли заржавленная складная кровать, две засохшие пальмы и фикус в зеленой кадке, приставная деревянная лестница, пустая птичья клетка, ведро, веник, надбитая китайская ваза с синими драконами, похожими на пиявок, длинный, низкий и коротконогий, как такса, кофейный столик, два продавленных плетеных стула и картина неизвестного художника (полосатый котик с развратными глазами на фоне куста алых роз). По странной причуде архитектора веранду венчал стеклянный купол-полусфера, примыкавший к стене дома. Может быть, прежде тут была теплица. На высоте трех метров располагалось шестиугольное окно на чердак, из которого немилосердно дуло.

Описание Рабиновичей достойно пера большого мастера, вроде Достоевского или, на худой конец, Салтыкова-Щедрина. У меня опускаются руки перед такой задачей, но некоторое представление об этой замечательной семье я все же постараюсь дать. На многих заборах в округе висели предупреждения: «Осторожно! Злая собака!» Над нашей калиткой я бы вывесил предостережение: «Осторожно! Рабиновичи!», а под надписью череп и скрещенные кости. Семейство состояло из самой Мадам Розы, ее супруга, малолетнего, но крупногабаритного оболтуса-сына и собачки злокачественной породы по кличке Зямик. Размеры мадам Рабинович и неисчерпаемая энергия поражали воображение, а зычный голос - барабанные перепонки. Именами таких женщин следует называть тайфуны, ураганы и прочие стихийные бедствия, чтобы они не пропадали втуне. Все остроты насчет роз и шипов исчерпаны еще в прошлом веке, но если Розу можно уподобить чему либо из растительного царства, то только жирному лоснящемуся кактусу, сплошь покрытому ядовитыми иглами.

Роза обрушивала на головы домочадцев потоки проклятий, громы ругательств, шквалы жалоб. Она вела себя как обезумевший тиран и доводила малочувствительного сына Люсика до истерики своими бестолковыми придирками и тычками, не говоря о собачке. Та боялась даже дышать в присутствии Розы и большую часть жизни проводила под кроватью, дрожа и жалобно повизгивая. Мадам Рабинович дико ревновала своего супруга и через день закатывала скандалы. После бурных семейных сцен муж неоднократно запирался от Розы в садовом сарае, опасаясь за свою жизнь. Но если кто-то из посторонних посягал на ее семью, она обращалась в разъяренного динозавра и готова была разорвать обидчика на клочки. Ей всегда казалось, что ее с семейством чем-то обошли, чего-то им недодали и кто-то наживается за их счет. Под подозрением находились все, начиная с президента Штатов, к которому у Мадам были личные претензии, и кончая черным бездомным стариком, собиравшим на улицах пустые жестянки.

В рабочие дни Роза щеголяла по дому в малиновых трикотажных рейтузах, лопнувших сзади по шву, и растянутой футболке сына. На спине красовалась английская надпись «Мичиган», которую супруг читал как «мишигас». В выходные ее могучие телеса облекала красная бархатная роба с золотыми кантами, напоминавшая одновременно накидку на диван и знамя полка.

Супруг Рабинович всю жизнь проработал мясником, отчего, по-видимому, приобрел сходство со свежеразделаной тушей, как по интеллекту, цвету и объему, так и по запаху. Ядовитые шипы супруги были для него почти нечувствительны, поскольку застревали в могучем слое сала. В трезвом виде он любил рассуждать о политике, ругая без разбора республиканцев, демократов, коммунистов, фашистов и дарвинистов (последних он считал повинными в эволюции). Но это случалось не часто, поскольку напивался он с завидной регулярностью. Это не мешало ему быть чрезвычайно хозяйственным, на свой особый манер. Мистер Рабинович не мог спокойно видеть, если что-нибудь плохо лежало. По его мнению новенький почтовый ящик соседей был явно не на месте. Через день он оказался в сарае, и мой хозяин складывал в него гвозди, шурупы и прочий хлам. Я сам видел, как он свинчивал, воровато озираясь, боковое зеркало с «Мерседеса», неосторожно остановившегося возле нашего дома. Через неделю совместной жизни с моими хозяевами я повесил на свою дверь амбарный замок, и ключ всегда носил в кармане. Только таким образом я мог быть уверен, что в моей комнате за время моего отсутствия ничего не исчезнет.

О своей жене Рабинович отзывался с одобрением, как о даме повышенной упитанности и малой воспитанности. Насчет воспитанности - это он приврал. Его супруга даже малой воспитанностью не обладала, а от ее выражений порой краснел сам мясник, хотя при его цвете лица это казалось уже невозможным. Чем занималась Мадам, я никогда не мог определить в точности. По-моему, она перепродавала контрабандные или ворованные товары, а в перерывах занимались сводничеством. В доме появлялись попеременно то какие-то коробки и ящики, без этикеток, то шлюховатые обтрепанные красотки. (С их утомленных лиц чешуйками облетала косметика и падала на ковер, как лепестки увядших ромашек.)

Рабиновича-младшего звали Люсиком. Уменьшительное от Люсьена, хотите верьте, хотите - нет. Любящая мамаша назвала его так в честь дедушки Лазаря и очень гордилась своей изобретательностью. Сынок унаследовал от мамаши вздорный характер и жуткий лексикон, а от папаши - невыносимый запах. Как и его мамочка, он отличался невероятной предприимчивостью и энергией. Порой мне казалась, что я вижу упитанную рожу Люсика сразу и в доме, и в саду, и на улице. Больше всего на свете он любил жратву и деньги. В его шкодливом уме постоянно крутились идеи легкого и быстрого заработка. Он собирал на помойках пластиковые бутылки (5 центов за штуку), чтобы сдать в утиль и разбогатеть, и тогда весь дом выглядел как помойка. Он воровал в саду у соседей цветы и продавал их возле оперного театра, а разгневанные соседи пытались его усовестить и грозили полицией. Одалживал одноклассникам деньги под проценты. А однажды он спер ведро печенья, собственноручно сделанного мадам Рабинович (вся пища производилась в этом доме в немыслимых количествах - ведрами, тазами, котлами), и распродал это печенье доверчивым соседям по доллару за штуку, якобы в пользу голодающих детей Украины.

Собачка Зямик, когда не находилась под гипнозом своей суровой хозяйки, целые дни тявкала без дела и норовила тяпнуть за ногу. Но из всего семейства я к ней испытывал наибольшую симпатию.

Однажды Люсик сообщил мне, что решил заняться разведением попугайчиков. Отличный бизнес! Достанет пару, посадит в клетку и они начнут бешено размножаться. Птенцов Люсик будет сдавать в зоомагазины и знакомым. Дело пойдет как по маслу, знай загребай доллары. В тот же день он притащил первого попугая и пришел ко мне похвастаться своим приобретением. Он обменял птичку на мамины очки от солнца и порнографическую видеокассету, которую стащил у папы. (Достойное дитя своих родителей!) Попугайчик был из породы волнистых, ростом с воробья, но очень тощий, грязно-голубой, какого-то пыльного цвета (будто его год в сундуке держали) и слепой на один глаз. Он держал голову боком, прижав к плечу, и вид от этого имел иронический. Он как бы хотел сказать своим взглядом: «Как же, буду я вам размножаться. Держите карман шире. Я такими глупостями давно уже не интересуюсь». Где Рабинович-младший добыл такую потрепанную птицу, ума не приложу.

Сначала Люсик потребовал у меня птичью клетку. Я поспорил немного для приличия, утверждая, что клетка - это часть моей мебели и мне совершенно необходима - складывать пустые жестянки из под пива, чтоб они не катались под ногами. Но потом уступил неистребимому рабиновичевскому напору.

Не прошло и получаса как рыдающий Люсик вернулся вместе с клеткой и попугаем. Он размазывал слезы и сопли по щекам, оглашая воздух трубными звуками, как молодой слон. Мама запретила ему держать птицу, которая загадит весь дом (рыдания). Можно, попугай постоит у меня на веранде до завтра (рыдания), а потом Люсик отнесет его приятелю и обменяет на черепашку, против которой мама не возражает? Он будет разводить черепашек и сдавать их на фабрику сувениров. Вид рыдающего Люсика доставил мне эстетическое наслаждение, и я согласился. Попугай посмотрел на нас иронически единственным глазом и сделал вид, что уснул.

Среди ночи я вскочил от шума крыльев и звона разбитого стекла. Попугайчик прогрыз трухлявую стенку клетки и метался по веранде, как безумный. Он уже опрокинул и разбил вазу, и теперь бился в оконное стекло. Откуда такое свободолюбие в престарелой домашней птичке? Я попытался накрыть его ведром, но попугай взмыл, как ястреб, и скрылся в шестиугольном окошке чердака. Не было печали, только разбираться в два часа ночи с проклятой пичугой! Теперь шум доносился с чердака. Я понял, что мне не уснуть. Подтащил приставную лестницу, взял карманный фонарик, поднялся наверх и заглянул в окно.

На чердаке было темно, пахло пылью, плесенью и каким-то травяным запахом, как будто под крышей сушили сено. Я влез в окно. Мне стало неожиданно тепло и уютно и расхотелось спать. Я осмотрелся в мутном свете луны, проникавшем сквозь шестиугольное окно. На чердаке была сложена разная старинная мебель, игрушки и одежда. Как это Рабиновичи еще не утащили все к себе в логово? Потом я сообразил, что мое окно - это единственный выход на чердак. Наверное, где-то была дверь, но Рабиновичи ее не обнаружили, а может быть, ее задвинули мебелью, или заштукатурили по ошибке в ходе внутренних перестроек. Как бы то ни было, но мне приятно было осознавать, что я единственный и полноправный хозяин этого острова в бурном море дома с Рабиновичами.

Я уселся в кресло-качалку и пошарил лучом фонарика - попугайчика нигде не было видно. Но через минуту я увидел нечто, что принял сначала за чучело большой птицы. Неожиданно чучело распушило гребень на голове и взмахнуло крыльями. Я направил на него луч фонаря. Передо мной на покосившемся столике сидел восхитительный огромный бело-розовый попугай ара. «Цып-цып!» - позвал я его. Попугай плавно раздвинул крылья и перелетел на ручку моего кресла. Я неуверенно протянул руку. Птица перебралась ко мне на запястье, и я почувствовал ее живое нежное тепло. Ара искоса посмотрел на меня, вытащил из моего нагрудного кармана леденец в обертке и принялся его грызть. Я был в восхищении. Не раздумывая, я осторожно засунул птицу за пазуху и спустился с чердака. Попугай не протестовал. В своей комнате я посадил Арика (так я решил назвать его) в клетку, накрыл пледом, чтоб он не простудился, и задумался.

Передо мной стояли несколько каверзных вопросов. Откуда взялся попугай ара на чердаке? Как он мог залететь туда, если единственное окно ведет в мою комнату? Куда делся слепой волнистый попугайчик? Что это за таинственный чердак, о котором я ничего раньше не слышал? Я немного поразмышлял над этими загадками, но ни до чего не додумался и лег спать. Арик под пледом тихонько насвистывал во сне.

Утром я приготовился дать отпор Люсику, когда он явится за попугайчиком, но, как оказалось, его отправили на лето к бабушке в Лос-Анджелес. Несколько дней мы с Ариком прожили спокойно. В субботу ко мне в гости пришла моя подружка Ирина. Попугай ей не понравился. Вернее, ей не понравилось, что я завел попугая. «Он наверное, дорогой, как холера, - заметила моя нежная подруга, - и жрет не меньше, чем здоровый пес. Разоришься кормить его.

Смотри, какой жирный боров!» «Он не жирный, это перья и пух», - обиделся я за Арика.

Здесь нужно сказать несколько слов об Ирине. (Она требует, чтобы я называл ее Ирен!) Мы познакомились с ней в колледже, когда начинали учить английский, и встречаемся уже два года. Она - девушка симпатичная, высокая и яркая. Но по какой-то странной фантазии, иногда, когда я гляжу на нее, мне чудятся знакомые черты мадам Рабинович. Сначала я не обращал внимания, мало ли что в голову придет. Но последнее время меня начали серьезно раздражать вечные разговоры о том, что сколько стоит, и ее базарный лексикон, и как она одевается. Где она откапывает эти кожаные пиджаки с блестками и брюки расцветки леопард? Серьезно, откуда такие варварские вкусы, будто она выросла в джунглях Африки, а не в тихой Виннице? Металлоконструкциями, которые она носит в ушах, можно убить человека, если попасть в висок, но Ирен утверждает, что это - серьги. На такое барахло ей денег не жалко, или чтобы «погулять» с шиком в русском ресторане и продемонстрировать свои наряды. Но ни на что другое ее не соблазнить, в кино пойти или на выставку. Ей денег жалко (моих, кстати), и она устает на работе! Кто ей виноват, что она вкалывает в магазине по одиннадцать часов шесть дней в неделю? Хочет заработать все деньги на свете? Последнее время она так выматывается, что у нее нет сил даже заниматься любовью. Что за радость так жить? Сколько раз я ее уговаривал пойти учиться, бросить этот магазин. Не слушает. Теперь вот приревновала меня к попугаю.

Ирен развалилась на моей кровати и уставилась на клетку. На ней были обтягивающие рейтузы расцветки «тигр» и черная блузка с золотыми блестками. От блузки сильно пахло арабскими приторными духами, от которых слезились глаза и першило в горле. Сегодня волосы Ирен были выкрашены в розово-рыжий цвет и небрежная челка почти закрывала глаза, которые трудно было разглядеть из-за накладных ресниц. Красные губы приводили на память истории о вампирах. Я испытывал, глядя на нее, смешанное чувство восхищения ее длинными ногами и круглым задом, и раздражения от пестроты и безвкусицы наряда.

- Мы с Юриком и Викой ездили в дансинг на его шикарной машине, - лепетала Ирен, задирая по очереди ноги и любуясь своими ботинками, - настоящий «Порша». Роскошный мотор. Где ты взял эту птицу? Клюется, наверное... - Она подвинулась к клетке и постучала по прутьям малиновым ногтем с облупившимся лаком. Во всей ее позе выражались презрение и к попугаю, и к моему жалкому жилищу.

- Я его нашел на чердаке. Там всякое барахло свалено. Он как-нибудь залетел с воли... А может в тепле высиделся из яйца, - пошутил я.

Но Ирен не поняла шутки: «Чего ты мне врешь. Чтоб из яйца высидеть, нужна курица или инкубатор. Совсем меня за дуру держишь!» Она надулась. Чтоб переменить тему, я спросил: «Хочешь, слазим на чердак, посмотрим, что там лежит?» «Что я - дефективная, на чердак лазить?» «Вдруг там сокровища лежат и только нас дожидаются?» Ирен опять не поняла иронии: «Ну ладно, если ты думаешь там чего найти...» Она встала и потянулась, как кошка. Подошла к лестнице. Я последовал за ней, не отрывая взгляда от ее туго натянутых рейтуз. На чердаке было тепло и тихо, как в прошлый раз. Ирена села в кресло, раскрыла стоящий рядом сундучок и стала перебирать сложенные в нем старые шарфы и перчатки. Внизу зазвонил телефон. «Посиди пару минут, я спущусь... может это с моей работы». Ирен не ответила, занятая старыми тряпками. Действительно, звонили с работы. Начальник просил меня выйти в ночную смену, потому что мой напарник заболел гриппом. Мы поговорили минут пятнадцать.

Когда я опять поднялся на чердак, Ирен сидела, глубоко задумавшись, в том же кресле и не сразу меня заметила. «Извини, я задержался. Мой босс звонил». «Ничего, я тут сидела и думала... Здесь так тихо на чердаке, как на подводной лодке. Кто сидел в этом кресле до меня, чего они хотели, о чем мечтали?» Я подвинулся ближе к Ирине. Неожиданно она притянула меня и поцеловала в висок.

Некоторое время мы сидели молча, обнявшись. Потом она осторожно освободилась: «Мне нужно идти... Я хотела подать документы сегодня в колледж, они только до четырех открыты. Надоело в магазине торчать. Меня всегда интересовала медицина. Даже маленькой я всегда играла в медсестру. Знаешь, хочу попробовать выучиться на физиотерапевта. С детьми работать. На врача я, конечно, не потяну». Она начала спускаться по лестнице, а я за ней, удивленный внезапной переменой.

Ирен остановилась у клетки с попугаем. Арик приоткрыл глаз и дружелюбно посмотрел на нее. Изменилась не только манера ее разговора. Волосы приобрели прежний золотисто-каштановый оттенок, черты смягчились. Тигровые полосы поблекли на рейтузах, и блестки осыпались с черной блузки. С ногтей сошел облезлый лак. Побледнела варварская косметика. Передо мной стояла милая девушка, с открытым приветливым взглядом. «Я побежала! Позвоню вечером». Она надела свое кожаное пальто с металлическими накладными бляшками. «Какое смешное пальто! Какие дурацкие эти заклепки! Как это я раньше не замечала? Нужно будет купить себе что-нибудь другое на весну...» Она еще раз быстро поцеловала меня в щеку и меня обдало нежным травянистым запахом. Так пахло на чердаке.

Когда за Ириной закрылась дверь, я посмотрел на Арика и сказал ему: «Теперь все понятно!» Арик взъерошил перья и пробормотал что-то невнятное. Для эксперимента я затащил на чердак разбитую китайскую вазу. (Такие продаются по дешевке во многих лавочках в Чайна-тауне). Через час я с трудом снес по лестнице роскошное произведение из китайского фарфора, достойное музея востоковедения. Картина «Котик с розами» трансформировалась в великолепную копию Рубенса, а может быть и подлинник, я недостаточно образован, чтобы различить. Усохший фикус обратился в куст цветущих орхидей. Но десятидолларовая купюра, положенная на чердаке на полу, так и осталась десятью долларами. У нее не было никаких скрытых потенциалов и она равнялась самой себе.

Я сел на продавленную кровать и начал размышлять, к чему применить свое открытие. Сначала я хотел заманить на чердак Люсика, но потом рассудил, что это будет жестоко. Как преображенный Люсик будет жить со своими родителями? Не сойдет ли юноша с ума, когда осознает, в какой семье он вырос? В нынешнем же виде он к ним идеально подходит.

С другой стороны, можно было бы попробовать залучить на чердак и его родителей, но лестница проломится от веса Мадам. И как я их удержу на чердаке необходимое для трансформации время? (По моим подсчетам, для кардинального перевоплощения требовалось не менее получаса). Кроме того, они вполне довольны собой в нынешней ипостаси, и кто я такой, чтобы изменять первозданные стихии? В их сплоченной семье было нечто величественное и монументальное, как в диком грозовом тропическом лесу. Природу нужно беречь!

Оставалось одно - подняться на чердак самому, провести там тридцать минут и посмотреть, что из этого выйдет. Я задумался. До сих пор мне казалось, что я не так уж плох. А чем я хорош? Ленивый и нелюбопытный. Какие нереализованные возможности во мне заложены? Я здоров и молод. Внешности не выдающейся, но вполне привлекательной. Чего мне еще желать? Может быть, мое детское бренчание на гитаре обратится в блистательный талант? Может быть, та стометровка, которую я здорово пробежал на первом курсе, должна была положить начало спортивной карьере? Может быть, когда трансформируюсь, я сделаю великое открытие в области электроники? Не зря же я торчу на фабрике уже третий год. Или Наташа вернется ко мне? Может быть, я напишу книгу или сонату?

Я направился к лестнице. Попугай настороженно смотрел на меня, приоткрыв клюв и раздвинув нежно-розовые крылья. За высокими грязными окнами шумели деревья заброшенного сада. Может быть, я стану президентом? Ну, вице-президентом, ведь я не был рожден в Америке. Может быть, я пойму какую-то главную истину? Может быть, после перерождения я вообще не захочу спускаться с чердака? Я нерешительно поставил ногу на первую ступень лестницы...

Тетя Мэри

Милочка вышла замуж в апреле, когда ей исполнилось двадцать пять лет. Цвели розовые светлые яблони, и Милочкина фата тоже была украшена яблоневыми пенящимися цветами. Ветками цветущих яблонь были убраны и свадебные столы, и церковь, где венчались молодые. Стоило это баснословно дорого, дороже, чем розы или какие-нибудь оранжерейные тропические цветы, но жених сказал, чтоб она не думала о деньгах.

Раньше Милочка уже была один раз замужем за Левинькой Шварцем. Левинька и Мила учились вместе во львовском музыкальном училище. Левинька был самым талантливым пианистом в училище, а Милочка - самой хорошенькой, но без таланта. Левинька «подтягивал» ее по теории музыки, и у них родилась дочка Асечка. Тогда

64

Левинькины родители разрешили ему жениться на Милочке, но с условием, что Милочка уедет вместе с ними в Америку. Против Америки Милочка не возражала. Ей представлялось, что Левинька станет знаменитым пианистом и они вместе будут ездить в турне по Америке и Европе. Все газеты будут печатать их фотографии на первой странице - талантливый Левинька в черном фраке, а рядом с ним хорошенькая Милочка в очень открытом вечернем платье (от Диора) и в бриллиантах.

На самом деле все сложилось иначе. В Америку, правда, они приехали, но поселились не в центре Манхэттена, в зеркальном небоскребе с мраморными ваннами, а на окраине Чикаго, в полуподвальной квартире с тараканами, на улице со странным названием «Диван». Из всего багажа, который так старательно паковали во Львове, чтобы на первых порах в семье было все необходимое, пришел только Левин рояль. Черный лаковый монстр занял большую часть гостиной (она же столовая). Милочка, Левинька и Ася спали в той же комнате на желтом плюшевом диване, пропахшем кошками. В единственной спальне расположились родители мужа, и Милочке это очень не понравилось.

Обязанности в семье распределились следующим образом: Левинька целые дни бурно играл на рояле, вдохновенно глядя в облупленный потолок с рыжими подтеками, в то время как его мама готовила на кухне обеды и ужины, затопляя квартирку запахом жареного лука и удушливым чадом. Папа Шварц рыскал по помойкам в поисках выброшенной мебели, а потом чинил ее в прихожей, громко стуча молотком. Милочка сажала трехлетнюю Асю в синюю коляску и бродила по улицам. Она рассматривала витрины и раздумывала, когда же начнется настоящая американская жизнь? В витринах стояли беззаботные безукоризненно одетые леди с серебряными лицами. Внутри магазинов шла своя суетливая и счастливая жизнь. Продавщицы равнодушно смотрели на Милочку в вышитой дубленке, которая казалась во Львове такой нарядной и элегантной. Когда Милочка проходила через парфюмерные отделы, ее опрыскивали духами. И она влекла за собой этот аромат роскоши как шлейф в полуподвальную каморку на Диване. Там он смешивался с запахом лука, лака для мебели, сырости, кошек и жидкости от тараканов, постепенно ветшая и растворяясь, пока не исчезал совсем.

После Нового года Милочка обнаружила дырку на своей лучшей лиловой мохеровой кофточке. Дырку прогрызла жадная моль. Мила произвела серьезную ревизию всего гардероба. Она нашла еще две дыры - в нарядном белом шерстяном платье с коричневой вышивкой и в польских клетчатых брюках. «Скоро мне нечего будет надеть, - подумала она, - нужно срочно найти работу». Милочка всегда думала короткими фразами. По две в обойме. Первая - ставила проблему. Вторая - ее разрешала. Подумать длинную мысль у нее не было возможности, так как на середине ее всегда прерывал особенно громкий Левинькин музыкальный пассаж.

На следующий день, оставив Асю на попечение свекрови, Милочка отправилась в самый роскошный, по ее мнению, магазин «Маршал Филдс». Она одолжила у знакомой еще по Львову парикмахерши пятьсот долларов, оставив в залог бриллиантовое кольцо Левинькиной мамы. (Кольцо, которое обычно лежало в шкатулке под постельным бельем и о котором свекровь говорила с придыханием - «бриллианты моей покойной бабушки со стороны мамы».)

Многоэтажный магазин встретил ее приятным гулом, блеском зеркал и запахом духов. Мила прошлась по всем отделам и купила самый модный полуделовой итальянский костюм с очень короткой юбкой, французские туфли на прямых и высоких, как колонны, каблуках, элегантную замшевую сумочку и перчатки им в тон. Она аккуратно сложила чеки в кошелек, чтобы можно было вернуть обратно все покупки. Переоделась прямо в магазине в примерочной. Проходя мимо заносчивых продавщиц, она мысленно сравнивала себя с ними и думала, что ни в чем им не уступает. У нее оставалось еще восемьдесят долларов. Милочка спустилась на первый этаж, в салон красоты и сделала себе прическу. Сверток со старой одеждой и дубленку она оставила в камере хранения, в подвале и вознеслась в лифте на последний этаж, где находилась администрация магазина. Милочка критически осмотрела себя в высоком зеркале и решила, что она все еще чрезвычайно хорошенькая. Ее немного смущало слабое знание английского, но про себя она решила, что будет побольше улыбаться и кивать, и все сойдет хорошо.

Седая дама, ведавшая приемом на работу, смерила Милочку придирчивым взглядом и сказала, что продавцы им сейчас не нужны. Разве что на временную работу, на складе...

Милочка внутренне увяла, но не подала виду и продолжала лучезарно улыбаться. Седая дама подумала еще немного и велела Милочке заполнить анкету. Может быть позже, когда освободится место, ей позвонят. Милочка принялась старательно заполнять разлинеенный белый лист. Дверь напротив распахнулась, из нее вышел высокий нескладный мужчина с крупным носом и принялся за что-то сердито выговаривать седой даме. Заметив Милочку, он смягчил тон и заулыбался. Седая дама, видимо, рада была переменить тему и сообщила высокому, что молодая леди ищет работу. «Что вы умеете делать? В какой области вы работали?» - поинтересовался высокий. «Все. Я могу все!» - ответила Милочка на ломаном английском и расплылась самой чарующей улыбкой, какую смогла изобразить. На большее ей не хватило слов. Седая дама снисходительно улыбнулась. «Нам нужен клерк в финансовом отделе. Сортировать бумаги и прочее тому подобное. Я - глава финансового отдела, мистер Фрэнк МакФерсон, - представился нескладный мужчина. - Зайдите ко мне в кабинет». Милочка выдавила из себя дополнительную порцию сияния, хотя казалось, что все ресурсы уже исчерпаны. По дороге в кабинет она незаметно расстегнула верхнюю пуговицу на жакете и выдвинула грудь вперед. Через час ее приняли на работу на должность личного секретаря-клерка мистера МакФерсона.

Дальше все пошло как в фильме, прокрученном наоборот. Милочка спустилась в подвал, переоделась в туалете в свою обычную одежду, сдала обратно костюм, туфли, сумочку, и перчатки. На полученные деньги купила два уцененных платьица попроще. Вернула триста долларов знакомой парикмахерше, пообещав отдать остальное как только получит первый чек на работе, забрала кольцо и вернулась домой в полуподвальную квартиру на Диване.

Там, сквозь густые кухонные запахи и бравурные звуки рояля прорывались горькие рыдания свекрови, обнаружившей пропажу кольца. Ася ползала под сотрясающимся роялем в Милочкиной зеленой шелковой блузке, изображая крокодила. Свекровь набросилась на Милочку с упреками, обзывая ее воровкой и неблагодарной тварью. Папа Шварц прибежал на шум из прихожей с молотком в руках. Он согласно кивал в такт крикам жены, похлопывая себя молотком по ноге. Левинька забарабанил еще громче. Он никогда не вмешивался в домашние конфликты, не распылял свой талант по пустякам. Милочка молча выложила на стол кольцо и подумала: «Как они мне надоели! Нужно отсюда поскорее рвать когти».

Через два дня Милочка вышла на работу в «Маршал Филдс». Работа оказалась совсем нетрудной. Мистер МакФерсон был очень внимателен к новой секретарше и никогда не кричал на нее, даже если Милочка делала ошибки. Через несколько месяцев она научилась бойко болтать по-английски. У нее оказалась прирожденная способность к языкам. Если не хватало слов, она улыбалась и издавала какой-нибудь типично американский звук, вроде «Вау!» или «О-кэй!», или «О-бой!», и все сходило гладко. Перед Рождеством в магазине устроили праздничный обед и бал для всех служащих. Милочка наелась так, что не могла двигаться. Ей пришлось тайком расстегнуть сзади молнию на юбке. В остальные дни она постоянно ходила голодная, так как экономила деньги на новый костюм и туфли. Правда, как сотруднику магазина ей предоставили 20-процентную скидку, и она первая узнавала обо всех распродажах и снижении цен, но денег все равно не хватало. На работу принято было надевать новые наряды каждый день, и некоторые из Милочкиных сотрудниц ни разу не повторялись в течение двух-трех месяцев.

Итак, Милочка сыто блаженствовала, расстегнув юбку, когда к ней подошел Фрэнк МакФерсон и пригласил танцевать. Она судорожно начала застегивать крючок, отвлекая Фрэнка улыбками и вопросами, и когда ей это наконец удалось, выбралась из-за стола под завистливыми взглядами других девушек. МакФерсон не был женат. Многие из Милочкиных сотрудниц мечтали, чтобы он обратил на них внимание, и даже говорили об этом вслух. МакФерсон танцевал плохо и два раза наступил ей на пальцы, но зато он все время говорил комплименты. Он сказал, что Милочкины глаза похожи на звезды, и что у нее необыкновенно обворожительная улыбка, и что она - самая красивая девушка во всем магазине, а возможно - и во всем Чикаго. Потом он спросил, о чем Милочка мечтает в новом году? «Я бы хотела работать продавщицей в отделе духов, - сказала Милочка, не задумываясь, - и выйти замуж за прекрасного принца, как Золушка». Фрэнк удивился и спросил, разве она не замужем? Милочка некоторые время подыскивала подходящий ответ, а потом вспомнила разговоры своих сотрудниц и сказала, что она «сепарейтед». Она точно не знала, что это такое, но из разговоров у нее сложилось впечатление, что «сепарейтед» значит быть как бы полузамужем, если собираешься развестись. Тут МакФерсон ужасно обрадовался и пообещал переговорить с главой парфюмерного отдела, чтобы Милочку туда перевели: «Я буду очень скучать без вас, но надеюсь, мы будем встречаться после работы».

Милочкина мечта стала явью. Теперь она продавала косметику и парфюмерию, как бы витая в ароматных облаках. Кроме того, ей прибавили зарплату. Сначала она думала снять квартиру и переехать подальше от Левиньки и его родителей. Но потом прикинула, что если придется платить за квартиру, ей не на что будет покупать наряды, и решила потерпеть. Ее жизнь стала немного похожа на былые американские мечты. Она стояла за прилавком, хорошенькая, благоухающая, ликующая, раскрашенная самой лучшей косметикой, и многократно отражалась в зеркальных стенах. Правда, украшения на ней были пока еще не из настоящих бриллиантов, но они искрились и сверкали так, что невозможно было отличить. «Женщина рождена для того, чтобы быть окруженной роскошью. Неважно, кто за нее платит». Милочка прочитала это высказывание в какой-то книжке и была с ним совершенно согласна. Поэтому когда Фрэнк МакФерсон предложил ей пообедать в ресторане в субботу вечером, она без колебания сказала «да», то есть «уес!»

В восемь вечера они вошли в итальянский ресторан «Оливковый сад». Милочка не позволила Фрэнку заехать за ней, и он ждал ее в вестибюле. Про себя она подумала, что Фрэнк мог выбрать ресторан и пошикарнее. Впрочем, весело сверкали огни, оживленно гудели голоса посетителей, пахло вкусной едой, где-то играла музыка, и Милочка, выпив бокал красного вина, пришла в отличное настроение. Ее кавалер выглядел чуть-чуть мешковато, но он глядел на Милочку с таким восторгом, так старался предупредить любое ее желание, что и он ей показался очень симпатичным. Милочка размышляла, что после обеда он наверняка повезет ее к себе. Зря, что ли кормил? И как она объяснит свое длительное отсутствие свекрови, которая еще не знает, что они с Левинькой «сепарейтед»? Впрочем, об этом не знал и сам Левинька. Хорошо, что Милочкино присутствие или отсутствие его не волновали. Но после ресторана Фрэнк попросил разрешения отвезти Милочку к ней домой, поскольку уже темно и поздно, и ни о чем другом даже не намекал.

С тех пор они стали встречаться довольно часто. МакФерсон приглашал ее на обед, или в кино, или в театр, даже дарил ей цветы, и при этом не делал никаких двусмысленных намеков. Милочка даже немного обиделась. Она решила посоветоваться со своей напарницей в магазине, молодой полькой, родившейся уже в Чикаго. «Ты просто счастливица, что отхватила такого парня как Фрэнк. Если он не приглашает тебя в мотель, значит серьезно к тебе относится. Как долго вы *дэйтаете?*» «Мы - чего? - не поняла Милочка. - Я же тебе говорю, он ничего такого не предлагает». «Ты - русская темнота! *Дэйтать* - значит встречаться, ухаживать! Когда тебя приглашают в рестораны и дарят подарки. Вы что в России не *дэйтали?*»

Милочка быстро прикинула, что она делала в России, вернее, на Украине? В школе, в десятом классе, когда их посылали на полевые работы в колхоз, они с одноклассниками пели под гитару, потом пили дешевое вино и валялись на сеновале. Она плохо помнит, что было дальше. В техникуме она ходила в кино с одним мальчиком, а потом целовалась в подворотне. Ну и с Левинькой они занимались теорией музыки у него дома, а потом как-то оказались в кровати его родителей. Нет, пожалуй это не в счет, и она никого не *дэйтала.* «Знаешь, похоже, он на тебе хочет жениться, - заключила Ядвига. - Ты согласишься?» Милочка подумала: «Пусть сделает предложение. Тогда буду сушить голову». А вслух сказала: «А чего? Если никто получше не подвернется».

Осенью Фрэнк пригласил Милочку в Арборетрум. Сначала она решила, что это название бара, но Фрэнк объяснил, что это парк. Они будут гулять и любоваться осенней окраской листьев, а потом устроят пикник на природе. Про себя Милочка решила, что он пожмотничал пригласить ее в ресторан, но благоразумно промолчала, поскольку никого получше у нее пока не было. (На Левиньке и его музыкальной карьере она давно поставила крест.) В парке действительно было очень красиво. От желтой листвы исходил удивительный мягкий свет, хотя день был пасмурным. Фрэнк выглядел в джинсах и свитере значительно привлекательнее, чем в мешковатом деловом костюме. Милочка одобрительно поглядывала на его широкие плечи, обтянутые свитером. Они сидели на лавочке над озером, в котором сосредоточенно плавали по кругу серые канадские гуси, и думали каждый о своем.

В тот момент, когда Милочка размышляла, как бы ей не запачкать светлые туфли, прогуливаясь по траве, щедро унавоженной жирными канадскими гусями, Фрэнк прервал молчание. Он сказал, что гуси почти такие же красивые, как лебеди, и предложил набрать букеты из опавших пылающих листьев. «Не было печали! - подумала Милочка. - Теперь я точно загажу туфли».

Под предлогом усталости она осталась сидеть на лавочке, и МакФерсон отправился за листьями один. Он протянул ей букет почему-то хвостиком вверх. Милочка удивилась, а потом рассмотрела кольцо, надетое на черенки рыжих листьев. Фрэнк смутился и пробормотал: «Я люблю тебя. Выходи за меня замуж!» Она не ответила, занятая кольцом. Тоненькое, золотое с маленьким треугольным белым бриллиантом, оно пришлось как раз впору. МакФерсон смотрел на нее выжидательно. «Как это ты угадал размер? У меня пальцы очень тонкие». Милочка отставила руку и залюбовалась блеском камня. «Ах, да! Он ждет, что я скажу насчет замужества!» Она улыбнулась благодарно и поцеловала Фрэнка в тщательно выбритую щеку: «Конечно, выйду! Только мне развестись сначала нужно». Фрэнк засверкал от радости не хуже бриллианта. «Я - самый счастливый человек на свете. Я так давно мечтал об этой минуте! Если тебе нужны деньги на развод, я все оплачу». И тоже робко поцеловал Милочку, а она тут же сообразила: «Если он все оплатит, нужно найти русского адвоката подешевле и содрать с него вдвое».

На День Благодарения Фрэнк предложил навестить его тетю Мэри. Родители МакФерсона погибли в автомобильной катастрофе, когда ему было пять лет, а сестре - семь. Младшая сестра матери тетя Мэри переехала в их осиротевший дом в маленьком городке Вичита и вырастила обоих детей. Сестра МакФерсона уже давно замужем и живет рядом с теткой. Все они будут безумно рады повидать маленького Фрэнни с невестой. Сначала Милочка хотела отказаться. Чего она не видела в этой захудалой Вичите где-то в Канзасе? Но потом вспомнила, что жизнь с Левинькиной родней стала сущим адом с тех пор, как она подала на развод, и согласилась.

В Канзас прилетели утром. Тетя Мэри, полная, подстриженная под мальчика старушка, седая, как белый гусь, встречала их в Вичите в аэропорту. Городок оказался не таким уж маленьким. Пока тетка везла их домой в зеленом облезлом грузовичке, на центральных улицах Милочка читала вывески со знакомыми названиями магазинов. Дальше пошли кварталы уютных даже на вид домов: белых, желтых и красных, затененных высокими старыми деревьями. Стояла теплая погода, и листва еще не совсем облетела. Между высокими крышами поднимались всплески то рыжих, то бордовых, то ярко-желтых крон. Белый двухэтажный дом под зеленой крышей, где родился Фрэнк, стоял почти на окраине города, возле реки. Окружающие кусты и деревья дружелюбно шуршали. Сестра Фрэнка и племянники, двое лопоухих мальчишек с лукавыми черными глазами были очень похожи на МакФерсона. Такие же долговязые, нескладные, со вздернутыми носами и приветливыми улыбками. На веранде под зеленым полосатым навесом стояло деревянное кресло-качалка. Такое было когда-то у Милочкиной бабушки.

В доме пахло ванилью и корицей. Сестра пекла печенье и традиционный тыквенный пирог к праздничному обеду. Уселись за длинный стол, покрытый белой вышитой скатертью: виноградные грозди, переплетенные розами. «Скатерть вышила в молодости тетя Мэри, - с гордостью пояснил Фрэнк и, запнувшись, добавил, - она была свадебным подарком моим родителям». Перед едой все взялись за руки, и тетя Мэри произнесла короткую молитву. Милочка похвалила индейку. Так же вкусно приготовлена, как делала ее мама. МакФерсон просиял. И сладкая печеная картошка ей понравилась, и тыквенный пирог со сливками. Не хуже, чем в ресторане. Она уже не жалела, что поехала в Вичиту. Здесь было тихо и приятно, как в деревне возле Львова, куда в детстве летом увозили ее родители. А черноглазая седая тетя Мэри была немного похожа на Милочкину бабушку. Впрочем, она ее плохо помнила. Только, что она была добрая и кормила внучку вкусно и до отвала.

Племянники убежали в сад за домом, а Милочке после перелета и плотного обеда захотелось спать. Тетя Мэри проводила ее на второй этаж. В спальне узенькая деревянная кровать была застелена лоскутным одеялом из разноцветных квадратиков. В каждом из них был вышит цветок. Тетя заметила, что Милочка внимательно рассматривает одеяло, и пояснила, что оно называется «квилт». Американские квилты - целая область в прикладном искусстве. Цветочный квилт сшила сестра Фрэнка, а у самой Мэри тоже есть квилт, отделанный изображениями листьев и птиц. Она потратила на него четыре года. Но Милочке уже не хотелось смотреть квилты, ее сморила дремота. За окнами усыпляюще шелестела сухая листва старого сада. Тетя Мэри пожелала ей спокойной ночи и сказала, что Фрэнк будет спать на первом этаже, на диване в гостиной. «Понимаешь, мы еще не женаты, а тетя Мэри - старых понятий, - объяснил Фрэнк утром. - Ты получишь развод в феврале, мы сможем обвенчаться через месяц. Тогда - другое дело».

Они провели в Вичите два дня. Наверное, самые спокойные два дня в Милочкиной жизни. Ей даже показалось, что она располнела за этот уикенд, так старательно кормила их тетя Мэри. Милочка гуляла в саду, рассматривая старые дуплистые деревья с кривыми причудливыми сучьями и жирных рыжих белок. В Чикаго все белки были серыми или даже черными, а эти - рыжие, пушистые, как на Украине. Племянники МакФерсона устроили для белок и птиц кормушку из старого таза. Тетя Мэри ежедневно насыпала в нее кукурузные зерна, семечки и хлебные корки. Неудивительно, что белки растолстели. Мэри свозила их в музей индейцев, где стоял настоящий вигвам из бизоньих шкур. В витринах были выставлены национальные костюмы различных племен и мокасины, вышитые бисером.

Милочке больше всего понравился маленький магазинчик при музее, где продавали серебряные украшения с бирюзой, сделанные индейцами в резервациях. Фрэнк купил ей широкий с голубыми камешками браслет и сережки. Тетя Мэри подарила ей на прощание пеструю шерстяную шаль с кисточками, которую сама связала из старых свитеров, и банку клубничного варенья.

Милочка вышла замуж в апреле, когда ей исполнилось двадцать пять лет. Она вышла замуж за «нового русского» Сашу Петрова, с которым за месяц до того познакомилась в магазине. Саша покупал французские духи в подарок своей маме и потребовал, чтобы Милочка нашла для него самые дорогие. Говорил он на невнятном английском, а когда ему не хватало слов, раздельно матерился по-русски. Милочка с ним разговорилась, и Саша чрезвычайно обрадовался, что нашел русскую барышню в Чикаго.

Он пригласил ее в шикарный ресторан, а потом к себе в гостиницу «Хаят». В гостинице, как в кино, были скоростные прозрачные лифты. В номере у Петрова возле необъятной кровати, покрытой атласным золотистым одеялом, стоял коньяк в хрустальном графине и корзина с апельсинами и клубникой. Пахло отличными сигаретами и дорогим одеколоном. Милочка потянула хорошеньким носиком и подумала: «Вот это - жизнь! Мне бы такую!»

Утром, когда Милочка одевалась, Петров одобрительно похлопал ее пониже спины и сказал: «Я давно уже присматривал себе какую-нибудь. Чтоб была красивая, не стыдно появиться на людях. По-английски ты здорово шпаришь, не то что наши телки, и выглядишь - закачаешься! Я тебе квартиру куплю в Нью-Йорке в небоскребе. Будем ездить по всему миру. Погуляем! У меня, правда, в Вологде есть баба и двое сопляков, но я им денег посылаю, чтоб не возбухали. Записался с ней давно, еще до армии, после школы. Дурной был. За последние пару лет она стала настоящей коровой. Только знает, что свой огород. Мне не такая женщина теперь нужна. Ну что, лады?» «Лады, - согласилась Милочка, вспомнив свои мечты о бриллиантах, французских платьях и мраморной ванне с золотыми кранами, как у кинозвезды, - только мы должны обвенчаться по-настоящему. Я с тобой просто так жить не стану. Я не какая-нибудь...» «Где же ты хочешь венчаться в Америке?» - удивился Петров. Сначала Милочка хотела предложить синагогу на Диване, но потом сообразила, что Петров - русский, и в синагоге их венчать не станут.

- В Чикаго где-то есть русская церковь, - наконец нашлась она. - Ты же не венчался наверное со своей вологодской, значит все равно, что неженатый.

Саша с сомнением посмотрел на Милочку. Она поправила кружевную рубашку, чтобы та не очень закрывала ее прелести, и чарующе улыбнулась. Петров долго чесал затылок, выпил стопку коньяку, покрякал и, наконец, решился: «Ладно, дадим священнику в лапу, он тогда кого хочешь повенчает, хоть коня с жабой. Закатим свадьбу на всю Америку. Знай наших! Я своих компаньонов приглашу, пусть позавидуют, какую я чувиху отхватил».

Цвели розовые светлые яблони, и Милочкина фата тоже была украшена яблоневыми пенящимися цветами. Ветками цветущих яблонь были убраны и свадебные столы, и русская ортодоксальная церковь, где венчались молодые. Стоило это баснословно дорого, дороже, чем розы или какие-нибудь оранжерейные тропические цветы, но жених сказал, чтоб она не думала о деньгах. Яблони напоминают ему Россию, по которой он уже соскучился.

На платье Саша угрохал четыре тысячи, и Милочка выглядела, как принцесса. Куда Золушке! Они поехали в свадебное путешествие на Гавайи, а потом поселились в Нью-Йорке, на двадцать восьмом этаже, как раз в такой квартире, как виделось Милочке в ее сладких снах. Молодые побывали в Париже и Лондоне, где у Петрова был «бизнес». Правда, в Прагу и Варшаву он отправился без Милочки. Она подозревала, что Саша по дороге заскочил в Вологду проведать своих сопляков, но ей было не жалко. Все равно он вернется к ней, в Нью-Йорк, где у Саши большие дела.

Милочка забрала в Нью-Йорк Асю, которая удивительно подросла за последний год. Свекровь не хотела отдавать девочку, но Милочка настояла на своем. Она же мать! И нечего ребенку расти в конуре. Она купила для Аси персидскую кошку и породистого кофейного пуделя, чтобы малышка не так скучала без бабы и деда. О Левиньке ни одна из них не вспоминала.

Теперь каждое утро Милочка занимается аэробикой и плавает в бассейне. Она не хочет стать такой же тушей, как Сашина вологодская баба! Когда приходящая горничная-мексиканка убирает квартиру, Милочка бесцельно бродит по магазинам. На ней такие пальто и туфли, что даже видавшие виды ньюйоркцы оглядываются и прищелкивают языками. Не говоря уже об одуревших визитерах-провинциалах.

Потом, пока еще тепло, они с Асей отправляются гулять в Центральный парк. Впереди торжественно выступает на поводке кофейный пудель, которого назвали Мишкой. Черный швейцар с золотыми галунами почтительно отворяет перед ними зеркальные двери небоскреба. В парке Ася, нарядная как кукла, гоняется за пуделем и валяется с ним в траве, пачкая светлое вышитое пальтишко в викторианском стиле. По дымному небу важно проплывают дирижабли, рекламирующие кока-колу. За облетающими деревьями парка гудят машины, завывают пожарные сирены, слышится лязг тормозов.

Милочка нюхает горький запах увядающей листвы и ей почему-то вспоминается тихий городок Вичита в Канзасе. Она собирает опавшие листья в нескладный пестрый букет. Внимательно рассматривает его, теребит в задумчивости. В памяти всплывает домик тети Мэри с облупленными стенами, ее лоскутные одеяла, липовый чай, рыжие белки, беззаботные крики курносых племянников в заросшем саду и сам нескладный Фрэнк МакФерсон в синих джинсах и клетчатой фланелевой рубашке, собиравший в кучу опавшие листья.

Незавершенный монолог доблестного животновода

Спасибо, я лучше постою. А то все время сидишь - в машине сидишь, перед телевизором сидишь, в гостях сидишь, а это вредно для здоровья. Вы же знаете, что может случиться, если все время сидеть? На нашей бывшей исторической родине, то есть в Союзе, я все время был на ногах, в полете, так сказать, и в поиске, чего поесть, чего надеть, чего достать... Все нужно, потому что большая семья: жена, дочка, собака, теща и тещина младшая сестра. Здесь все есть, а чего нет - бегай не бегай, все равно не выбегаешь.

Здоровье, например! Я обращался к самым лучшим специалистам, обошел все медицинские офисы на улицах Диване и Калифорния. Был у терапевта, ушника, глазника, доктора по ногам, даже к экстрасенсу ходил, который лечит биологической энергией от дурного сглаза, и все равно хромаю, как собака. Конечно, вы скажете - возраст, но что такое пятьдесят семь лет для мужчины по американским стандартам. Даже если, допустим, не пятьдесят семь, а шестьдесят один, потому что когда была паспортизация, они могли что-то напутать? Самый расцвет, трудоспособный возраст, и до пенсии далеко, как до неба, а на что жить? Где взять эту работу, если все-таки пятьдесят семь, а по паспорту шестьдесят один и по-английски ни «бэ» ни «мэ»? И кому интересно, что у меня незаконченное высшее техническое образование, вымпел «Ударник коммунистического труда» и даже именные позолоченные часы «За доблестное животноводство», потому что я тогда работал в Министерстве сельского хозяйства?

Все говорят - учи язык, без английского никуда! Мы с женой и тещиной сестрой устроились учиться в Трумэн-колледже, институт по-нашему. Дай бог здоровья господину Трумэну, что он берет всех без разбору, хотя бы им было сто лет от роду и в полном маразме, как младшая сестра моей тещи, и даже платит стипендию, что тоже подспорье. Сами посудите, какие из нас студенты? Но все идут учиться, и мы с женой взяли курс рисования и верховой езды, а тещина сестра - историю американского кинематографа и фигурное плаванье, потому что по остальным предметам мы не подходили по уровню английского языка. Конечно, в конце семестра мы не смогли сдать ни одного теста, кроме как по верховой езде: у них лошадь заболела, и всем зачли курс автоматически. А сестра тещи чуть не утонула в бассейне прямо на экзамене, но, к сожалению, вытащили.

На второй семестр нас уже не приняли, просто выбросили из института. Вежливо, разумеется, но как вам нравится эта манера - выбрасывать из института, все из-за того что мы не понимаем на ихнем языке? Если хотите знать правду, в этой Америке никто по-английски говорить не умеет. Пройдитесь по Дивану: в индусских магазинах говорят по-индийски, в русских - по-русски, в греческих - по-гречески, а в еврейских - на идиш и на иврите, как моя покойная бабушка. Мексиканцы болбочут по-испански «салют-амигос», а корейцы и китайцы вообще ни на каком языке не говорят, только кивают и улыбаются. Где вы слышали тот английский в Чикаго?

Вы думаете, те, кто умеет по-английски, такие умные? Я вчера спрашиваю у одного кремового господина в автобусе: «Доеду я на этом номере до центра или как?» - По-русски, конечно, спрашиваю, но чтобы ему понятнее было добавляю: «Хелло! Ты мне не отвечай длинно, скажи только «да» или «нет».

Он только пялится на меня и молчит. Даже «да» и «нет» сказать не может, или там «уес» и «ноу». Я бы понял...

Поскольку с языком у нас не сложилось, мой двоюродный дядя по матери - он в Штатах уже двадцать лет и вызвал всю семью - устроил меня к своему деверю от первой жены в фотографию: подметать обрезки с пола, мыть окна и выполнять всякую подобную техническую работу. Еще фотографии на паспорт делал, в обед, когда хозяин жрать уходил. Платили, конечно, слезы, но наличными. И за то большое спасибо, потому что пособия, вы сами знаете, не хватает. Я говорю этому деверю через два месяца... Вы бы его видели - отъелся на американских харчах, морда ящиком и кирпича просит! Я говорю: «Давай мне повышение, у меня уже есть *экспиренс*, по нашему опыт». Этот типичный эксплуататор отвечает мне, что он - не благотворительная контора. Все потому что на фотографиях, которые я снимал, я никак не мог попасть камерой куда надо. То ухо клиенту срежет, то лоб, и приходилось переделывать по четыре раза. Мне эти придирки надоели, и я сказал им всем, что раз у них морда ящиком, вот она и не вмещается. Получился большой скандал, и мне больше не доверяли даже обрезки подметать, а просто выперли. Такое вот зверское лицо капитализма, как учил нас в школе Карл Маркс. Вы не подумайте, что я за коммунистов, Боже упаси! Но все-таки обидно!

Короче, чтобы вас не утомлять, я остался без работы, а когда в доме нет денег - в семье полный кавардак. И даже собака, которую мы привезли из Харькова (очень породистая овчарка-медалистка) тоже начинает беситься, гадить на ковер и драть мебель, не говоря уже о жене, теще, тещиной младшей сестре и дочке. Ей, слава Богу, уже семнадцать, но в голове только ветер и мальчики, нет чтоб подумать об учебе и будущем, потому что отец - не лошадь, все тащить на себе, пока не свалится. У меня уже было подозрение на микроинсульт, и я два месяца не курю, только слабые сигареты с ментолом - не так вредно для сердца. И пить почти бросил, разве что за компанию.

Компания - это очень важно, вы сами знаете... или не знаете. Потому что в Харькове у меня была такая компания! Все как один министерские головы, почти директора! Особенно Семен. Он варил такие дела! Я не буду рассказывать, что он творил в Союзе, я вам расскажу, что он придумал здесь, в Америке. Семен оказался самым умным из нас и свалил «за бугор» еще в первую волну. Вы же знаете, эмиграция шла волнами, как на картинах Айвазовского - первая волна, вторая, потом - девятый вал...

Это, конечно, шутка, но я продолжаю о Семене. Когда он приехал в Штаты, то сразу рванул во Флориду. Они там с женой купили «кондоминимум», квартира такая. То есть не весь «кондоминимум», а часть и на время, «тайм-шэйр», по-вашему. На две недели в году, чтобы отдыхать на океане. Правда, потом оказалось, что до океана нужно еще три часа ехать на машине. Но все равно ихняя «шэйр» пришлась как раз на дождливый сезон с ураганами, так что вода - холодная, с неба льет, ветер свищет, из «кондоминимума» носа не высунешь.

Однако деньги уплачены, хочешь - не хочешь, а ехать каждый год надо, не пропадать же взносу. Но Семен не такой человек, чтоб сидеть сложа руки даже на отдыхе. Он услышал, что во Флориде разводят крокодилов и это прекрасный гешефт. Сумки там из ихней кожи, ботинки фасонные, кошельки, пояса и я не знаю, что еще. Он прицелился и решил купить парочку, на развод. На взрослых крокодилов ему не хватило денег, поэтому он купил мальков или как их там. Маленьких таких крокодильчиков, не больше чем с ладонь. Привез в свой апартмент в Нью-Йорке и поселил в ванне. У них еще душ был, так что они ванну отвели под крокодилью ферму. Покупали им собачью еду в мешках, объедки со стола давали и травку рвали в парке, чтоб витамины были. Крокодильчики хоть и маленькие, но жрали как большие. Сын Семена их полюбил, как родных, и назвал Тотоша и Кокоша. Они по всей квартире ползали, даже в постель забирались. Семен из-за этого чуть импотентом не стал, но эту историю я вам расскажу в другой раз. Ну, подросли крокодилы немного, а размножаться - ни в какую. Семен сложил их в эмалированную гусятницу и свозил к ветеринару - узнать, может они больные.

Ветеринар посмотрел и говорит, что размножения от них не дождешься, потому что оба крокодила оказались мужского пола. Семен прямо за голову схватился - так опростоволоситься! Он хотел, когда обратно во Флориду поедет, обменять одного мужчину-крокодила на барышню, но ветеринар сказал, что даже не стоит трудиться. Эта порода аллигаторов живет до трехсот лет, так что период половой зрелости у них наступит лет через пятьдесят, только зря деньги потратите. Кроме того, ветеринар сказал, что дома в Нью-Йорке нельзя держать крокодилов нелегально, могут быть неприятности с полицией. Этого Семену уж совсем не хотелось, у него еще другие бизнесы крутились, тоже не очень чистые (все на кэш) и налогов он никаких не платил. Поэтому он решил от крокодилов избавиться. Принес их домой и, когда сына не было, спустил Кокошу с Тотошей в уборную и воду слил. А сыну сказал, что крокодилы убежали на волю, в Центральный Парк. Ну и была Семену потом работа каждое воскресенье возить мальчишку в Центральный парк искать крокодильчиков!

Наконец, жена догадалась, написала сыну открытку от Кокоши и Тотоши, вроде бы из Флориды, что они соскучились по своей маме и уехали к ней в Орландо. Малый успокоился, но тут — другая напасть. Соседи по дому начали жаловаться, что в канализации что-то шуршит, ревет и булькает. Один даже клялся, что из туалета высунулось какое-то зубастое чудище и попыталось укусить его, пардон, за зад. Семен догадался, что его крокодилы попали в канализацию и прижились в ней, потому что там тепло. Он испугался ответственности и переехал с семьей в другой район, а сыну купили хомячка. Может, он, конечно, и врет про канализацию, а может, и правда. Чего только в Америке не бывает, на то она и Америка! И у каждого - свои проблемы. Крокодилы, родственники, собаки, пособие, теща, геморрой, работа...

Куда податься бедному еврею со своими проблемами? Вернее, бедному полуеврею, потому что папаша у меня был грузин, тоже черный и с носом, но все-таки другая порода. Он погиб во время войны, и моя мама вышла замуж за аптекаря, который, конечно же, был евреем, а кем еще быть аптекарю? Так что я больше еврей, чем не еврей, но в синагогу не хожу принципиально, потому что религия - это опиум для народа. На заводе у себя я всегда читал политинформацию, хотя и не был партийным, но активный пионер и комсомолец. Там, на нашей бывшей родине, я мог обратиться на заводе сразу в три места: в партком, в местком и в профком. Правда, потом тебя все они дружно посылали в четвертое место, но это уже не для дамских ушей... А тут, в стране победившего империализма, я могу обратиться разве что к психиатру, или к ведущей в Джуши Фэмли, что я и делаю. Самого Джуши я в глаза не видел, но, наверное он тоже еврей, иначе зачем ему с эмигрантами возиться и нанимать разных милых девушек, вроде вас, чтобы выслушивать эмигрантские проблемы и, может быть, даже помочь.

Вот у меня - жена, теща, тещина сестра, собака и дочка. Ей уже семнадцать, но в голове - только мальчики. Нужно поступать в институт, а она нашла какого-то шмындрика из Житомира с огромными ушами, который развозит пищу и кричит, что хочет замуж. Моя теща... в Харькове она лежала пластом, и мы привезли ее в инвалидном кресле. Тут она оживилась, отъелась, потолстела и требует, чтобы ее повезли на море в Крым. Где я возьму ей здесь Крым? Собака тоже требует внимания, не говоря о жене. Именно о ней я и хотел посоветоваться, потому что она тоже хочет замуж. Нет, не жена, а собака - очень породистая медалистка, Рекса. Красивое имя, правда? Я сам придумал. Климат на нее, что ли, подействовал или усиленное питание, как на тещу. В Харькове она уже и не тявкала последнее время. Я собаку имею в виду. Хотя она и породистая, но ей на питание все равно не хватало, потому что большая семья - еще дочка, теща, жена, тещина младшая сестра... впрочем, это я уже говорил.

Теперь собака воет дни и ночи, кидается на стены и дерет румынскую мебель, которую нам переслали из Харькова багажом в контейнерах через Нью-Йорк. Весна... и у нее возникли естественные потребности. Семен мне советовал отвезти собачку к врачу, чтобы ее там «зафиксировали», но мне жалко. Во-первых, операцию медикэйд, наверное, не покроет, хотя собака - друг человека и член семьи. Потом она медалистка, и за нее большие деньги были уплачены. Можно, конечно, найти ей мужа, а щенков потом продавать и чуть-чуть подработать. Беда в том, что породистого мужа, то есть пса, к ней не соглашаются привести, потому что все ее документы на русском. Так вот я хотел с вами посоветоваться, нельзя ли перевести собачьи грамоты и призы официально на английский, потому что сил нет слушать ее вой. Потом, когда мы будем продавать Рексиных щенков, могу ли я за них брать кэш и не снимут ли нас с пособия? Я тут на бумажке все вопросы записал: Не будет ли считаться, что я - имплойд, а собака - мой персональный бизнес? Повлияет ли это на стипендию дочки в университете? Нужно ли включать заработанную сумму в тэксы и можно ли из них вычесть то, что мы тратим на собачье питание? И последний вопрос - может быть медикэйд все-таки покроет расходы на фиксацию, потому что со щенками - это все-таки большая возня? Как вы думаете?

Что же вы падаете со стула? Вам нехорошо? А кому сейчас хорошо? Люди, люди! Помогите, я ее сейчас уроню! Дайте ей воды. Не кричите на меня, я же не знал, что она ни слова не понимает по-русски...

Глина

Нина Львовна отпраздновала свой день рождения в китайском ресторане. Были только свои — дочка с мужем и внучка. Рядом со столиком стоял аквариум с толстыми полосатыми и пятнистыми рыбами. Рыбы смотрели на компанию неодобрительно и сердито шевелили усами, как тараканы. Непонятно было - то ли их держат для украшения, то ли употребляют в какое-нибудь китайское блюдо. Нина подумала, что особой красоты в этих рыбах нет, а для пищи они недостаточно жирные. Нинина дочка Светочка достала из сумки бутылку красного вина и разлила всем в бокалы для воды. (Спиртное у китайцев не подавали, но разрешали приносить с собой.) «Выпьем за нашу дорогую мамочку, которая, наконец-то, приехала к нам в Америку! Чтоб она была здорова до ста лет!» «За любимую тещу хорошо бы тяпнуть чего-нибудь покрепче», - заметил зять, но Светочка пихнула его ногой, так что хлипкий столик зашатался. Внучка Мэри фыркнула. Все выпили и пригорюнились. Наверное, задумались о жизни до ста лет. «Не засыпайте, кушайте, пока не остыло!» - скомандовала Светочка и принялась раскладывать в тарелки китайские блюда.

Гаррик, новый зять, с энтузиазмом принялся уписывать свинину под сладким соусом. Мэри лениво ковыряла деревянными палочками экзотические овощи. От вилки она гордо отказалась. Мэри не прочь была вздремнуть. Вернулась домой под утро с вечеринки, не успела выспаться, как ее потащили на бабушкин день рождения. Спрашивается, почему нельзя отметить его вечером? Потому что в ланч, до двух - дешевле. Сонная Мэри дулась на весь мир, маму, бабушку и на тушеные овощи в темном соевом соусе.

Светочка заказала креветок. Покончив со своей порцией, она вытерла губы салфеткой и решила завязать застольную беседу, а то все сидят, как на поминках, уткнувшись в тарелки. «Могли ли мы думать еще пару лет назад, что будем сидеть вот так в китайском ресторане? Мне в Харькове даже не снилось такое. Правда, здесь красиво? Элегантная обстановка, зеркала, фонарики». «И не дорого!» - брякнул Гаррик и опять получил пинок под столом. Нина огляделась. В полутемном ресторане на темно-красных стенах висели китайские вышивки и веера. Одна из стен была зеркальной и от этого зал казался просторнее. Где-то дилинчала сладенькая музыка, напоминавшая звон музыкальной шкатулки. Девочка-официантка с круглым лунным лицом пересчитывала деньги в кассе. Кроме них в ресторане обедали две основательно пожилые дамы, каждой лет по двести. Совсем седые и сгорбленные, глухие, с трясущимися головами. Они перекликались через стол, как птицы, резкими тревожными голосами. Из кухни тянуло запахом подгоревшего масла. «Очень мило, - согласилась Нина. - Все такое вкусное. Знаешь, в последние полгода мы совсем не ели мяса на Украине. Дорого, на пенсию не укупишь. А здесь - и свинина, и курятина, и эти, как их? Креветки».

Нина Львовна через плечо украдкой рассматривала свое отражение. Ей исполнилось шестьдесят три года. В Харькове, где она прожила всю жизнь, Нина чувствовала себя солидной пожилой женщиной, утомленной, но выполнившей свой долг. Восемь лет назад она вышла на пенсию. «Подниму на ноги внучку, - думала она, - дотяну лет до семидесяти и могу умереть спокойно. Зачем заживаться на свете до глубокой старости и быть всем в тягость?» У Нины был хронический гастрит, болела печень и намечалась язва желудка. Стоило ей поесть чего-нибудь, даже манной каши на воде, тут же мучительно начинал болеть живот, к горлу подступала тошнота. Никакие лекарства не помогали. «Надоело так жить! - бормотала Нина, свернувшись на диване и прижимая к правому боку остывающую грелку, - еще пару лет - и на покой!» При этом ей представлялось зеленое кладбище с голубыми елями, где были похоронены ее родители. Над головой мирно шелестели старые деревья и белые маргаритки росли вокруг могил.

Так думала она ТАМ, и вдруг все изменилось. Дочка со своей семьей укатила в Америку. Некого стало поднимать, некому помогать, не о ком заботиться. Жизнь, которая вращалась вокруг детей и работы, вдруг заскрипела и замерла, как заржавленная карусель. Нина Львовна не хотела уезжать из Харькова. «Я работала всю жизнь и заработала спокойную обеспеченную старость. Чего я буду садиться на шею чужому государству?» - гордо заявила она дочке. Но за три года все истлело и рассыпалось в прах. На пенсию невозможно стало прожить, на работу не устроиться. Даже молодым трудно, безработица. Еды не хватало, лекарств не было и со здоровьем становилось все хуже. Нина подумывала о смерти. Но на тихом еврейском кладбище перед рождеством хулиганы спилили голубые ели. Белые маргаритки засохли, потому что отключили водопровод, и цветы никто не поливал. Нина Львовна поддалась на уговоры дочки и приехала к ней в Чикаго.

Нина смотрела на свою Светочку, помолодевшую, модно причесанную и красиво одетую, на подросшую внучку, которая с трудом говорит по-русски, на горластых старух за соседним столиком. В Америке, чего доброго, и вправду доживешь до ста лет. Здоровье поправилось само собой от обильной регулярной пищи и каких-то розовеньких треугольных таблеток, которые ей подсунула дочка. Теперь Нина уписывала свинину, курятину, овощи в томатном соусе, креветок этих диких - и ничего. Думать забыла о своей печени. Ей сейчас - шестьдесят три. Даже если она доживет не до ста, а до стандартных для Штатов восьмидесяти с небольшим - это еще двадцать лет. Перед Ниной открылось окно во времени и за этим окном - целая жизнь.

Если посмотреть ретроспективно, какими долгими, бесконечными казались первые двадцать лет жизни! Школа, институт. Воспоминания той поры до сих пор занимают наибольшую площадь в архивах памяти. К старости они становятся еще ярче, живее. От двадцати до сорока прошла целая вечность - замужество, работа в музее, потом в школе, дочка выросла. Последние двадцать лет казались действительно последними - дочка вышла замуж, родилась Мариночка. (Теперь ее зовут Мэри.) Нина Львовна отработала свое, устала, постарела. И вот неожиданно впереди опять длинный отрезок времени, который нужно как-то прожить. В Америке ее отбросило на много лет назад, она стала здоровее, моложе (особенно, если сравнить себя с крикливыми старухами за соседним столиком). Даже отчество Львовна, подчеркивающее ее солидность и пожилой возраст, растворилось само собой, и она опять стала Ниной, как в юности. Дочке ее помощь не нужна, внучке, кажется, тоже. Неужели только ходить по врачам и магазинам, как соседки в ее доме? Ах, да, они еще ездят в турпоездки и на концерты бывших советских знаменитостей. Грядущие двадцать лет стояли перед Ниной, гостеприимно распахнув двери, как просторный венгерский полированный шкаф. Краса и гордость ее квартиры в Харькове. Совершенно пустой. Клади в него, что хочешь.

Из китайского ресторана Гаррик подвез Нину домой на своей машине. А Светочка с дочкой уехали в Мэриной «Хонде» за покупками. Они собирались всей семьей в отпуск на Ямайку и обеим понадобились новые купальники и летние туалеты. Дома, в дешевой квартире для пожилых и малоимущих, которую ей устроила дочка, Нина походила по комнатам. Их было две. Маленькая спальня, где помещались только кровать и трюмо, и гостиная (она же - столовая, она же - кухня). Многоэтажный дом с дешевыми квартирами высился на берегу Мичигана, в зеленом чикагском квартале, заселенном пушистыми белками, цветными многодетными семьями и дружелюбными собаками. Нина привычно скользила взглядом по фотографиям на стенах: внучка в ванночке, Светочка с первым мужем (свадебное фото), родители в Крыму, тетки и дядья, двоюродные братья и сестры, их дети... Целое войско минувших времен. «Иных уж нет, а те далече...»

Что ж, если начинать жизнь сначала, нужно начинать ее так же, как в первый раз, с учебы. И Нина записалась в городской колледж имени президента Трумэна. Благо в Америке можно учиться хоть до ста лет. Даже стипендию платят. Многие из ее соседей по дому ходили вместе с ней на занятия, в основном ради этой небольшой доплаты к пенсии. А Нине Львовне очень нравилось учиться. Она привыкла тащить за собой телегу обязанностей, «становиться каждое утро к станку». Без этого она ощущала себя потерянной и ненужной, как распряженная заезженная лошадь, которой одна дорога - на колбасную фабрику. На занятия в «Трумэн» Нина стала ездить три раза в неделю с Мартой, своей подругой по стариковскому дому.

Марта Наумовна Дзюба была душевной женщиной, но чрезмерно разговорчивой. Душа из нее так и перла наружу, как переваренная гречневая каша из кастрюли. На Марте равномерно располагалось очень много застарелой косметики, блесток и пуха. Она была полуеврейкой и любила подчеркивать свое еврейство в еврейской компании и свое не еврейство со всеми прочими. Главной мечтой Марты было переехать в более престижный район, в трехкомнатную квартиру и обставить ее лаковой итальянской мебелью с перламутровыми инкрустациями. У Марты Наумовны было двое маленьких внуков, но она предпочитала в свободные от учебы дни «бэби-ситать» девочку в семействе американских богатых евреев, поэтому у нее не переводились деньги. Два раза в год не в сезон, когда билеты падали в цене, Марта Наумовна ездила в путешествия по Европе или пароходные круизы по Карибским островам.

Вот и сейчас Марта вернулась из поездки на Багамы. Она сильно сгорела на солнце, багровые пятна проступали даже сквозь плотный слой пудры. Но все равно осталась довольна круизом и с увлечением рассказывала Нине Львовне о чудесах теплых морей в автобусе по дороге на занятия: «Вы представляете, Ниночка, вода там зеленая и теплая, как компот. Я не вылазила из купальника. Помните мой бирюзовый тропический купальник с золотыми оборками? Все мужчины на круизе были просто без ума от меня, даже женатые. Мы побывали на экскурсии в музее-аквариуме с местными рыбами. Один там был, еще не очень пожилой одессит, так он сказал, что я сама, как экзотическая рыба, сверкающая оперением. Правда, красиво сказано, литературно? Но аквариум меня поразил! Эти рыбы так и плавают прямо перед глазами со своими вуалевыми хвостами. Стоило поехать на Багамы, чтобы увидеть такую красоту». «В Чикаго тоже есть тропический аквариум», - ляпнула Нина. Марта Наумовна изумленно уставилась на нее, выпучив глаза. Она действительно немного походила на большую яркую рыбу в лиловой с золотом куртке и синем шелковом шарфе. «Ну, не знаю, что тут может быть такое в Чикаго... Я уверена, что на Багамах рыбы куда тропичнее. (Она произносила по-украински «Бахамы».) Вообще, вы же знаете, как я занята, мне некогда развлекаться». Наумовна обиженно промолчала все оставшуюся дорогу. Нине Львовне было неловко, но от Мартиной трескотни у нее разболелась голова. Поэтому она тоже не заговаривала.

К счастью, Марта не умела долго дуться. После занятий она подлетела к Нине как ни в чем не бывало и опять затараторила, пригласила Нину сходить с ней в кино на новый фильм «Титаник». В кинозале было почти пусто. Какие-то долговязые подростки вякали и ржали в задних рядах. «Титаник» Нине очень понравился, а Марта рыдала, не переставая, весь фильм, даже там, где не было ничего грустного, просто от полноты сердца. Она была чрезвычайно чувствительной женщиной. Но при этом мадам Дзюба увлеченно и громко чавкала воздушной кукурузой, купленной перед началом сеанса. Когда зажегся свет, Марта пробормотала сквозь слезы: «Мне срочно нужно в туалет. На экране было столько воды, что я не могу удержаться», - и убежала. По дороге домой она восхищалась молодым актером Леонардо ДеКаприо, «хорошеньким, как пупсик». Так бы его и расцеловала! Нина слушала вполуха и думала о своем. Ей больше всего понравилась главная героиня, которая пережила в ранней юности гибель «Титаника». В самом начале фильма ее показали уже древней старухой, прожившей длинную жизнь, но все еще активной и радостной. Старуха жила со своей внучкой, тоже не первой молодости, и лепила горшки на гончарном круге. Нину поразили ее иссохшие худые руки, похожие на пауков, сильные и подвижные.

Дома, засыпая, Нина Львовна опять все думала об этой старухе. Какой богатой приключениями и страстями, изобильной была ее жизнь в отличие от Нининой! После трагедии в океане героиня бросила свою высокопоставленную семью и стала актрисой. Даже в старости продолжала жить как молодая, делать, что она сама хочет, а не то, что лепили из нее окружающие. Как эти горшки. Нина гораздо моложе ее и выглядит намного лучше, а вот нет в ней такой жизненной силы и независимости. Или все же есть? Актрисой ей уже, конечно не стать, но она тоже может лепить горшки или рисовать картины, или... Старуха эта и в жизни старуха, не только на экране, а вот пригласили же ее сниматься в кино. Она опять стала знаменитой, несмотря на возраст. Может быть, и мне не поздно податься в кино? Сон спутал ее мысли, но и в полудреме Нина чувствовала, что случилось что-то хорошее, только не знала еще, что.

Утром Нина Львовна поехала за продуктами, потом пошла в аптеку. Вечером зашла Светочка пожаловаться на Мэри. Совсем отбилась от рук девчонка, домой является под утро. Мало того, что шляется неизвестно где, так еще и всех будит. Нина кивала сочувственно и думала: «Себя вспомни в ее возрасте! Сколько я бессонных ночей провела, дожидаясь твоего прихода. Конечно, был бы у девочки отец, он бы ее приструнил. Отчим, хлюпик этот, слово сказать боится, чтобы не показаться плохим». Домашние заботы окружили ее и вытеснили мысли о «Титанике» и жизнерадостной старухе.

В пятницу опять поехали на занятия в «Трумэн». Марта напомнила, что им нужно записаться на следующий семестр и выбрать, какие предметы они будут проходить. Выбор был небогатый, поскольку для большинства предметов требовалось приличное знание английского языка. «Прямо не знаю, на чем остановить взгляд, - причитала Марта Наумовна. - Все приличные классы уже разобрали. Остались гимнастика, история классической музыки, фотография и какая-то художественная керамика. Гимнастикой я уже занималась, когда была помоложе. Для фотографии нужен аппарат. Возьму музыку, она улучшает сон. А ты, Ниночка, куда запишешься?» Та задумалась. От слова «керамика» выстроилась цепочка обратно к «Титанику» и к жизнерадостной старухе.

Нина вспомнила, что в школе она мечтала стать художником и даже написала картину для школьного музея «пионеры-герои». Но папа хотел, чтобы дочка была инженером или, в крайнем случае, учителем. Он сказал Нине Львовне, которую все тогда называли «Нинусик», что художники и артисты - это вечно голодные бродяги. «Нинусик, ты должна иметь твердый кусок хлеба и нормальную семью. Я не против искусства и очень уважаю Аркадия Райкина, например, Твардовского или там Кончаловского, который рисовал сирень. Но жизнь богемы - для особых талантов, а мы с тобой - простые средние люди. Так что нечего и высовываться». Нина послушалась папу, перестала высовываться и поступила в педагогический институт на вечернее отделение. Правда, она всю жизнь рисовала в стенгазеты и поздравительные открытки для друзей, но постепенно, занятая работой и семьей, забыла об этом. Жизнь лепила, из Нины как из глины, что хотела, но теперь пришел ее черед.

- Я пойду на художественную керамику! - решительно заявила она. Марта поджала накрашенные губы: «Охота тебе с глиной пачкаться. Теперь занятия у нас будут в разные дни. Скучно ездить одной в автобусе». «Может потому я и выбрала этот класс, чтоб тебя реже видеть», - подумала про себя Нина.

Нина Львовна села за гончарный круг между пожилой, сморщенной как чернослив, китаянкой и молоденьким мальчиком индусом с жаркими оленьими глазами. Учитель, черноволосый суровый итальянец средних лет по имени Доменик, выдал каждому студенту по увесистому брикету темно-серой глины. Нина запомнила имя учителя, потому что оно ассоциировалось для нее с супермаркетом «Доменикс», где она покупала продукты. Обычно же она пропускала имена американцев мимо ушей. Не держались они в голове, хоть тресни.

Сначала глину нужно было размять на вращающемся круге, превратив ее в толстую лепешку. Потом большим пальцем в лепешке прокручивали дырку, так что выходил толстый цилиндр. Придерживая его стенки изнутри и снаружи и поливая заготовку водой, Доменик ловко вытягивал ее вверх на крутящемся круге, пока она не превратилась в горшок. Глина волшебно трансформировалась под его широкими пальцами, то удлиняясь, то расширяясь. Стенки горшка стали тонкими и пластичными лепестками какого-то странного цветка. Нина смотрела на него, как на фокусника. Ее собственные руки были неловкими, жесткими и только мяли без толку липкую глину.

- Сегодня мы будем делать цилиндр - базовую форму для горшков, кувшинов и многих других гончарных изделий, - заявил Доменик скучающим голосом. Он легко смял только что сделанный горшок, будто тот был бумажным. Покрутил глину в объемистых ладонях, замесил ее как тесто, объяснив, что таким образом избавляются от пузырьков воздуха, застрявших в массе. Потом шмякнул влажную заготовку на круг и начал все сначала. Он накрутил ровненький цилиндр, хоть на выставку, ловко разрезал его пополам металлической струной и поставил половинки перед студентами. «Теперь вы работайте. Не бойтесь, делайте ошибки. Побольше ошибок, а я буду поправлять. Так и научитесь на практике».

После цилиндра они лепили горшок. Потом кувшин. Доменик показал, как приделать глиняные ручки. Цилиндр с ручкой волшебно превращался в пивную кружку. Лепили подсвечники и горшочки с крышками. Сырые изделия сначала сохли и становились из коричневых темно-серыми, потом обжигались в печи и подрумянивались, как булки. Нина Львовна занималась гончарным делом с наслаждением и фанатическим упорством. Она просиживала в мастерской все свободное время после занятий и приходила домой полуживая от усталости, с пятнами высохшей глины на платье, руках и даже щеках. Она никому не рассказывала о своем увлечении, боялась насмешек. По ночам ей снились глиняные заготовки, разогревавшиеся в руках от трения. Ладони горели и чесались. Но как она была счастлива, когда вылепила и обожгла свой первый горшок, чуть-

чуть кособокий, но совсем настоящий! Доменик хвалил ее: «Если бы все так старались, как Нина! При таком упорстве из нее выйдет со временем хороший мастер». Нина вспыхивала от гордости.

На последних занятиях в конце семестра Доменик показал, как покрывать обожженные изделия глазурью. Сначала нужно было намазать дно снаружи слоем парафина, чтобы он выгорел в печи и дно осталось неокрашенным, шершавым. Потом в подсохший горшок наливали из кружки глазурь нужного цвета и слегка ополаскивали. Так обрабатывали внутренние поверхности. Когда горшок опять высыхал, его ухватывали за днище и окунали прямо в бадью с глазурью, похожей на жидкую желтоватую сметану. Глазурь стекала, образуя струйки и полосы, выцветала, становилась белесой. После второго обжига она приобретала яркость и блеск. Нина завороженно смотрела на яркие блестящие кружки и кувшины. Ей не верилось, что она сама их сделала.

Летом она договорилась с Домеником, что за небольшую плату будет по-прежнему пользоваться его мастерской, и приходила туда с утра как на работу. Марта Наумовна пыталась вытащить ее на пляж или в парк, но Нине было скучно чинно прогуливаться под ручку со своей соседкой и обсуждать встречных и знакомых. Светочка потеряла работу и уехала с горя в Висконсин отдыхать на все лето со своим Гарриком, который преподавал где-то компьютерные науки и летом был свободен. Мэри с подружками проводила все дни на озере, и Нину никто не тревожил. В гончарной мастерской стоял сыроватый полумрак даже в самые жаркие дни. Пахло влажной глиной, глазурями и еще чем-то острым и тревожным. Иногда пестрой писклявой толпой набегали дети. У них были летние классы керамики. С ними занималась толстая женщина в цветных шортах. Она учила ребят лепить черепашек и хрюшек, человечков, какие-то коробочки. Нина Львовна наблюдала из угла и тоже слепила черепашку. Потом свинку и лягушку. Здорово получилось, похоже. Ей это понравилось. Она вспомнила керамических бычков и разную другую живность в художественных салонах на Украине, народное творчество. Чем она не народ?

Нина сделала несколько «глечиков» в виде бычков, овец и хрюшек и поставила их сушиться на полку перед обжигом. Доменик посмотрел на ее изделия с любопытством и удивлением. Они немного поговорили об украинской керамике. «У тебя талант, Нина. Покрой их глазурью, - предложил он, - и я выставлю их у себя в магазине. Они - оригинальные. Если купят - прибыль разделим пополам». Нина согласилась. Она так увлеклась керамикой, что даже помолодела, стала быстрее ходить. Чаще одевалась в брюки и футболки, как другие американские старушки. «И не старушки, а пожилые дамы, - говорила себе Нина Львовна, - или даже просто зрелые - спелые. У меня еще вон сколько жизни впереди, может быть я даже стану известным мастером». Нина представляла свою первую выставку – тяжеловесное великолепие больших горшков (со временем она научится их лепить так же легко и красиво, как Доменик), веселые «глечики» с пятачками или рожками, с закорючками хвостов и цветными боками, и себя, с модной седой стрижкой, в шелковом брючном костюме, а на шее цветной платочек, как у киноактрисы. В глазах спокойная мудрость и тихая улыбка. Но когда она ловила себя на этих детских мечтах, ей становилось неловко.

Нина Львовна теперь часто заходила в библиотеку, читала все, что могла найти о глинах, методах обжига, различных глазурях. Ходила на выставки художественной керамики и арт-фестивали под открытым небом. Знакомилась с другими гончарами. Она даже перестала стесняться своего неправильного английского языка и стала говорить куда бойчее, чем раньше. И лепила, мяла живую веселую глину, превращая ее в дружелюбных бычков, козлов, петухов и свинок. Доменик продал несколько ее изделий, и Нина гордилась первой заработанной сотней, как никогда в жизни. Эти деньги пришли совсем иначе, чем зарплата, которую она получала в Союзе, или американские пособия. Она их получила за свою фантазию, выдумку, за то что было только в ней, и никто другой не мог бы сделать этих веселых хрюшек, кроме нее. Но дочке и внучке она стеснялась рассказать о своем новом увлечении, чтоб не засмеяли.

Нина расставляла новую партию глиняных сверкающих глазурью зверюшек на узком подоконнике, когда в комнату ворвалась Светочка. Лицо дочки было малиновым, опухшим от слез и напудренным в несколько слоев. Видно было, что в этот день она принималась плакать много раз, успокаивалась, приводила себя в порядок, но начинала снова рыдать. «Что случилось? - перепугалась Нина. - Что-то с Мэри?» «Твоя ненаглядная внученька в порядке. Ты всегда ее любила больше, чем меня! *Проценты дороже капитала!* Я одна была козлом отпущения в семье!» Светочка уткнулась в измятый платок и разразилась долгим злым плачем. Нина по опыту знала, что когда дочка в таком состоянии, ей лучше не перечить. Она принесла стакан воды из кухни и села перед Светой, беспомощно свесив увядшие руки. Та долго сморкалась, пила воду и наконец выпалила, не глядя на мать: «Гаррик ушел из дому». «Куда же он мог уйти?» «Не куда, а к кому... Гаррик в хелс-клуб ходил, и потянул спину. Куда ему было спортом заниматься?! Книжный червяк... Какой-то сволочной друг посоветовал принять курс массажа. Десять сеансов по тридцать долларов. Я сказала хоть слово? Нет! (Истерические всхлипывания.) Хочешь массажи – получай массажи. Хочешь выбрасывать деньги – на здоровье. Разве я ему в чем-нибудь отказывала? Машину новую купили, телевизор целыми вечерами, пиво, приятели его жуткие, бильярд в бейсменте поставили... Лишь бы не бегал на сторону, дома сидел». Она опять заплакала, но уже тихо и безнадежно: «По хозяйству все я одна. Он гвоздя в жизни не забил. И вот благодарность! К массажистке он ушел, к этой суке крашеной... Дотёрся! Кобель...» - и Светочка ввернула выразительную серию непечатных выражений.

- Ну зачем такими словами? - неуверенно отозвалась Нина, покоробившись от мата. «Вот, ты уже на его стороне! Все меня бросили. Маринка говорит - я сама виновата, во всем ему забегала дорогу. У нее только гулянки на уме, наплевать что у матери разбита жизнь». Она опять захлюпала.

У Нины разрывалось сердце от жалости. Ее девочке не везет в жизни, ни с первым мужем, ни со вторым. Она обняла дочку. «Ты такая умница, красавица. Ты найдешь еще свое счастье». «Когда мне будет восемьдесят?» - Света оттолкнула мать и начала отчаянно пудриться. «Может быть Гаррик одумается, вернется? Вы же вместе прожили столько времени». «Сколько столько? Он все время норовил улизнуть. Приходил, уходил, напивался как биндюжник, даром что кандидат наук. Месяцами пропадал где-то. Я тебе рассказывать не хотела, стыдно было. Последний год присмирел, и вот опять финтит. Нет, в этот раз я его на порог не пущу, даже если он на коленях приползет от своей шлюхи. Хватит мою кровь пить!» «Он все-таки твой муж. Если Гаррик раскается по-настоящему, может быть ...»

- Не зли меня мама! Ты, как ребенок, ничего не понимаешь в жизни. Какой он муж? Мы даже расписаны не были, все находил предлоги – так для налогов выгоднее, Мэри стипендию дадут. Думаешь, я ему не прощала? В этот раз он унес из дому все деньги, все до цента снял с банковского счета. Унес мое меховое пальто и золотой браслет, стерве своей подарит, чтоб она подавилась. - Света опять всхлипнула, но сдержалась, не заплакав, достала из сумки помаду и с остервенением накрасила губы.

- Как-нибудь проживем, дочка, и без него.

- Что ты понимаешь! - Светочка опять набросилась на Нину. - Я сейчас без работы. Как моргидж за дом платить ? А Маринкин колледж? Никаких сбережений не осталось. Я голая и босая! Придется ей вместо гулек искать работу. А ты, ты... Другие матери помогают своим детям, а ты свинок лепишь! Учиться ходишь, как школьница, совсем в маразм впала!

Света раздраженно махнула рукой в сторону пестрых зверюшек, и они звонко посыпались на плиточный пол сверкающими осколками. Нина ахнула. «Игрушек тебе жалко, а меня тебе не жалко! - дочка шмыгнула напудренным носом. - Ты никогда меня не поддерживала, я одна...» У Нины захватило дыхание от такой несправедливости, но она понимала, что дочка расстроена, и не стала возражать. Она с печалью смотрела на глиняные осколки, потом смела их в совок, но не выбросила, а сложила в бумажный кулек. На сердце у нее было тяжело и тошно.

Постепенно Светочка успокоилась, выпила чаю, подвела запухшие глаза, поправила прическу. Ей нужно было ехать на интервью. (Кто меня возьмет в таком состоянии? Руки дрожат и морда распухшая...) Нина напоила ее валерьянкой и дала двадцатку на такси. Они договорились, что Нина будет отдавать дочке половину своей пенсии (Какие у тебя расходы, мама? Квартира дешевая. Тряпками ты обеспечена до конца жизни.) Кроме того, она пообещала дочери, что найдет работу - будет присматривать за детьми или стариками и поможет выплачивать долг за дом.

Но поздно вечером, когда Нина привычно ворочалась в продавленной постели (новый матрас теперь уже не купишь, все отложенное на черный день придется отдать дочке), она подумала, что ни за что не пойдет в няньки. Опять впрягаться в тяжелый жизненный воз, как лошадь, после того, как она почувствовала вкус свободы? Никогда! Она не позволит опять смять себя, ни за что не превратится в послушный бессловесный комок. Завтра же она договорится с Домеником, будет работать в мастерской все вечера и заработает своими веселыми поросятами и бычками не меньше, чем вынося чужие горшки. Дочке для отвода глаз придумает какую-нибудь богатую американскую старушку-бабушку лет ста, у которой дежурит по ночам.

И на занятия будет ходить, получит американское образование, будет говорить не хуже остальных по-английски. Когда-нибудь у нее будет персональная выставка и дочка скажет ей: «Я и не знала, мамочка, что ты у меня такая талантливая!» И последнее, что Нина почувствовала засыпая, было ощущение мягкой живой глины в горячих руках.

Еж по кличке Золушка

Кофе был отвратительный - горький и вонючий, как жженая пробка. Вообще-то Марик не любил кофе, но рабочий день сегодня тянулся особенно долго, и конца ему не предвиделось. Марику нужно было взбодриться. День был тягучим, как выплюнутая жевательная резинка, когда на нее наступишь ногой: она волочится за ботинком, и от нее невозможно избавиться. Марик долил в шершавый пластиковый стаканчик с горячим кофе холодные сливки и высыпал три пакетика сахара. Размешал, отхлебнул. Лучше не стало. Но он твердо знал, что нужно выпить весь стакан, иначе, вернувшись на работу, он заснет прямо перед компьютерным экраном.

Марик работал художником-дизайнером в крупном рекламном издательстве. Оформлял брошюры и каталоги. Работа хорошо оплачивалась, но была такой нудной, однообразной, сушила мозги. Марик терпеть не мог всякую «технятину» и особенно компьютеры. Тупой ящик, который высокомерно пялится на тебя, как циклоп, единственным глазом. Он все мечтал, что заработает достаточно денег и займется живописью. И вот тогда он всем покажет... Мечта была очень старой. Она слегка поистрепалась и стерлась за все те годы, что пролежала в долгом ящике, вместе с ворохом других пожелтевших и пропахших мышами неосуществленных замыслов и планов.

В художественном институте, в той прежней жизни Марик учился на оформительском отделении, потому что там был меньше конкурс при поступлении. К живописному факультету было не подступиться. Все места расхватали «блатные» и «позвоночные», поступавшие по блату или по звонку «сверху». После окончания Марик оформлял разные выставки и даже делал проекты интерьеров для баров и клубов, потому что за это здорово платили. Он был молодым, неутомимым и хорошеньким, как ангелочек. Девушки от него млели. Эдакий кудрявенький, розовый щекастый купидончик! Ему хотелось не отставать в заработках от приятелей (сплошь юных бизнесменов). Хотелось приглашать барышень в дорогие рестораны, шикарно одеваться. «Живопись подождет, ничего с ней не случится, - думал он, - нужно сначала на ноги встать». И действительно, с мировой живописью ничего трагического не произошло, пока Марик клепал слащавые пестрые картинки для модных заведений.

В Америке Марик закончил компьютерные курсы и устроился «подработать» в издательство. Нельзя же было в чужой стране оставаться без куска хлеба! Вопрос был в том, сколько денег достаточно и для чего. Марик вкалывал в издательстве уже шесть лет. За эти годы он купил старый «Кадиллак», потом поменял его на новую «Хонду». Купил трехкомнатную квартиру в пригороде (две ванных комнаты, паркет, зеркальные двери, стены обшил чем-то «под дуб»). Но теперь мечтал о собственном доме в престижном районе, о пароходном круизе по Европе и Скандинавии, о моторной лодке или яхте... Мало ли о чем еще можно мечтать! Как у американских индейцев не было иммунитета против напитков и болезней «белых людей», и они гибли как мухи от алкоголизма и сифилиса, так же эмигранты из Восточной Европы и России беззащитны перед «великой американской мечтой». Их трясет лихорадка «высоких жизненных стандартов», мучают по ночам призраки новейших марок машин, шикарной мебели и тряпок, роскошных вилл и лазурных бассейнов, теннисных кортов, гольф-клубов и прочих соблазнительных символов суетного благоденствия.

Марик пил свой помойный кофе и думал о том, что после рабочего дня нужно еще тащиться на очередное капиталистическое мероприятие. Мало ему было комсомольских собраний! Издательство устраивает юбилейный вечер с речами, обедом и танцами. Они десять лет в бизнесе - большое дело! Не двести десять же! (Наверное, если бы он был хозяином фирмы, то думал бы иначе. Америка все еще молодая страна, и для нее десять лет - немалый срок.) Марику не хотелось терять время на торжественную болтовню сотрудников, беззастенчиво подлизываться к шефу, бить себя в грудь, клянясь в любви к своей работе и восторгаться небывалыми успехами издательства. Он смотрел на свою фирму, как на дойную корову. Пусть дает молоко, но зачем с ней же еще дурные разговоры разговаривать?

И обидно было, что он пойдет на этот вечер один, без девушки. Не сложилась у него личная жизнь в Штатах, хотя он по-прежнему походил на купидона, правда расплывшегося в ширину и слегка истрепавшегося. Не «держались» возле него подруги, хотя он был парень покладистый и неглупый. После двадцати пяти он начал седеть, и в черных густых вьющихся волосах надо лбом появилась белая прядь. Завел себе шкиперскую богемную бородку. А то, что немного располнел за последние годы, так при его высоком росте это было почти незаметно. Он отлично выглядел и зарабатывал. Чем не жених? Втайне Марик считал себя талантливым и непризнанным художником. Ему все казалось, что не встретилась на пути девушка, действительно достойная его. Красивая, как кинозвезда, умная, как Мария Кюри, преданная, любящая, хозяйственная, юная и в то же время опытная, загадочная и близкая - все вместе.

За окном таял скучный февральский снег. Резкий ветер ерошил торопливых прохожих и пачку серых газет, придавленных кирпичом на углу перед киоском. Сам продавец спрятался от ветра в своей будке. Сырость и холод, что может быть хуже? Марик огляделся в шумном кафе. Полно народа и все монстры какие-то, уроды да и только, шаржи на них рисовать. По привычке, приобретенной еще в художественной школе, он вытащил авторучку и начал делать наброски на салфетках. Продавец за прилавком, нос у него, как утиный клюв. Очередь перед кассой - кто косой, кто кривой. Мужчина в шляпе жует бублик, щеки у него надуваются - ну вылитый хомяк. Девушка в смешных сапожках. Она сидела за соседним столиком, и Марик сперва заметил ее сапоги, растоптанные, замшевые с цигейковым верхом. У его сестрички Люси были такие.

Марик вдруг вспомнил, как они вместе много лет назад покупали эти сапоги в Гостином Дворе, когда ездили в Москву на зимние каникулы, и разволновался. Он не видел Люсю четыре года, с тех пор, как она приезжала с мамой в гости в Чикаго. В конце лета младшая сестренка вышла замуж и теперь ждала ребенка, а он не смог даже прилететь на свадьбу. Повредил ногу, когда катался на водных лыжах в Мексике. Теперь Люся стала, наверное, совсем взрослой, замужней дамой, располнела. Трудно было представить ее в новом положении.

Кругом галдели посетители, пахло подгоревшим хлебом, кофе и влажной одеждой. Марик внимательнее пригляделся к девушке за соседним столиком. Она была моложе Люси, лет двадцати, не больше. В потрепанной шубке, под стать сапогам и неуклюжей вязаной шапочке. Наверное, русская. Теперь их много в Америке. Кто еще может носить такую жуткую обувь и эту шапку дурацкую самовязанную? Девушка выглядела усталой, будто она долго шла заснеженными серыми полями, по разбитым дорогам, мимо опустевших деревень, где покосившиеся дома заколочены досками и даже не слышно собачьего лая, и вот присела отдохнуть на оранжевый пластиковый стул. Светлые пряди грустно свисали вдоль детских щек. Марику почему-то стало ее жалко. Заговорить? Он посмотрел на часы. До конца обеденного перерыва оставалось минут двадцать, но он мог сегодня не торопиться. Хозяина в офисе не будет, суетится где-то по поводу вечернего бала. А остальным дела нет, когда он приходит, когда уходит. Лишь бы работа была сделана. Он подошел к стойке и купил две бутылочки с шоколадным молоком. Все девочки любят сладкое, как Люся.

«Ужасный кофе, с непривычки можно случайно отравиться. Хотите запить его чем-нибудь?» - обратился он по-русски к девушке и протянул ей бутылочку. Марик ожидал, что она удивится, услышав родную речь, но та только отрицательно покачала головой и шмыгнула острым носиком: «Кофе - горячий. Что еще от него нужно?» Только теперь он заметил, что у ног девушки лежала большая кожаная папка, наверное с рисунками или чертежами. «Вы - художник? Извините, что я так неожиданно врываюсь... У меня в школе тоже была такая папка для рисунков. Вы не из Львова?» «Нет, я из Ленинграда, Санкт-Петербурга... художник. А вы из Львова?»

Он подсел к ней за шаткий, липкий от пролитого кофе, столик. Завязался неуверенный спотыкающийся разговор. Поговорили о художественных школах, о чикагской погоде. Девушка сняла шапку, под которой оказалась целая копна светлых волос. Поэтому и шапка, наверное, выглядела так нелепо. Волосы рассыпались по плечам, по старой потрепанной шубке почти до пояса, только подрезанная челка смешно торчала надо лбом, как нимб или колючки у ежика. Марик внимательно всмотрелся в бледное лицо. Моментами девушка казалась совсем юной, чуть ли не подростком, но иногда по лицу пробегала тень, и Марик думал, что она-таки успела пожить на свете.

Светленькая рассказала как бы нехотя, с паузами и запинками, что только что прошла интервью. Хотела устроиться художником в компанию, выпускающую компьютерные игры. И провалилась с треском. «Я компьютера в глаза до сих пор не видела. Откуда они возьмутся в Ленинграде? Только у новых русских, которым деньги некуда девать. Думала, буду только рисовать, а они загонят это как-то на экран, - она шмыгнула коротеньким носом от огорчения. - Понимаете, они меня подвели к компьютеру, дали мне в руку такую пластмассовую штуку на проводке...» «Маус». «Что? Да, вроде маус, как мышь, и говорят - рисуй. А я не умею! Только опозорилась на весь свет». «Ну какой же тут позор, если вы не учились этому. Пару месяцев на курсах и... как вас зовут?»

Девушка вдруг помрачнела и огрызнулась зло: «Вам какая разница? Света, Таня, Люся... Не все ли равно!» Его больно кольнуло знакомое имя. Какая девочка странная, щетинистая, как еж, тысячи иголок. Вспомнился детский стишок: «Ель на ежика похожа. Еж в иголках, елка - тоже». Во все стороны торчат иголки.

Чтобы переменить тему и прервать неловкую паузу, спросил: «Можно, я посмотрю рисунки?» «Смотри, мне не жалко, от них не убудет». Незаметно они перешли на «ты». Она равнодушно шлепнула папку на столик и, глядя за окно, начала грызть ногти. Многие работы были слабенькими, школьными. Какие-то затертые гипсовые головы, намалеванные углем и сангиной, натюрморты. Но некоторые рисунки поражали остротой и оригинальностью, даже нахальством, как показалось Марику. Иллюстрации к сказкам Перро и Андерсена. В них не было ничего заученного, штампованного. Казалось, что девушка подсмотрела свою длинноногую, как жеребенок, большеротую, веснущатую Золушку и растерянного подростка-принца через окошко. Вот так же подглядывала, кусая ногти, а потом тайком делала наброски.

Сложил рисунки аккуратно в папку и похвалил со слегка покровительственным оттенком, чтоб не задавалась: «Мне очень нравятся твои иллюстрации. Ты в каком издательстве работала в Ленинграде? Или была вольным художником?» «Вольным, подпольным, своевольным, сердобольным... Я только учиться закончила, перед отъездом. Даже диплом не получила, - она захлопнула папку. - А ты давно в Чикаго? Мы тут всего три месяца». «Я - чикагский старожил, десять лет в Штатах. Пройдемся по центру, если у тебя есть время? Покажу местные достопримечательности, Сирс Тауэр, Арт институт, здание издательства газеты Чикаго Трибьюн, мосты. Ты не торопишься?» Нет, она никуда не торопилась.

На улице потеплело, и Таня-Света-Люся так и не надела свою дурацкую толстую шапку. Ветер красиво трепал ее длинные волосы, они летели за маленькой задранной головой светлым облаком. Возле здания Чикаго Трибьюн они остановились и задрали головы. «Промышленная пламенеющая готика в сочетании с небоскребом. Посмотри, в стены вкраплены необычные камни, которые корреспонденты газеты привезли из разных уголков мира. Кусочек Тадж-Махала и Парфенона. А это камень из замка принца Гамлета, Эльсинора». Она почтительно потрогала худыми прозрачными ладошками шершавую стену. Постояли над рекой, посмотрели как разводят мосты над серой беспокойной водой. Мотались над головами встревоженные чайки и голуби. «Совсем как в Ленинграде, - заметила она, - и небо такое же тревожное, низкое с тучами. Тебе нравится Чикаго?» «Привык, а что? Это не Петродворец, но и здесь есть много красивого, если присмотреться. Мичиган я люблю. Озеро, а похоже на море, северное. Как в Прибалтике. Была в Риге? Домский собор, Рижское взморье, Юрмала!» «Мы с отцом хотели поехать, но не успели...» - она опять помрачнела.

Марику хотелось разузнать о ней побольше: «Чем занимается твой отец?» «Лежит на кладбище. Он умер от рака пять недель назад. Уже почти шесть». «Понятно, почему она такая бледная, - решил Марик, - только отца похоронила. Надо же - приехали в Америку и такое случилось!» «Он давно болел?» «Давно, недавно - какая теперь разница? Мы думали, здесь врачи помогут, а они сказали - поздно. Такие же тупые, как в России, только руками разводят. Нечего было и ехать в такую даль, к черту на рога».

Марик немного обиделся за Чикаго, но не подал виду: «Ты с кем живешь, с мамой?» «Нет, без никого. И, пожалуйста, не сюсюкай надо мной - бедная сиротка, одна осталась! Терпеть этого не могу. Прекрасно обойдусь сама по себе... Нечего лезть со своей помощью, когда никто об этом не просит!» Марик немного оторопел от такого нападения: «Я и не собирался сюсюкать. Я думал, тебе работа нужна. Мог бы спросить у себя в издательстве, им были нужны художники и ассистенты... Но если не нужно, я не буду навязываться».

Таня-Света-Люся откинула волосы со лба (они все время лезли ей в глаза) и вызывающе посмотрела на Марика. Она закусила губу, смешно наморщила нос и пристально его рассматривала минуты три. Ему стало неловко под ее требовательным взглядом. Как зверек, который вот-вот укусит. Светлые серые глаза с твердыми зрачками. Но через минуту по лицу проскользнула улыбка, как теплый солнечный блик среди мрачного дня. «Ты не обижайся, что я так... резко. Просто, ко мне все лезут с сочувствиями и слезами. Надоело. Работа мне очень нужна, только...» Марик так и не узнал, что только, потому что мимо проскакал черный полицейский на лошади и Таня-Люся завизжала от восторга: «Коняка, совсем как в кино! Я такой фильм видела об американской полиции». Он решил ловить момент, пока она в хорошем настроении, и предложил ей зайти в издательство посмотреть, где он работает. Безымянная девушка все больше ему нравилась, затягивала внимание, как маленький водоворот.

Было уже около пяти часов, пятница и в здании Сирса, где помещалась издательство, осталось совсем мало народу. Девушка сбросила шубку и осталась в легком не по сезону платье с широкой юбкой, которая закручивалась вихрем, когда она резко поворачивалась. Побродила по тесному офису от стены к стене, рассматривая рисунки: «Твои? Ты ничего работаешь, крепко закомпановано». Марик расплылся от такой детской похвалы.

Она присела на стол, готовая взлететь в любую секунду. «Легкая, как бабочка или птица! - умиленно подумал Марик. - На кого она похожа со своей вздыбленной челкой и острым профилем? На ежика, на мышку, на сказочного эльфа?» Ему было жалко расставаться со светловолосой девушкой, но в семь начиналась официальная часть вечера и шеф не простил бы опоздания. Таня-Люся рассматривала его с серьезным выражением, но чувствовалось, что она вот-вот расплывется в улыбке от уха до уха. «Какое у тебя кольцо смешное, - она захихикала совсем как школьница. - Что это за камень? Красиво переливается». Марик снял массивный золотой перстень с правой руки и небрежно ответил: «Тигровый глаз, а сбоку - маленький алмаз. Люблю побрякушки, понимаю, что пижонство, но мне нравится. Хочешь примерить?» Она отставила руку с кольцом полюбовалась и отдала ему обратно. «Тяжелое, и спадает».

Неожиданно ему в голову пришла гениальная идея: «Прекрасная незнакомка, разрешите пригласить вас на бал. Будьте моей Золушкой!» Сначала она рассмеялась с каким-то детским повизгиванием. Но когда он объяснил, что это не шутка, задумалась. «Как я пойду в таком платье? И в сапогах?» «Отличное платье, тебе оно очень идет, - заверил ее Марик, - ты будешь самой красивой. А сапоги действительно... - он задумался на минуту. - Давай спустимся вниз, там рядом есть обувной магазин. Я тебе куплю туфли. Ничего в этом нет особенного. И платье тоже, если хочешь». «Ой, какой миллионер выискался! Не смеши меня, а то я умру от смеха. Может, ты мне еще и бриллианты подаришь?» «Бриллианты - не могу, - честно признался Марик, - но бижутерию какую хочешь, пожалуйста! Ты не думай - я хорошо зарабатываю, не разорюсь. У нас есть целых полтора часа, выбирай, что хочешь». Ему понравилась роль прекрасного принца. Таня-Люся посмотрела на него насмешливо. «Ну ладно. Потом не пожалеешь? Я ведь тряпки «отрабатывать» не буду». Марик только пожал плечами. За кого она его принимает?

В магазине (он повел девушку в «Маршал Филдс») она выбрала такое платье, что Марик, поглядев на цену, весь вспотел. «Не дрейфь, - прошептала ему на ухо Таня-Люся, - после бала я тебе платье отдам. Вернешь в магазин, только чек не выбрасывай. И остальное барахло тоже. Мне оно не нужно, слишком роскошное. Некуда носить, а так только - поиграться». Он слабо запротестовал, но в душе обрадовался. Девочка понимала толк в дорогой одежде. Она переоделась в офисе Марика (он ждал в коридоре) и вышла такой красавицей, что он даже присвистнул. Вот тебе и Золушка! Она прошлась перед ним, ступая как манекенщица, гордо закинув голову и насмешливо морща острый носик. «Ты - просто красавица!» «А раньше ты этого не заметил? Нужно было переодеться? - вызывающе спросила Золушка (теперь он ее иначе и не называл мысленно). - Ну пошли, скоро семь».

На вечере Марик так ее и представлял всем «Золушка», и они оба потешались, что никто не мог выговорить «такое трудное русское имя». Она очень плохо говорила по-английски, компенсируя нахальством скудный словарный запас, зато здорово танцевала. Марик лопался от гордости, когда ловил завистливые взгляды сотрудников. Один раз ее пригласил на танго сам хозяин компании и долго рассыпался в комплиментах в адрес загадочных русских красавиц. После бала они опять вернулись в офис, и Таня-Люся переоделась опять в свое светленькое мятое платье, аккуратно сложила бальный наряд в коробку и обтерла туфли салфеткой. «Все, кажется. Я даже бирки с платья не срезала, просто подколола их булавкой. Так что у тебя проблем не будет. Ноги устали на каблуках.» Она с удовольствием натянула свои разношенные сапожки на цигейке и запахнула шубку. «Ну, пока! Чао-какао!» «Куда ты? Я тебя провожу, разве можно в такое время одной по Чикаго. Только офис нужно запереть и подключить сигнализацию». «Я не очень далеко живу. На метро десять минут. Нечего меня провожать, я не маленькая». «При чем тут маленькая-большая?» Марик подошел к ней вплотную, загипнотизированный блеском светлых глаз. На каблуках она была почти с него ростом, а сейчас опять стала совсем малышкой.

Он потрогал ее взъерошенные челку, мягкие волосы: «Совсем растрепалась на чикагском ветру, как дикообразик или ежик. Ты не обиделась? Это я любя». Золушка захихикала. «Знаешь, песенка про резинового ежика моя любимая. *По роще калиновой, по роще малиновой...*» Марик осторожно поцеловал ее в задранный нос, а потом в губы. Как описать ее прелесть, какими словами? Детские бледные щеки, забавный профиль, как у хорошенькой зверюшки из мультика, удлиненную худую шею, широкий лоб, обгрызанные ногти на тонких пальцах... Ему никогда не давались слова. Если бы он смог написать ее портрет, он бы передал это чувство умиления, восхищения и жалости. Если бы он мог просто позвать ее по имени! «Как тебя зовут, Золушка? Ты не исчезнешь с двенадцатым ударом?» «Сейчас уже полпервого...»

Она встала на цыпочки, с силой притянула к себе тонкими руками и поцеловала его так, что у Марика перехватило дыхание от волнения и восторга. Он почувствовал слабость в коленях и прислонился к стене. «Как тебя зовут? - повторил он и прикоснулся сверху губами к ее пышным волосам. - Ты такая маленькая сейчас, совсем как маленькая девочка...» Он не договорил. Девушка ловко выскользнула из его рук, ухватила свою папку и скрылась за дверью. «Куда же ты? Постой! Это смешно! Что мы, действительно в Золушку играем?» Он побежал за ней, но потрепанная белая шубка уже скрылась за поворотом коридора. «Вернись! Подожди. Я не могу оставить дверь открытой. Постой!» - кричал он отчаянно, царапая ключом дверь офиса, которая никак не хотела запираться.

Когда Марик подбежал к лифту, тот уже уехал. Он вырвался на улицу спустя три минуты, но Золушки уже и след простыл, как и положено в сказках. Марик ужасно разозлился. Как он ее теперь найдет, не зная ни ее имени, ни фамилии, ни адреса? Какое глупое ребячество, будто ей тринадцать лет! Почему она убежала? Обиделась? Решила, что ей придется «отрабатывать» тряпки? Но она сама его поцеловала, значит не в этом дело было.

Марик долго бродил по пустым улицам. Ему было зябко в тонком модном кожаном пальто, и шелковый шарф не грел, а перчатки он забыл в офисе. На душе было тяжело, смутно, и он хотел страдать. Он перебирал в памяти весь сегодняшний день. Холодный воздух освежил его немного. Потом взял такси и поехал домой. Когда Марик чистил зубы перед сном, внимательно рассматривая свое отражение в тройном зеркале, он решил, что это обычные девичьи фокусы. Переоделся зачем-то в шелковую пижаму вместо своей обычной фланелевой, и прикосновение к шелку опять остро напомнило Золушку, ее бальное платье.

Старательно выбрил чуть отвисшие щеки вокруг удалой шкиперской бородки. Облился французским лосьоном, старательно массируя розовую жиреющую физиономию.

Нечего волноваться, сама его найдет, если захочет. К тому же сейчас у нее нервы расстроены. Такая травма - отец умер, только приехала в чужую страну. Как она одна без помощи? Нет, Золушка должна сама вернуться к нему, иначе и быть не может. Работа ей нужна, а он обещал устроить. Марик опять посмотрел на себя в зеркало, втянув живот и выпятив нижнюю челюсть. Заключил с удовольствием, что он - интересный парень. Стал мысленно перебирать свои достоинства почему-то в третьем лице - зарабатывает хорошо, добрый, не пьет, видный, талантливый. Никуда она не денется. «Придет коза до воза». И с этим приятным чувством Марик лег спать.

Но Золушка не появилась ни на следующий день, ни через неделю. Она забыла в офисе свою дурацкую вязаную белую шапку. Марик спрятал ее в ящик стола и порою, когда оставался один, вытаскивал и вдыхал запах шампуня и заношенных шерстяных ниток. Он даже не сдал обратно в магазин вечернее платье и туфли. Ждал, что она в любую минуту появится в дверях офиса, а он скажет небрежно: «Я знал, что ты вернешься. Поедем на бал!»

Вечерами вытаскивал карандаши, сангину, краски и начинал набрасывать по памяти ее портрет. Сияющие чуть раскосые глаза, пышные волосы, угловатые худые плечи, вздернутый нос, подбородок с ямочкой... Он не мог закончить ни одного рисунка, чего-то в них не хватало. И начинал сначала. То изображал ее в вечернем платье, то в белой истертой шубке. То грустной, то вызывающе веселой. Но образ ускользал, растворялся в памяти, таял, как сверкающий ледяной кубик в стакане с кока-колой.

Когда пошла вторая неделя, Марик начал злиться. Подумаешь, девчонка-недомерок! Что она из себя строит? Были у него барышни и получше. Забыть о ней - и дело с концом! Но светловолосая Таня-Люся не выходила из головы, даже снилась ему. Как они танцевали на вечере, потом в кафе с замерзшим покрасневшим носом, в полумраке офиса, когда она поцеловала его. Наваждение какое-то! Сначала все сотрудники спрашивали Марика, как поживает русская красавица с таким трудным именем. Но видя его кислую физиономию, вскоре перестали лезть с расспросами.

Как назло, неожиданно пришла ранняя весна. Запах цветущей сирени сводил с ума, напоминая ему Золушку. В каждой девушке с длинными светлыми волосами он узнавал ее черты, но все это были другие, ненужные женщины. Ни одна не вызывала в нем такого волнения и тревоги, как эта бестолковая девчонка из Ленинграда. Он даже похудел от переживаний, дорогие костюмы, только в прошлом году купленные, печально обвисли на нем. Спал плохо, раздражался не по делу. Слонялся без цели по городу в выходные, рассматривая витрины и прикидывая, чтобы такое купить ей в подарок, если она вдруг опять появится. Кольцо, браслет, нитку жемчуга? Чтобы она поняла, как дорога ему, какой он ценный парень, и больше не убегала.

Однажды Марик забрел в зоомагазин и ни с того, ни с сего купил себе ручного ежа. Незатейливая зверюшка считалась в Америке экзотикой и обошлась ему больше сотни. Обычно Марик денег на ветер не бросал, но тут решил разориться. Такая минута подошла. Он и сам не понимал, зачем ему ежик. Назвал ежа «Золушкой» и кормил его по вечерам молоком и хлебом, презирая патентованную звериную еду. Пока еж фыркал и пачкался в миске, он пытался гладить его по колючей спине и горько жаловался бессловесной твари на неблагодарность той, другой Золушки.

Наконец, Марик решился на отчаянный шаг и дал объявление в русскую газету. Он долго мучился над составлением текста и произвел на свет следующий шедевр: «Марик К. просит откликнуться владелицу белой вязаной шапки и шубки, замшевых сапог с цигейковым верхом, художницу из Ленинграда, приехавшую в Чикаго в декабре-ноябре прошлого года». Нелепо получилось, но на большее он был неспособен. Какая вероятность, что Таня-Люся читает русские газеты? Подумав, добавил: «За любые сведения о ней (имя и фамилия, телефон или адрес) предлагается вознаграждение в сто долларов», беззаветно веря в волшебную силу материального стимулирования.

И действительно, через три дня ему позвонила незнакомая женщина и сказала, что она, кажется, знает, о ком идет речь, но сообщит имя девушки только при личной встрече. Подумаешь, какие нежности! Но спорить не приходилось. Договорились встретиться в выходные. Женщину звали Марианной, ну и имечко! Она оказалась мощной брюнеткой, лет двадцати шести, формами и напористостью напоминала военный крейсер. Сошлись после работы в кафе, в том же, где он когда-то сидел с Золушкой. Марик описывал Таню-Люсю, а Марианна кивала. Потом она начала допытываться, не задолжала ли ему девушка денег, и зачем это он ее так настойчиво разыскивает. «Ничего она мне не должна, просто я хочу ее увидеть. Если вы ее знаете, то скажите мне, как ее зовут и где она живет, как ее найти. Она моя родственница... дальняя. (Марианна хмыкнула.) Я ей обещал помочь на работу устроиться... И вообще, какая вам разница? Вот сто долларов». Он выложил деньги на стол.

Марианна немного даже обиделась: «Я совсем не из-за денег. И нечего меня морочить - я прекрасно знаю, что вы ей не родственник никакой. Вы Тусю разыскиваете, мою младшую сестру. Вот я и решила сначала узнать, что она такое натворила, что ее через газету разыскивают. Может вы из полиции, откуда я знаю? Да еще предлагают вознаграждение. Она действительно вам ничего не должна?» «Да нет же, глупости какие! Туся - странное имя. Она не говорила, что у нее сестра есть, и вы совсем не похожи». Марик подозрительно осмотрел Марианну. Та оскорбилась и заволновалась. Волноваться она начала как-то снизу: нервно зашаркала туфлей, потом зашевелились арбузные колени под узкой юбкой, потом заколыхалась обильная грудь, поднялись литые плечи, затрепетал шелковый платочек на шее и, наконец, она раздвинула накрашенные губы и разразилась обиженной тирадой.

- Вы на меня смотрите так, вроде я аферистка какая-то. Я вам просто помочь хочу, а вы меня подозреваете в нечистых интересах. Можете убрать свои деньги, я сама не бедная... Туся не упоминала обо мне, потому что терпеть меня не может. Туся или любит без памяти, или ненавидит. У нее середины нет, в этом возрасте все такие. Мы и по характеру очень разные. Ничего удивительного, мы же сводные сестры. Моя мать вышла за Тусиного отца замуж три года назад, а он оказался неизлечимо болен. Ну и намучились мы с ним. Больницы, операции. Туся - это сокращенное от Наташи. Натуся - Туся. Так ее отец называл. Избаловал дочку до невозможности. Она с самого начала была против его женитьбы, мою маму просто терроризировала, но та не обращала внимания. Ну что с девчонки возьмешь? После смерти отца Туся совсем осатанела. Будто мы виноваты! Моя мама всю душу в них вкладывала, а сколько денег ушло на врачей, и лекарства, и всякое! Даже к экстрасенсу его возили и к китайцу, который иголки втыкает. Думаете, она хоть какую-то благодарность чувствует? Ни фига подобного. Туся ни с кем не разговаривала две недели после похорон. А теперь вообще ушла из дому. Вот с мужчинами какими-то знакомится... Не знаю, где она сейчас. Могу вам только наш адрес дать, может она вернется, и фамилию. Исчезла, как растворилась. У нее тут какие-то друзья школьные есть, старый учитель. Может быть, она у них прячется? Как будто мы с мамой хотели ей плохого! Уговаривали ее пойти учиться.

Марианна была явно зла на сводную сестру. Она сердито морщила лоб, раздраженно позвякивала многочисленными браслетами, когда говорила о ней, нервно теребила пестрый шелковый шарфик. Марик задумался. Наташа. Туся. С мачехой и неприветливой сестрой в чужом городе, в чужой стране. Бедная Золушка! Марианна продолжала: «Несносная девочка, злючка! У нее и в школе вечно были неприятности из-за поведения, отца без конца вызывали к директору...» «В какой школе? Она же художником работала». «Ну вот, пожалуйста, наврала вам, что она художник? Вечные выдумки, ни слова правды не услышишь от нее. Туся только закончила художественную школу, на одни тройки, между прочим. Даже диплома не получила. Что она еще вам наболтала?» «Сколько же ей лет?» - растерянно спросил Марик. «Что вы в ней нашли такого? Не понимаю... Ну исполнилось ей семнадцать на прошлой неделе. А вам, наверное, заливала, что двадцать, двадцать один? Современная молодежь никаких понятий не имеет...» «Вы уверены, что мы говорим об одном человеке?» - прервал он словесный поток. Марианна достала из сумочки фотографию и показала Марику. Оба некоторое время молчали. Ему показалось, что светловолосая Туся на фото нахально посмеивается над ним. Такого дурака свалял! Его провела, как фафика, шестнадцатилетняя девчонка! Марику стало обидно до слез. Нажухали его, оболванили. Сколько денег перевел на эту шмакотявку... Теперь и платье не вернуть в магазин, срок прошел. Он отдал Марианне сто долларов, которые та взяла на этот раз без разговоров. На прощание она заставила Марика записать ее телефон и адрес, хотя он уже ничего не хотел, только пойти домой и напиться.

Что он и сделал. Сел перед телевизором. Поставил перед собой бутылку водки и банку с солеными огурцами и начал пить. Его душила непереносимая обида, сводила горло, так что глотать было тяжело. И борода нервно чесалась. Влюбился, болван, в малолетку! Ему уже почти тридцать, старый кретин, а туда же. Как она, наверное, потешалась над ним в душе, мерзавка. Ловко провела его эта Золушка, уверив, что она - художник. Он чуть не устроил ее к себе на работу. Вот позорище бы было! Но больше всего его почему-то раздражало воспоминание о щекастой Марианне в цветном шарфике. Все время чудился крепкий сладкий запах ее духов, наверное, арабских. От этого воспоминания хотелось чихать и подташнивало. Может быть, он простудился? Марик измерил себе температуру. Он всегда относился к своему здоровью с повышенным вниманием. Нормальная. Но он принял на всякий случай аспирин и выпил еще водки.

По телевизору показывали какую-то чепуху о грудастых кинозвездах с блудливыми глазами. Марик раздраженно переключил на другую программу. Бестолковое ток-шоу, только по пьяни такое и смотреть. Девицы в коротеньких юбочках, будто только с панели, крашеные, пожеванные мамаши, невыразительные молодые люди с тупыми лицами. Работяги, деревенщина. Сборище чудищ. Что за страна, что за люди! В Союзе телевидение было приличнее, не показывали такой дряни. Все участники шоу кричали друг на друга и размахивали руками. Сначала он не прислушивался, занятый своими грустными мыслями. Потом постепенно понял, что темой шоу были ранние браки. Голенастые девочки-подростки были, в свою очередь, мамашами младенцев, фотографии которых показывали на весь экран. Крикливые бабушки, тоже в коротеньких юбочках, между прочим, и раскрашенные как гулящие девки, ругали бойфрендов, виновников появления на свет малышей. Вскакивали с мест, потрясая кулаками. Даже пытались их побить, к большому удовольствию публики.

- И правильно, сами еще соплячки, куда им детей заводить? Глупости одни на уме! - думал Марик. Но одна пара его поразила. Когда ведущая сказала, что следующей молодой матери, которую она представит, всего тринадцать лет, он даже присвистнул. Но Бекки, так ее кажется звали, не выглядела несчастной или испуганной. Она казалась значительно старше своих тринадцати.   Крепко сложенная, немного полноватая, задумчивая и медлительная, одета нормально, без уличного грима. Она так не походила на остальных обманутых несчастных отроковиц.   Ей можно было дать и восемнадцать и двадцать. Тихие ласковые серые глаза, мягкая улыбка.   Она чем-то напомнила ему Тусю. Только та худенькая, недокормленная, а эта раздобрела на американских харчах.   Мальчик лет девятнадцати, отец ее ребенка, тоже резко отличался от остальных парней.   Он сразу заявил, что любит Бекки и малышку и больше всего на свете хочет на ней жениться.   Только мама девочки не позволяет, поскольку она еще несовершеннолетняя.   Он работает и учится и готов стать главой семьи.   Бекки - прекрасная мать, разумная, любящая.   «Она взрослее всех девушек, которых я знал, - убеждал тощенький мальчик с фанатическими глазами. - Ну и что, что ей тринадцать?   Кто знает, когда человек готов завести детей и семью?   Я видел многих, которые и в тридцать и в сорок еще ведут себя как безответственные подростки.   И вы, наверное, таких знаете. (Смех в зале.)   Я хочу быть проповедником, пастором. (Опять дружное ржание публики.)   Из Бекки получится прекрасная жена и мать, и у нас еще будет много детей».   «Даже и не думай на ней жениться, не позволю.   Она еще крошка! - вмешалась оплывшая мамаша. - Ребенка нужно отдать в хорошую семью, а Бекки будет продолжать учиться».   Подростки отчаянно ухватились друг за друга, будто их собирались растаскивать, и видно было, что они вот-вот расплачутся.   Даже кретины в зале слегка притихли и растроганно заныли.

      Марику стало до слез жалко этих неразумных детей и он выключил телевизор.   Неужели у них отнимут ребенка и разлучат?   Он вытер глаза, размазывая слезы по мордасам. Выпитая водка сделала его еще более сентиментальным.   «Кто знает и в самом деле, когда человек к чему готов?   Вот мне почти тридцать, а я обиделся, как мальчишка. Туся, Золушка моя! В чем она меня обманула?   Я сам ошибся в ее возрасте.   Какое это имеет значение?   Она столько пережила, бедняжка, за свою короткую жизнь! - он опять вытер слезы. - Туся прекрасный художник, я видел ее рисунки!   Паршивое издательство только бы выиграло, если бы ее взяли на работу.   Неужели мы двигаемся по клеточкам жизни, как по шахматной доске?   И нет никакой возможности перепрыгнуть через пару клеток?»   Мысли его путались, смутные и печальные.   Время представлялось ему в виде густого липкого сиропа. Когда он лег спать под желтое шелковое пуховое одеяло, то решил, что завтра же позвонит Марианне и всеми силами попытается разыскать свою Золушку. Он простил ее!

Марианна звонку очень обрадовалась. Туся заходила домой пару дней назад за своими вещами. Сказала, что живет у подруги, но адреса не дала. Упомянула только, что они с подругой вдвоем хотят вскоре уехать в Калифорнию. Пообещала опять наведаться за своими холстами и подрамниками. Мачеха засунула ее вещи в кладовку после переезда, завалила разным барахлом, и достать их пока не было никакой возможности. Так что Наташа обязательно зайдет перед отъездом хотя бы еще раз. Марик заволновался. «Вы ей обо мне ничего не говорили? А что она ответила? Ничего... Можно, я ей записку напишу, а вы передадите, когда она придет?» Что бы не терять времени (Туся-то могла появиться в любую минуту), он договорился сейчас же заехать к Марианне и написать записку уже на месте. Про себя он мечтал, что вдруг каким-то чудом Туся появится дома как раз, когда он там будет, и все встанет на свои места. Он крепко возьмет ее за руку с обкусанными ногтями, и они больше не расстанутся.

Марик был не мастер писать письма и беспокоился, что записка получится недостаточно убедительной. Под дороге он зашел в магазин игрушек и купил смешного пушистого ежика, сделанного из кусочков меха. Марик решил приложить ежа к записке и, поднимаясь по лестнице, напевал: «На именины к щенку шел ежик резиновый, в шляпке малиновой... » Он очень волновался.

В квартире Марианны, туго набитой пухлой мебелью и безделушками, ничто не напоминало о Тусе, даже слабого запаха сирени не было, все перекрывал тяжелый аромат арабских духов. Марика встретила Тусина мачеха. Она была такой же пугающе черноволосой и смуглой, как Марианна, только еще более упитанной. С фальшивой улыбкой она пожаловалась, что Туся такая неуправляемая, совсем с ней нет сладу. Вот если бы покойный отец был жив, он бы не допустил такого безобразия. Шляется девчонка неизвестно где... Мачеха посмотрела на портрет мужа - увеличенная фотография в золоченой тяжелой раме. На ней отец Туси выглядел совсем молодым, таким же светловолосым и задиристым, как дочка. Из спальни выплыла плавно, как фрегат под парусами, Марианна в красном халате, но накрашенная, хлопая, как кукла, длинными искусственными ресницами. Она волочила за собой шлейф сладковатого арабского аромата. Мигнула мамочке, и та стушевалась, ушла на кухню.

Марианна предложила Марику выпить чаю или кофе. Ему хотелось подольше задержаться, и он согласился. Она, грациозно шевеля пышными боками, накрывала на стол, доставая перламутровые кофейные чашечки из буфета и пастилу. И старалась при этом пошире распахнуть халат. Грудь у нее, действительно, была завидная. Но Марику было не до нее. Он пытался написать Тусе записку. Слова застревали где-то между пером и бумагой, казались тусклыми, невыразительными, тягучими.

Марианна склонилась над Мариком, предлагая ему сливки и сахар. У него опять закружилась голова и сдавило горло от сладкого запаха. Она села рядом, закинула ногу на ногу и, кокетливо покачивая туфелькой, начала жаловаться на трудности американской жизни. Дома, в Петербурге она была чертежницей, а здесь решила переучиться на программиста, все так делают. «Вы тоже, кажется, работаете с компьютерами. Посоветуйте, какая область в программировании более перспективная и выше оплачивается. Вы должны все знать». Марик пробормотал, что программирование - не его область. Трудно было оторваться от созерцания ее пышного бюста, и это его смущало. Марианна заметила его взгляд и подвинулась ближе.

Когда кофе был, наконец, выпит, Марик поднялся. Он не мог придумать решительно никакого повода, чтоб задержаться. А Туси все не было. Пропал вечер впустую. «Так вы не забудете передать Тусе записку, когда она придет?» «Уже уходите? Мы могли бы попробовать поискать ее, я знаю одну дискотеку, куда ходят ее друзья. Может быть, и она с ними?» Конечно, Марик согласился, хотя ему трудно было представить Золушку отплясывающей в молодежной дискотеке. Марианна ушла переодеться, а он слонялся по комнате, пытаясь найти хотя бы намек на присутствие Туси - ее фотографию, вещь какую-нибудь, рисунок. На полке стояли книги: «Проклятые короли» Дрюона, «Анжелика - маркиза ангелов», «Как привлекать мужчин». Нет, это не ее.

Марианна появилась в низко вырезанном черном блестящем платье. Волосы взбиты клубами, как грозовые тучи.

Малиновые губы на фоне бледной пудры. Она всерьез собиралась отправиться на танцы. Марику стало почему-то ужасно неловко. «Я только загляну на дискотеку. Если Туси нет, то сразу же уйду!» - сказал он. Удивительно, насколько сестра не похожа на нее. Хоть и сводные, но они прожили три года вместе. «Неужели вы не потанцуете со мной. Нельзя быть таким букой». «Я не умею танцевать», - соврал он. «Вы такой видный, просто созданы для танцев. Прямо как Филипп Киркоров! Я вас мигом научу. Я очень музыкальная».

Марианна включила магнитофон и закружилась вокруг него на высоких каблуках, призывно улыбаясь. Подошла совсем близко, значительно глядя ему прямо в глаза. Можно было различить каждую накрашенную ресницу, полоску блестящих жирных теней на веках, и легкие усики над верхней малиновой губой, и мелкие капельки пота на висках. Нервничает она, что ли, или просто всегда потеет? Марик попытался отодвинуться, но она ловко закинула руку на его плечо и слегка прижала к себе. «Один тур вальса, и вы будете готовы к балу, прекрасный принц!» Ему ничего не оставалось после такой фразы, как подчиниться, и они медленно закружились по комнате. В глубине души ему было приятно, что Тусина сестра назвала его «прекрасным принцем» и сравнила с Киркоровым. Он и сам думал, что неплохо смотрелся бы на эстраде.

- Лаванда, горная лаванда... - с надрывом выводила певица, а Марианна ей подпевала, закатывая глаза и склоняя кудлатую голову к Марику на плечо. В этот момент наружная дверь открылась и на пороге возникла Туся. Марик не успел рассмотреть, во что она была одета, увидел только светлую копну волос, собранных на затылке и невероятно огромные глаза, распахнутые, как окна весной. Они все застыли на минуту. Последовала немая сцена, как в «Ревизоре». Марик стоял с открытым ртом, глотая воздух и не находя слов. Марианна по прежнему обнимала его за шею и даже повисла на нем. Туся кусала губы. Она первой прервала молчание: «Извините за вторжение. Я, кажется, помешала». Она резко повернулась, хлопнула дверью и по лестнице быстро посыпался стук ее каблучков. Марик грубо стряхнул Марианну и бросился за ней.

Но Туся бегала гораздо быстрее его. На улице ему показалось неудобным кричать, и он молча бежал за ней, задыхаясь и проклиная лишний вес. Он гнался за девушкой, пока не увидел, как она вскочила в подошедший автобус. Замахал отчаянно руками, но было поздно, автобус ушел, обдав его вонючей черной гарью. А Марик бросился на скамейку и схватился за сердце. Резко заболело в груди. Только инфаркта ему не хватало!

Вы ждете счастливой развязки? Нет, они больше не встречались. Туся уехала в Калифорнию, а может быть, и обратно в Петербург, о ней больше ничего не известно. Марик пару лет спустя женился на Марианне, которая выучилась-таки на программиста и сократила свое имя до скромного Мэри. Ежа Золушку отдали Марианниной шестилетней двоюродной племяннице, потому что он гадил всюду, шуршал бумажками по ночам, шлялся по квартире, стуча когтями по новому паркету, и вообще мешал спать.

Марик и новоиспеченная Мэри вдвоем недавно ездили в пароходный круиз по Европе, тот самый. А теперь присматривают дом в престижном районе и с бассейном, как раз такой, о котором Марик давно мечтал. С двумя зарплатами выплатить такой дом – раз плюнуть. Правда, белая вязаная шапка по-прежнему лежит у него в ящике на работе. (Он все еще работает в том же издательстве). Но что Марик с ней делает - вдыхает в тоске слабый запах сиреневого шампуня или смахивает со стола пыль, - я не знаю.

Судите сами, счастливый ли это конец.

Перечитывая Драйзера

- Если еще одно мурло вопрется в этот автобус, я удушу его собственными руками. Набилось народу, как сельдей в бочку, не продохнуть. И это называется Америка! - Игорь с бешенством двинул плечом напиравшего на него сбоку добродушного щекастого индуса в белом наряде, напоминавшем исподнее. Автобус остановился. Несмотря на давку, в распахнувшуюся дверь вместе с порывом раскаленного влажного воздуха, плотного и кусачего, как шерстяное одеяло, втиснулись еще несколько человек. Игорь, разумеется, никого не удушил, поскольку до вновь втиснувшихся было не дотянуться. Да и запал прошел. Он только втянул голову в плечи и отвернулся к окну, старясь не вдыхать жаркие испарения человеческого месива.

За пыльным стеклом мелькали однообразные вывески: «МакДональд», аптека «Оско Драг», бензозаправочные станции «Шелл» и «Амоко», китайские ресторанчики, корейские химчистки. И куда не поедешь в городе – всюду одно и то же! Тоска зеленая! Игорь оттянул воротник душной нейлоновой рубашки, чтоб не задохнуться, ослабил галстук. Идиотская мода являться в офис обязательно в белой рубашке и с шелковой удавкой на шее.

В Ленинграде он всегда ходил в проектный институт в фирменных джинсах, в импортных футболках и свитерах, под завистливыми взглядами мужчин-сотрудников. Бабы при виде его млели, и старые и молодые. Он слыл пижоном, снобом, «американистом», и такая слава его вполне устраивала. Свободно говорил по-английски. Читал Твена, Лондона и Драйзера в подлиннике. А здесь что? Все американисты. Игорь месяц назад устроился на работу в солидную инженерную фирму. Стеклянная многоэтажная призма с видом на Мичиган. Сверкающие лифты, красные ковровые дорожки. Красиво, солидно. Но кем его взяли в этот деловой лоснящийся мир? Чуть повыше дворника, простым чертежником-дизайнером, на какие-то жалкие двадцать тысяч в год. В Ленинграде у него была почти закончена кандидатская, оставалось только защититься. Такой ли ему представлялась Америка, когда он приехал в Чикаго пять месяцев назад завоевывать Новый Свет и сравнивал себя то с Колумбом, то с Кортесом?

Тогда казалось, что Америка расстелится перед ним, как золотой ковер, рухнет под его новенькие безумно дорогие, по ленинградским меркам, кроссовки «Адидас», рассыплется сверкающими улицами, зелеными газонами, дружески склонится верхушками небоскребов и тысячелетних секвой. Как бы не так! Игорь с отвращением вспомнил все унижения, через которые ему пришлось пройти, начиная с таможенного досмотра, когда он прилетел в Нью-Йорк. Веселые таможенники с незамутненными, светлыми, как легкое пиво, брызжущими радостью глазами, посмеивались, перебирая вещи в чемодане. Особенно их позабавил начатый рулон туалетной бумаги, мыло и салфетки. Аккуратный Игорь всегда возил с собой туалетные принадлежности, он был брезглив с детства. «Вы что же думаете, что в Америке нет туалетной бумаги или мыла?» «В советский нужник вас, с загаженными стенами, и утопить там, как щенков!» - думал он, а сам улыбался через силу и кивал, как болванчик.

В довершение всех бед к Игорю прицепилась сторожевая овчарка, ростом с теленка, вынюхивавшая наркотики. Она упорно виляла откормленным мохнатым задом и пыталась положить передние лапы ему на плечи. Таможенники перестали улыбаться и предложили Игорю пройти в специальную комнату на проверку. Здесь собака накинулась на него по-настоящему, чуть поводок не порвала и вдруг вытащила из кармана куртки недоеденный бутерброд с ветчиной, который остался от самолетного завтрака. Игорю было жаль выбросить едва надкушенный бутерброд. В полете укачало и есть не хотелось. Вот он и заначил его до посадки, завернул в целлофановый кулек. Таможенники опять засмеялись и сказали, что в авиакомпаниях качество еды неважное. Уж лучше сходить в МакДональд. Игорь тоже усмехнулся кривым ртом. Ему было бы легче, если б нашли наркотики, ей Богу, не так стыдно.

Автобус тряхнуло так, что у Игоря аж лязгнули зубы. Щекастый индус нежно выругался на своем экзотическом языке. Запищали какие-то девчонки, придушенные в давке. Одна из них с огорчением сказала по-русски: «Мать вашу... Кажется, каблук сломала. Блин, совсем новые босоножки-то были и опять покупать». И опять звонко вклеила непечатное выражение, какое и на стройке не часто услышишь. Игорь с любопытством вытянул шею, как гусь, пытаясь рассмотреть, кто это так крепко высказался на родном и могучем языке. Две простушки, лет по двадцать с небольшим, одеты кое-как. Серенькие мышки, ничего интересного.

Одна из мышек подтолкнула другую локтем: «Тоня, чего этот длинный пялится на меня, чего я такого сказала?» «Кто пялится-то?» «Вон тот, чернявый, хорошенький, в белой рубашке». Тоня встала на цыпочки, высматривая чернявого, и вдруг схватилась за сердце: «Ой, умру!» «Что, что? Чего ты всполошилась?» «Знаешь, кто это? Игорь Зелинский! Я с ним в школе училась в Ленинграде. Только он в «А» был, а я – в «Б». Честное слово!» «Может перепутала?» Тоня тянулась вверх, пытаясь воспарить над толпой: «Он, ей Богу, он! Уж я-то не ошибусь. Как втюрилась в него со второго класса, так до конца школы и промучалась. Даже утопиться хотела в Неве». Подружка захихикала, защекотала Тоню: «Признайся, чего у вас было-то?» «Да ничего не было, - отбивалась она, пытаясь не упустить Игоря из виду. - Что я против него была? Он даже и внимания на меня не обращал. У него отец - профессор в академии. Знаешь с какими девочками он гулял? У нас одна дочка дипломата училась, так он с ней... Откуда он тут в Чикаго? Зелинский, надо же! Самый красивый мальчик во всей школе, отличник. На скрипке играл и в теннис... Клёво одевался, только в фирму! Бегал на лыжах и плавал лучше всех».

Подружка засуетилась и подтолкнула ее в бок острым кулачком, так что та ойкнула: «Ты не теряйся, Тонька! Не кукожься, подойди к нему. Такая встреча, раз в жизни бывает. Может, это твоя судьба?» «Не знаю, что сказать ему, даже в горле дерет. Думаешь, он меня узнает?» «Узнает, не узнает! Напомнишь, если у него в Америке память не отшибло. Ты уверена-то, что это он? А то на американца напоремся, который по-русски ни «бэ», ни «мэ», ни «кукареку». Молодой человек! Вы, вы, в белой рубашечке...» «Ну чего ты орешь на весь автобус, неудобно». «Неудобно спать на потолке – одеяло спадает», - отрезала подружка и, пользуясь набитой сумкой как тараном стала пробиваться через толпу.

Игорь с удивлением смотрел на худенькую скуластую, которая приветливо улыбалась ему, показывая два передних зуба со щербинкой. Она подобралась вплотную, оттеснив индуса: «Здравствуйте, я Тоня. Мы вместе в 217-й школе учились, в параллельных классах. Не узнаете?» Ленинградская школа!

Господи, когда это было, да и было ли вообще? Ленинград, белые ночи, родители еще живы... Большая профессорская квартира с блестящим роялем и веселыми люстрами. Он напряженно вгляделся в незатейливое личико с капельками пота на висках и на крыльях веснущатого носа. «Какая Тоня?» «Вы Игорь Зелинский? Да? - прошептала она, чуть не плача от волнения. - А я – Тоня. Антонина Москалина». Но и фамилия не помогла. Игорь не мог ее вспомнить. Мало ли девчонок было в школе? Тоне стало неловко. От смущения она то застегивала, то расстегивала верхнюю пуговку на застиранной кофте. Как могла она напомнить ему о себе? Если бы она отличалась чем-то в школе: участвовала в конкурсах, или играла на пианино, или хотя бы хулиганила. Но нечем, нечем себя отделить от остальных сорока двух девочек, учившихся вместе с ним! «Моя бабушка была уборщица, Марья Ивановна...» - добавила она совсем тихо.

Тут Игорь вспомнил и старенькую горбатую тетю Маню в синем халатике, всегда со шваброй и ведром, и беленькую девочку, ходившую за ней следом. Синевато-бледную, тощенькую, с тонюсенькими косичками, похожими на крысиные хвостики. Действительно ее звали Тосей. Мальчишки дразнили ее Тося-Барбося. У нее еще вечно нитяные белые колготки отвисали на коленях мешочками. Он вспомнил и гулкую школу, пахнущую свежей известкой (у директора была мания производить побелку потолков несколько раз в течение учебного года), и вкус холодного молока и сдобных булочек в буфете, и листопад, когда всех школьников выгоняли во двор сгребать влажные листья. А потом жгли пестрые кучи, и горький дым залетал в окна класса, заставляя нервно принюхиваться и мечтать о свободе, о Робин-Гудовских осенних лесах, о полянах с подберезовиками... Как шумели сияющие желтые кроны! Как звенела земля под ногами, когда он бежал стометровку!

Игорь заволновался. Все было тогда совсем другим, лучше. Будущее было туго набито надеждами, как спелый стручок горошинами. Сам он был единственный, замечательный, надежда и украшение школы, предмет поклонения девчонок, гордость родителей, а не затерянный в чужом городе безработный безвестный эмигрант. «Тоня, Тонечка, конечно я тебя помню. Неожиданная встреча! Какими судьбами в Чикаго? Давно из Ленинграда?»

- Моя остановочка! - напомнила о себе игривая подружка. - Ну пока, детки, не шалите! Чао-какао! - Она кокетливо помахала рукой, поволокла за собой неподъемную сумку и вытекла вместе с другими в духоту чикагского летнего дня, исчезла, растворилась навеки в горячем колышущемся мареве над размягченными тротуарами. Тоня потом не могла даже вспомнить ее имени, хотя толчок в бок послужил роковым поворотом в ее судьбе. Катя, Клава, Кира? Ушла навсегда, помахивая тяжелой спортивной сумкой, пропала без следа, как множество других людей, незаметно подталкивающих зубчатые колеса нашей судьбы.

Автобус, покряхтывая, выдавливал из себя пассажиров и пустел, наполняя освободившееся пространство гулом и запахом разогретых пластиковых сидений, теплого металла. Игорь и Тоня сели на скамейку и разговорились, забыв про жару и тряску. Игорь неожиданно обрадовался ей, как родной, хотя в прежние времена он бы и не плюнул в ее сторону, честно говоря. В Союзе он определял ей подобных «мелкого калибра барышни», «не сортовой товар». А сейчас ее простенькая, не совсем грамотная русская речь казалась ему такой близкой, своей, что он чуть не заплакал. И пока тряслись по накаленным чикагским улицам, рассказали друг другу все, что с ними случилось после отъезда из Союза.

Тоня жила «в этой клятой Америке» уже с полгода, приехала в надежде подработать. После школы она работала диспетчером в трамвайном депо, но платили мало. Бабушка, Марья Ивановна, совсем постарела и на ладан дышала. У нее разыгралась астма, радикулит и она уже не могла убирать, как раньше. (Она еще и квартиры убирала.) Пенсию ей дали крохотную. Всех денег вместе с Тониными кислыми заработками не хватало даже на еду, не то что на лекарства. И за квартиру не платили уже больше года. Они с бабушкой жили в жуткой коммуналке, с пятью соседями на окраине. Игорь и не подозревал, что такие сохранились в Ленинграде. Тоня не знала, куда податься, как прокормиться, хоть на панель иди... (Игорь с сомнением посмотрел на ее худые ключицы и косенькие скулы. И на панели ты бы не много заработала.) Спасибо соседка подсказала, что есть такая новая фирма, которая нанимает детских нянечек для Америки. Ее дочка устроилась и ничего, даже домой посылает.

Тоня тоже завербовалась на два года. Только потом оказалось, что фирма разорилась, и всех женщин забрала к себе другая компания. Молодой приблатненный парень (с татуировками и шрамами, страшный как Бармалей) - представитель компании привез их стадом в Чикаго, шестерых женщин разного возраста из Ленинграда. Паспорта отобрал «до времени» и устроил на работу в разные эмигрантские семьи. Кому как повезло.

Зарплату за первые три месяца татуированный забрал себе за комиссионные и билеты. Еще за один месяц Тоне заплатили и она почти все отослала бабушке. А потом хозяйка сказала, что бизнес плохо идет и у них пока нет денег. Тоня не знала, какой у них был бизнес, но машину они купили новую, а ей не давали ни копейки уже шесть недель. Кормили кое-как все время, только тем, что оставалась после детей. Мальчишки, за которыми она смотрела, ужасно прожорливые, как хрюшки, и балованные. Одному шесть, другому восемь. Как они что-нибудь разобьют или загадят, так хозяйка кричит, что вычтет из Тониной зарплаты. Какая же зарплата, если все равно денег не дают? Собачку их вонючую Джудика купать приходится каждый день в ванной. Все руки искусала, мерзкая. Но куда деться, если по-английски она не понимает ничего? И даже домой не уедешь... Паспорт остался в компании у блатного, которого она боялась до судорог, и билеты не на что купить.

Игорь побагровел от возмущения. Как можно терпеть такое издевательство? Нужно немедленно бросать сволочную хозяйку и забрать документы из этой жульнической компании, а может быть и подать на них в суд. Тоня внимала ему с изумлением и восторгом, а он все больше распалялся. Не в рабство же она закабалилась! В Америке для всех найдется работа. Он забыл, как полчаса назад про себя ругал страну последними словами. Теперь Игорь с увлечением доказывал Тоне, что глупо уезжать из государства неограниченных возможностей. Свет не сошелся клином на «бэби-ситорстве», даже если человек не знает английского. Можно пойти в ресторан или пекарню, или в русский бизнес. Если уже присматривать за детьми, то в американских семьях, а не у наших жлобов. Те и платить будут больше, и обращаться приличнее. Что будет с бабушкой, наконец, если Тоня вернется без денег? Должна Тоня ей помогать или нет? И думать теперь нечего уезжать из Чикаго.

119

Только встретил он близкого человека в этой пустыне, как она уже собирается улизнуть, а ему одному дальше мучиться. «Но что же делать? – робко спрашивала Тоня. - Как найти другую работу, и жить где? У меня здесь никого-никого нет». «Теперь у тебя есть я. Мы же - друзья детства! Я тебя не брошу пропадать на диком Западе, - пошутил он. - Забирай манатки от своих жлобов-хозяев. Переночуешь у меня, а там придумаем что-нибудь». Игорь с каждой минутой вырастал в собственных глазах. Теперь положение зеленого эмигранта, на которое он так горько сетовал, официальный статус еврея-беженца и «грин-карта», дающая право на постоянную работу и проживание в Америке делали его по сравнению с беспаспортной и бесправной Москалиной почти старожилом, одним из пионеров Запада.

Тоне уже приходилось задирать голову, чтобы посмотреть ему в лицо, и делала она это с благоговением. Ее улыбка отражала все оттенки его голоса. Когда он сердился, она старательно хмурила тонкие брови, когда шутил – расплывалась до ушей.

С хозяйкой, у которой Тоня ишачила, откормленной нахальной бабищей в розовом шелковом халате, Игорь разделался за одну минуту. Он пригрозил, что заявит куда следует, что та использует нелегальную рабочую силу. Хозяйка тут же вынесла Тонин паспорт, который тут же нашелся, припрятанным в спальне. Заплатила Тоне все, что задолжала, и даже предложила в подарок старое нейлоновое пальто. Игорь гордо отказался, хотя, по Тониному взгляду, понял, что ей жалко вещи. Он победно шагал с нетяжелой сумкой и обтрепанным чемоданом, а Тоня бодро семенила за ним. Вслед им тявкал злостный Джудик.

В самой глубине души у Зелинского шевелился червячок сомнения: куда ему браться за устройство чужой судьбы, когда его собственная участь покрыта туманом? Но уж очень хотелось ему почувствовать себя опять на коне, таким как прежде - сильным, уверенным, хозяином жизни.

Так Тоня Москалина надолго водворилась в квартире Игоря. Он снимал студию (комната с балконом, ванная и лилипутская кухонька) в пригороде, вместе со многими другими молодыми специалистами в пятиэтажном доме. Не шикарно, не слишком престижно, но прилично. В первую ночь он по-джентельменски предоставил в ее распоряжение кровать, а сам растянулся на полу на тонком одеяле, несмотря на Тонины отчаянные протесты. Ему не спалось, он выходил курить на балкон. Тоня тоже не могла заснуть и в халатике, ежась от свежего ночного ветра, долго стояла рядом с ним, глядя на сонный темный город. На горизонте вспыхивали зарницы, но гроза прошла стороной. На душе у обоих было тревожно и радостно, как в ночь после выпускного вечера. Говорили о школе, об одноклассниках. Пили зеленый чай. Под утро они как-то оказались в постели вместе, и Тоня тихонько твердила, что она так благодарна, так рада, что нашла его (как будто действительно долго искала). Уже на рассвете Игорь заснул, а она продолжала восторженно смотреть в его осунувшееся от бессонной ночи потное лицо, на темные густые ресницы, на припухшие, чуть потрескавшиеся капризные губы, и думала, что счастье приходит, когда его совсем не ждешь, и теперь она ни за что не выпустит его из рук.

Кого Тоня имела в виду под «ним» было неясно ей самой, то ли счастье, то ли Игоря Зелинского. Она осторожно выбралась из под одеяла, босиком пошла на кухню готовить Игорю завтрак. Скользкий синий линолеум леденил ступни, но она не решилась одеть тапочки, чтобы его не разбудить.

- Ты не обязана готовить на меня. Мы спокойно можем поесть в ресторане, - заметил Игорь, с аппетитом уписывая котлеты с грибами и кашей. - Передай-ка мне еще огурчик.

- Возьми два, это малосольные. Я сама их посолила и еще капусту заквасила по бабушкиному рецепту с клюквой. Тут совсем не такая клюква, как у нас в Ленинграде, но ничего, сойдет. В ресторане дорого, и потом там все китайское, какое-то не людское. Куда лучше гречневая каша.

- Рестораны бывают разные, не только китайские. Если ты все время будешь дома сидеть – никогда работу не найдешь. Знаешь, они тут гречкой свиней откармливают, буржуи.

- Ну правда? Во зажрались! - удивилась Тоня, и начала оправдываться. - Мне столько всего за день нужно сделать-то. Убрать, постирать, погладить, обед сготовить, в магазин сбегать. Вон окна немытые. Я еще хотела на балкончике цветы посадить, астры. Красиво будет. Я приберусь немного и начну зарабатывать, ты не беспокойся.

- Я и не беспокоюсь. Ты не думай, что я тебя попрекаю, нам денег хватает. Просто, ты все суетишься, ни минуты не посидишь спокойно. Смотри, что я тебе привез.

Игорь достал из портфеля голубенькую косметичку. В ней лежали несколько тюбиков помады, тушь для ресниц, пудра, зеркальце. «Ой, спасибо! Куда мне столько косметики. Ой, Зелинский, ты меня так балуешь! Я ее за год на себя не вымажу». И Тоня повисла у Игоря на шее, осыпая его поцелуями. «Французская, Лаудэр, - небрежно заметил он. - Осторожно, помнешь галстук». Он не стал уточнять, что получил набор как бесплатный подарок, когда покупал себе одеколон. Игорь устроился перед телевизором смотреть баскетбол, а Тоня ушла на кухню мыть посуду. «Принеси мне пивка холодного и сыра, только не острого, а бри!» - крикнул он вслед.

О переезде Тони на другую квартиру теперь не было и речи. Игорь быстро привык к тому, что после работы его ждал горячий обед. Не нужно было больше заботиться о рубашках, ботинках, костюмах; все было выстирано, вычищено, выглажено, пахло свежестью и чистотой, домашним уютом. Даже расходы уменьшились, так как он перестал обедать в ресторанах и не отдавал больше свою одежду в чистку.

Глядя на экран, на прыжки Майкла Джордана и потягивая пиво, Игорь лениво думал, что встреча с Тоней была большой удачей. Хотя она умом не блещет, но добрая, хозяйственная, миленькая. Хорошо бы ей зубы привести в порядок, но это слишком дорого, потерпит. Одеваться она со временем научится поэффектнее. Нужно быть совсем дурочкой, чтоб в Америке не выглядеть прилично. Конечно, Тоне нужно становиться самостоятельной, в будущем искать работу, но пока и так хорошо.

Как-то вечером, убрав со стола, Тося долго возилась в ванной, а потом вышла и торжественным шагом прошлась перед Игорем. «Тебе нравится, Игорек? Новое платье, я сегодня купила, и обувь тоже». На ней был синий вечерний костюм: жакет, обшитый блестками, с широкой шифоновой юбкой и замшевые туфли на высоких каблуках под цвет наряду. Она не совсем уверенно ступала на высоких каблуках, и правая щиколотка подворачивалась. «Букет моей бабушки! Ну и вкус у девочки! Выглядит, как судомойка, собравшаяся на бал, - подумал Игорь, но вслух сказал, – ничего, симпатично. Тебе синее идет. Дорогое?» «Правда идет? – обрадовалась Тоня. - Ты не думай, я не из хозяйственных денег взяла. Заработала сама». «Здорово! Ты на работу устроилась? Куда?» Она смутилась и веснушки на щеках утонули в красном румянце: «Знаешь, тут в доме многим нужно прибрать, или собачку погулять. Ты не сердишься?» Игорь встал с дивана и нервно прошелся по комнате. Он не знал, как отнестись к такому известию. Еще скажут соседи, что он ее эксплуатирует.

Он впервые задумался, как на их отношения смотрят посторонние. Если Тоню считают его подружкой, или родственницей, как это выглядит, когда она убирает у соседей? Что о нем подумают? Тоня молча робко следила за ним, неловко переминаясь на тонких каблуках. «Знаешь, Тонь, ты это прекрати. Неудобно. Если бы ты где-то в другом месте убирала, а то в нашем доме. Что люди скажут? – Игорь подошел к окну и забарабанил пальцами по стеклу. (Тоня все сжалась от его холодного тона.) - Тебе когда нужны деньги, ты у меня попроси. Разве я жмот какой-то? Разве я когда-нибудь отказывал? - продолжал он, начиная раздражаться все больше. - Этими подработками ты меня просто оскорбляешь, превращаешь в проходимца, альфонса».

- Как ты можешь так говорить! Я тебя так люблю! Ты мое все...

Но Игорь уже не слушал, его понесло: «Ты живешь, как слепая, ничего не видишь вокруг себя. Уборка, стирка. У тебя должны быть широкие интересы. Такие платья уже двадцать лет не носят. Я тебе же добра хочу. Оглянись вокруг, ты - молодая девушка, а одеваешься, как старуха! Выбрасывать деньги на допотопные тряпки просто глупо». «Оно совсем не дорогое, - не знала как оправдаться Тоня, поспешно снимая туфли, - я его в комиссионном купила...» «Еще лучше – донашивать чужие шмотки! Может оно с покойника или заразное. Сейчас же выбрось эту вонючую дрянь!» Тоня судорожно стаскивала с себя костюм, захлебываясь слезами. Несколько минут назад она чувствовала себя такой нарядной, счастливой в голубых блестках, как кинозвезда, а теперь опять превратилась в несчастную Тосю-Барбосю. «Возьми салфетку, вытрись! – Игорь сбавил тон, глядя на ее дрожащие губы, и потрепал ее по плечу. - В выходные сходим в «Маршалс». Я куплю тебе что-нибудь современное. Ну, не плачь, забудем об этом. А уборки все-таки прекрати, я сам займусь твоим трудоустройством, если тебе скучно дома сидеть.

Не реви». Только сцен ему не хватало! Мало нагрузки на работе, так и дома покоя нет.

Тоня спрятала сверкающее вечернее платье в свой драный чемодан (не выбрасывать же) и оба, вроде бы, забыли о неприятном инциденте. Голубые веселые блески, скользкий на ощупь невесомый шифон, чуть потертая замша туфель оказались надежно погребенными под заношенными майками и прозрачным от бесчисленных стирок бельем. Игорь не обманул - привез через пару дней целый пластиковый мешок с одеждой для Тони – короткую кожаную юбку и курточку, джинсы, несколько свитеров. Сам сходил в магазин, не надеясь на Тонин вкус, не поленился. Юбка оказалась немного мала, а джинсы великоваты, но Тоня все равно была очень благодарна. Выслушав ее чуть преувеличенные восторги по поводу обновок, Игорь подумал, что она – девочка простенькая, но хорошая. Нужно развлекать ее почаще, а то она все дома сидит. Вкалывает на него, как раба, и не жалуется. «Пойдем в пятницу в хелс-клуб, тут рядом? – предложил он. - Поплаваешь в бассейне, на тренажерах поработаешь. Ты такая худенькая, тебе нужно мышцы накачивать».

Сам он ходил в клуб регулярно после работы, у него была членская карточка. Раз в месяц разрешалось приводить с собой бесплатно одного гостя, вот он и решил порадовать Тоню. Договорились встретиться возле клуба после работы. «Она хорошо будет в купальнике смотреться – тоненькая, стройная, - думал Игорь, - а бикини все одинаковые, тут уж блестки на себя не напялит».

Утром в пятницу, когда Игорь садился в машину (он купил недавно японскую «Мазду» и больше не ездил в городском транспорте, поднялся на следующую социальную ступень), с ним заговорил сосед, тоже молодой инженер и резко испортил Игорю настроение. Сначала поговорили о новой машине, а потом сосед невзначай обронил: «Вы не могли бы передать своей уборщице, когда увидите, что в выходные у меня будет вечеринка, так нужно прибрать квартиру и потом, когда разойдутся. Мои друзья вечно перепьются, потом ковер не отчистишь. Она аккуратная, чистенькая, только объясняться с ней трудно – по-английски еле-еле говорит. В наши дни так трудно найти приличную прислугу! Да, а ты приходи на вечеринку, будет весело - красивые девушки, много пива».

Игорь сначала не сообразил, кто такая его уборщица, а потом покраснел ужасно и забормотал невнятное. Весь день у него было отвратительное состояние духа, и тошнило почему-то. Идти в хелс-клуб уже не хотелось. Он решил придумать какой-то предлог, чтобы отменить встречу и позвонил Тоне, но ее не было дома. Наверное, побежала покупать купальник. Пришлось ехать.

Конечно, она уже ждала его возле клуба с сияющими глазами и его старой спортивной сумкой. Светлые волосы легче цыплячьего пуха распустила по плечам. Они освещали бледные щеки и все курносое несимметричное личико. Игорь окинул взглядом ее худенькую фигурку в мешковатых джинсах и голубом свитере и подумал: «Она, в общем, ничего. Голубое ей, действительно, идет. Цивилизуется постепенно. Как этот нахал мог назвать ее прислугой?!» «Женская раздевалка - налево. Встретимся возле беговой дорожки, а потом поплаваем». Тоня радостно закивала и скрылась за высокой дверью.

Игорь переоделся в адидасовский спортивный костюм, и как всегда в клубе почувствовал себя легким, сильным, предвкушая бег и нетяжелые упражнения. Он любил ощущение звона легкой усталости во всем теле. Ожидая Тоню, Игорь с удовольствием рассматривал незнакомых девушек в серебристых и цветных облегающих костюмах, занимавшихся аэробикой перед большим зеркалом во всю стену. Эластичная ткань подчеркивала стройные ноги, тонкую талию, грудь... Настоящие спортивные нимфы. Гремела приятная ритмичная музыка, на потолке плясали голубые блики от воды в бассейне.

Он присел на удобный кожаный диванчик под пальмой, чувствуя себя наверху блаженства. Шикарный клуб. Вот это – жизнь! Стоило уехать в Америку. Одна из нимф оторвалась от своего отражения и, утирая полотенцем пот, подошла к Игорю. Он с удивлением узнал секретаршу из соседнего офиса, Британи. Сейчас она выглядела еще моложе и привлекательнее, чем на работе. Лицо покрасневшее, разрумянившееся от движения, оживляли тревожные узкие глаза, чуть раскосые, с длинными ресницами. Наклеенные или свои? Не разберешь. Черные кудряшки выбились из под повязки. Они обменялись приветствиями и стали болтать непринужденно, как старые приятели, хотя на работе только здоровались и улыбались друг другу.

Британи, стреляя маслинными глазами, рассказывала о поездке на острова, как она здорово загорела. Он только кивал, делая вид, что острова для него – самая привычная среда обитания. Будто он туда тоже ездит каждый год. Зимой опять собирается хорошая компания, все хотят заняться подводным плаванием. Там такие сказочные коралловые рифы! Может быть и он присоединится? Тут Британи метнула в него такой значительный взгляд, который можно сравнить только с молотом, пуда на полтора. У Игоря внутри екнуло, но он выдержал взятый тон: «Отчего не присоединиться! Компания очаровательных женщин всегда приятна, как теплое море...»

Игорь совсем забыл о Тоне, как вдруг кто-то дернул его сзади за рукав. Он оглянулся и обомлел, подавился на середине фразы, побагровел от смущения не меньше, чем Британи от аэробики. Тоня стояла перед ним в растянутом, обвисшем на коленях и попе трикотажном тренировочном костюме жуткого фиолетового цвета, сохранившемся, наверное, еще со школьных времен. На ногах у нее были ярко-красные советские кеды на три размера больше, чем нужно, что придавало ей сходство с клоуном. Волосы она стянула на затылке аптечной резинкой в крысиный хвостик и была вполне готова бодро заниматься физкультурой. «Куда мы пойдем сначала? На лесенку или велосипед?» - радостно спросила Тоня. И он ответил ей в тон тоже по-русски помертвевшими губами: «На лесенку, только не споткнись. Ты побегай там, а я сейчас приду».

- Твоя знакомая? Полька? - лукаво покосилась ей в след Британи, подтягивая вязаные гетры (отличный способ привлечь внимание к ее стройным длинным ногам).

- Русская. Не полька, а русская. Она - уборщица, убирает у меня раз в неделю. Вот уж не думал, что она ходит в этот клуб, - не задумываясь заявил Игорь, и продолжал, стараясь унять бешеные толчки сердца. – Насчет подводного плавания. Я готов поехать, в январе или в начале февраля в самый раз. Только акваланг и маску нужно будет взять в рент. У меня пока нет своего.

- Отлично! Будет классная поездка. Ну, мне пора. На работе обо всем договоримся. - И Британи ушла между пальмами в кадках и спортивными тренажерами, виляя серебряными бедрами и многократно отражаясь в зеркалах. «Поздравляю, ты живешь с уборщицей!» - сказал едкий внутренний голос. Зелинский растерялся и не нашел, что возразить.

С этой минуты Игорь почувствовал к Тоне неопределенное раздражение и даже отвращение, вроде она стала бородавкой или болячкой не его здоровом гладком теле, слегка жиреющем, несмотря на постоянные тренировки. Это чувство еще усиливалось сознанием его собственного предательства.

- Сегодня после работы мы небольшой компанией идем в бар в Даунтауне, там замечательный джаз. Пойдешь с нами?- Британи достала сигарету и Зелинский поспешил предложить зажигалку. Красивую, новенькую, между прочим, Тонин подарок. «Еще бы!» - ответил он, вдыхая ее французские духи, как опиум. Глаза у него сразу заблестели и сердце забилось сильнее. «Я буду тебя ждать внизу, не задерживайся», - Британи улыбнулась многообещающе, показав изумительно ровные сверкающие зубы. Жемчужные, другого слова не подберешь. Сколько ее родители ухлопали денег на дантистов, чтобы создать это ювелирное чудо? Игорь мучительно размышлял, что он скажет Тоне по телефону. Пусть не ждет его с обедом, у них на работе совещание. Нет, не пойдет. Совещания не тянутся за полночь, а раньше он домой не явится. Почему он должен вечно оправдываться? Просто придет домой поздно, что она ему сделает?

Мысли его беспорядочно скакали. Конечно, это еще не свидание, но Британи явно не равнодушна ко мне. Если я ее позову, она пойдет. Скажу на этот раз, что у шефа день рождения, и он приглашает только сотрудников, без жен и подруг. Чтобы не было всяких сцен и слез. Но с Тоней пора кончать. Британи немного похожа на певицу Мадонну - глаза, носик. Фигура отличная, немного в бедрах широка, но одевается – закачаешься! С такой барышней не стыдно появиться на людях. Уж ее-то никто уборщицей не обзовет. Тоня мне вообще никто, школьная знакомая. Не жена, даже не невеста, и никогда не будет. Не доросла и рылом не вышла! Пусть спасибо скажет, что я ее приютил. «Пора ей становиться самостоятельной, не век сидеть на моей шее», - решил Игорь.

Возвращаясь домой (было около двух ночи), он все же чувствовал себя неловко, хотя вечер прошел отлично. Он слегка оглох от музыки и шума разных баров. Они побывали как минимум в пяти. Везде дым коромыслом, выкрики, звон посуды.

127

Пьяные женщины, красивые, как кинозвезды, сквозь пивной чад. Туалеты, разной степени чистоты, где Игорь отмачивал виски холодной водой, старательно причесывался перед зеркалом. Как-никак его первый выход в свет в Штатах. Британи то и дело хватала его за руку, прижималась теплой грудью к локтю, хохотала незатейливым шуткам. Откуда взяться затейливым, если по-английски он говорит с натугой, будто резину жует? Удивительно, как все-таки девушка ее класса обратила на него внимание! Перед тем, как высадить ее возле дома родителей в шикарном пригороде на самом берегу озера, они долго целовались в его машине.

Фонари таинственно подмигивали - что-то дальше будет? Казалось, что Игорь весь до белья и волос на груди пропах ее духами и табачным дымом, и он плавал в тумане тревожных запахов, чувствуя себя в облаках, на седьмом небе. Выпил Зелинский немного, но вино настроило его на сентиментальный лад: «Какая Британи милая, красивая, как ангел. Куда Тоньке до нее, синюшной, как курица по рубь двадцать! Сейчас в Ленинграде курицы на тысячи покупают, те, кто может. Вовремя я оттуда слинял. Бедная Тоня, так старается для меня! Она меня очень любит, я для нее - все! – Игорь утер слезу. - Свинья я все-таки. Зайду потихоньку и приму ванну, она ничего не заметит. Уже спит, конечно, бедный худенький цыпленочек. Нужно будет и ее в бар сводить, какой-нибудь попроще, а то она все дома, дома... Ну и домик у родителей Британи – целый дворец! Наверно, у них и горничные есть, и садовники, а может и дворецкий. Возле крыльца – два «Ягуара». Здорово люди живут! Я тоже человек, и хочу «Ягуар» и дом, и все...»

Он царапал ключом, не попадая в замочную скважину. «Я иду! Подожди, открою!» - Тоня зашлепала босиком по линолеуму и отворила дверь. «Запахнись, соседи могут увидеть! Чего ты еще не спишь? Я же предупредил, что буду поздно», – он с неудовольствием посмотрел не ее тощую фигуру в одних трусиках и накинутом на плечи просторном шелковом халате Игоря (своим она так и не обзавелась). Всю его нежность как рукой сняло. Сейчас допрашивать начнет.

- Понимаешь, шеф у нас полуночник, гуляет поздно. Неудобно было уйти раньше других. Утром на работу рано, а тут... – он пригляделся к Тоне. - Чего у тебя щеки красные, ты себя нормально чувствуешь? - Как он не был занят собственными переживаниями, но заметил, что с Тоней творилось что-то неладное. Пылающий румянец закрыл рыже-коричневые веснушки, глаза лихорадочно блестели, будто она проплакала весь вечер. Игорь потрогал ее лоб. Не горячий. Может грипп? Нужно подальше держаться, не хватало заразиться. «Чаю хочешь? Я чай поставлю, - спросила она, завернувшись дважды в широкие полы халата. – Не беспокойся, я в порядке». «Какой чай в три часа ночи, ты что с ума сошла? Идем спать». «Нет, мне нужно с тобой поговорить! Давай чаю». «Случилось что-нибудь?» – перепугался он, лихорадочно перебирая в уме возможности. Умер кто-то? Узнала насчет Британи? Хочет уйти? Квартиру ограбили?

Тоня уселась перед ним на шаткий кухонный табурет. Склонила голову набок, скручивая пояс тонкими пальцами (ну как есть – курица на насесте), и вдруг выпалила: «У нас будет ребенок, я беременная! Почти два месяца должно быть». И уставилась на Игоря круглыми глазами. Ночь остановилась и превратилась в черное безвременье с утомительным белым плафоном на потолке.

- Удивительно, теперь она похожа не на курицу, а на кошку, с круглыми желтыми глазами, - подумал он не к месту, - на тощую ободранную кошку, рыскавшую всю жизнь по помойкам. Кошка, поджидающая в засаде невинного глупого воробушка. Вот-вот когти выпустит и бросится. Нет, она не курица, а зверь пострашнее! Вроде ласковая такая, тихая, а на самом деле – совершенно дикая и опасная. Он тяжело опустился на хлипкую табуретку. Завтра будет голова болеть. Совсем отвык от выпивки. Горячий чай – это хорошо. Что это она такое нелепое сказала, что ни в какие ворота не лезет? Засвистел чайник. Игорь поднял двумя руками тяжелую керамическую чашку и подул, тупо глядя на отражение светильника в темной жидкости. Плафон безжалостно заострил Тонин нос и подчеркнул косые скулы. Настоящий череп и кости. У нее будет ребенок? А он тут при чем? Ах, это и его ребенок тоже... Замечательно! У Тоси-Барбоси будет от него, Игоря Зелинского, ребенок. Внучек уборщицы и знаменитого профессора. Он рассмеялся нелепости такого предположения.

- Я знала, что ты обрадуешься! Боялась, как ты узнаешь... Даже свечку хотела поставить, но не знала, куда пойти. - Тося вскочила, обняла Игоря за плечи, прижимая его голову к своей плоской груди. Он бессильно прислонился к выпирающим ребрам, в висках застучало, во рту проявился горький вкус, будто пососал дверную ручку. Он чувствовал как колотится Тосино сердце, и в животе у нее булькало и журчало от волнения. Игорь поскорее отодвинулся, слушая бессвязное бормотание о том, как она давно подозревала, но сегодня купила в аптеке специальный «тест», сделала, как по телевизору рекламируют, и убедилась окончательно. Сперва она не хотела говорить, но подумала... Его чуть не стошнило. Тоня побежала за тазом. Зелинский улегся в постель, сославшись на головную боль. «Утро вечера мудренее, что-нибудь придумаем!» – пообещал, он засыпая.

Проснувшись минут за двадцать до звонка будильника, Игорь лежал некоторое время с закрытыми глазами, притворяясь спящим. Воспоминание о беременности Тони ударило его в живот в секунду пробуждения. Стараясь ровно дышать, чтобы не разбудить ее, он думал, что не все потеряно. Она сделает аборт и уедет к себе в Ленинград. Он денег даст, много у него нет, но сколько наскребет... Не может Тоня Москалина ожидать, что он на ней женится теперь. С чего бы? У нее своя жизнь, у него – своя. Ну помог ей в чужой стране и хватит. Пора и честь знать!

Она уже возилась на кухне, готовила завтрак – гренки с вареньем и кофе, не очень горячий, со сливками и одной ложкой сахара, как Игорю нравилось. Он сел за стол, свежий, влажный после душа. Несмотря на плохое настроение, с удовольствием съел две гренки и выпил кофе. Тоня подливала ему в чашку и беспечно щебетала. Ребенок появится только весной, так что у них есть время подыскать другую квартиру попросторнее. Она уже решила, что будет подрабатывать, потому что расходы увеличатся, сам понимаешь. Будет вязать свитера, шапки, детские костюмчики и продавать. Уже присмотрела магазин, который торгует вязаным. Она здорово умеет вязать, только в Ленинграде шерсть была дорогая последнее время. И обязательно свяжет Игорю свитер! Он увидит, как отлично они заживут, совсем немного нужно для счастья. «Только не приходи поздно, теперь тебе придется стать домоседом». - Тоня радостно рассмеялась и Зелинского передернуло. «Мне пора на работу! Вечером все обсудим... Ну, пока!» Он поцеловал ее, клюнул быстренько в макушку и побежал прочь из квартиры, подальше от Тони и ее дурацкого счастья в шалаше.

По дороге на работу ему представлялись безобразные сцены их совместной жизни где-нибудь в полуразрушенном грязном нищенском районе. Квартира под крышей с потеками на стенах, страшный кухонный запах, шибающий в нос еще в подъезде, баки с помоями на черной лестнице. Соседи - черные и мексиканцы, наркоманы и пьяницы... Расплывшаяся беременная Тося в засаленном спортивном костюме с гигантским животом и почему-то с сигаретой в зубах. Он сам, обтрепанный, в рабочей блузе на развозке чего-то невыносимо грязного и тяжелого. Он потряс головой, чтобы избавиться от мерзкого видения. Он чуть не вклеился в зад самосвала, трусившего перед ним по скоростной дороге. Нужно быть внимательнее! Это – не конец жизни, нельзя так отчаиваться! Сегодня же ей скажет все, как есть. Прости, но сейчас не время заводить детей.

Игорь представил, как Тонины зеленовато-желтенькие глаза становятся круглыми, дикими. Она превращается в гигантскую пятнистую рысь и бросается на него, рвет когтями лицо. Грызет горло, хватает его бездыханное тело и утаскивает с урчанием в чащу, в глухие темные заросли, где по стволам сочится вода и пахнет плесенью, гнилыми листьями, непоправимой бедой.

Сзади засигналили. Зелинский нажал на газ и выровнял машину. Так и навернуться недолго! Но мысли опять возвращались назад, к Тоне. Может она ошиблась? Игорь ухватился за эту идею. Бывает, женщины ошибаются. Тогда не придется объясняться с ней, и можно будет спустить все тихонечко, спокойненько, на тормозах. Она найдет работу. Потом Игорь скажет, что ему неудобно так далеко ездить в офис и он присмотрел квартиру поближе, а эту оставит ей. Ему не жалко, он даже мебель оставит, только бы обошлось без скандала. Может ее бабушка позовет обратно в Ленинград, и она уедет. Как это он так сглупил, предложил Тоне поселиться у него? Вот уж вправду – ни одно благодеяние не остается безнаказанным!

В выходные Игорь опять встретился с Британи, а Тоне соврал, что их компания устроила пикник. Только для сотрудников. В понедельник, вернувшись с работы, он был полон решимости поговорить с Тосей, но опять застал ее в слезах. «Что такое? Ты себя плохо чувствуешь? Выкидыш?» – спросил он сочувственно, с тайной надеждой. «Бабушка... Моя бабушка умерла. Я письмо получила от соседки, две недели шло. Похоронила... Теперь ты у меня один во всем мире», - она расплакалась, уткнувшись ему в галстук, а Игорь гладил ее по маленькой голове с острой макушкой и думал: «Хорошо, что она не красится, а то бы изгадила новую рубашку. Ну и влип я! Теперь никакой надежды выкрутиться. И сказать ничего нельзя – ведь у человека такое горе. Не монстр же я!»

Прошло еще несколько месяцев в тягостных сомнениях и тревогах. Тоня начала округляться. Об аборте нечего было уже и думать. Несколько раз он пытался заговорить издалека, мол, они еще оба слишком молоды, чтобы иметь детей, у него – карьера, будущность. Они в сущности мало знают друг друга. Но Тоня только лучезарно улыбалась: «У нас вся жизнь впереди, чтобы узнать друг друга. Я тебе буду помогать, как могу, чтоб ты ни о чем не должен был дома думать, только о работе. Разве я не понимаю – ты талантливый, необыкновенный. Я так тебя люблю!» И Зелинский бессильно замолкал.

Игорь по-прежнему встречался тайком с Британи, но не слишком часто. Она ему нравилась беспредельно, воплощая в себе все мечты о легкой шикарной жизни, о людях высших классов. Запах ее духов сводил Игоря с ума. Легкая походка на тонких каблуках, шелковое белье, дорогие украшения, холеные наманикюренные ноготки... Хотя Британи выполняла невидную работу секретарши, но в очень престижной фирме, куда не всякую возьмут. Игорь понимал, что для девушки работа – это игрушка, забава. Родители ее занимали высокое положение, постоянно ездили в круизы на яхтах и в путешествия по Европе со своими друзьями. Они владели несколькими большими домами в разных концах страны. В семье были и «старые деньги» от дедов и прадедов, и «новые деньги» от удачных биржевых операций. Британи - единственный балованный ребенок - была наследницей всей этой роскоши. В голове у него постоянно вертелось: «Если бы я не связался с Тосей, не свалял дурака, то запросто мог бы жениться на Британи». Он не знал, что было бы хуже – если б Тоня узнала о Британи, или Британи о Тоне. Обе эти мысли повергали его в холодный ужас, и хотелось спрятать голову под подушку, как страус в песок. Он начинал панически бояться обеих.

Иногда ему хотелось уехать куда-нибудь к черту на рога, от всех проблем. Но потом он думал, что нужно быть дураком, чтоб упустить такую барышню, как Британи. Увезти Тоню подальше, в другой город, пока она не родит? А может и бросить ее там? Пусть ищет ветра в поле. Но как объяснить Британи свое длительное отсутствие? Вдруг она увлечется кем-то другим, пока Игорь будет улаживать дела? Потерять Британи – ну нет, дудки! При этом Зелинский во всю готовился к поездке на Бермуды на Рождество. Он уже сказал Тоне, что ему предстоит длительная деловая командировка.

Вернулся Зелинский в Чикаго совершенно ошалевшим от счастья. С Британи у него все сладилось как нельзя лучше. Они решили о своей помолвке объявить ее родным в январе, а пожениться в конце лета. Чтобы была красивая свадьба с морем живых цветов и все такое. Игорь залез в огромный долг, но купил ей кольцо с бриллиантом тут же в Майями, где они задержались на два дня. Британи одобрительно посмотрела на свою элегантную узкую ручку. Пошевелила пальчиком, так что бриллиант заиграл, заискрился на ярком солнце и заметила, что она любит скромные украшения. Полтора карата – как раз то, что нужно. Она не переносит безвкусных «булыжников».

Через день Игорь должен был явиться с визитом к родителям, чтобы официально попросить руки их дочери. Британи обещала их «подготовить», проинструктировала его, какие нужно принести цветы, как одеться. Он и думать забыл о Тоне, как будто она ждала его не в Чикаго, а где-то на Марсе, хотя в глубине души жил назойливый червяк, подтачивавший изнутри его безоблачное счастье. На этом они и расстались с Британи, предварительно нацеловавшись до одурения в машине. Она выпорхнула легкая и пестрая, как тропическая птичка. Помахала ему на прощание наманикюренной ручкой и послала воздушный поцелуй - прикоснулась пухлыми губками к кольцу, его кольцу!

От мичиганского берега до его квартиры ехать было часа полтора. По мере отдаления от дома Британи и приближения к его собственной квартире, мысли о Тоне приходили все чаще. Их уже нельзя было отогнать, заглушить приятными воспоминаниями о теплом океане, мечтами о будущей счастливой жизни. Убить ее, что ли, как этот зеленый придурок Клайд в «Американской трагедии»? Так его за это на электрический стул отправили, я так не хочу. Вот если бы она сама... случайно... Грипп какой-нибудь Гонконгский, или под машину попала... Игоря даже передернула от такой мысли. Придет же такая гадость в голову! Нет, лучше чтобы она просто забыла о нем - внезапный провал в памяти. Бывает же такое. Или он забыл бы о Тоне, забыл о своей прошлой жизни, кто он, как его зовут. Но тогда он забудет и Британи.

Когда Игорь подъезжал к неказистому пятиэтажному дому, где он снимал квартиру, уже стемнело. И тут ему неожиданно пришло в голову, что он может и не возвращаться вообще. И никого не нужно убивать. Снимет другую квартиру. Заплатит чеком за прежнюю и пошлет письмо, что разрывает контракт. А Тоня поживет немного (не жалко) и уедет. Черт с ними с вещами. Знает ли Тоня, где он работает? Нет, даже телефона не знает, всегда он ей звонил. Мебелью пусть подавится, посуда там... даже телевизор. Документы? Паспорт, деньги - все при нем. Но вещи, фотографии родителей, деловые костюмы? Нужно потихоньку забрать все ценное, когда ее не будет дома. С какой стати оставлять все этой Тоне, подло заманившей его в ловушку? Будет она его искать? Наверное, будет. Пусть ищет! Много она найдет с ее английским. Поищет и перестанет, уедет к себе в Ленинград. Там и квартира у нее, комната то есть, и знакомые какие-то...

Он развернул машину и направился в ближайший мотель. Переночует там, а дальше видно будет. Хорошо, что в Америке всегда можно найти свободный номер. Нет проблем! (О ребенке Зелинский старался не вспоминать.)

- Лилии или розы? Белые, конечно. Наши свадебные цвета будут - белый и нежно-зеленый. Все подружки невесты в бледно-зеленых платьях с белыми шарфами... - мечтательно ворковала Британи, рассматривая журналы. Целый ворох лежал на низком столике: «Стильные свадьбы», «Невесты», «Чикагские торжества». Глянцевые сверкающие обложки. - Помоги мне, я не могу выбрать. Оторвись от телевизора... Лилии элегантнее, но розы шикарнее.

Игорь подсел к невесте, обнял ее за плечи, поцеловал за ушком. Но телевизор не выключил. «Мне больше розы нравятся, более традиционно, - он опять поцеловал ее, вдыхая нежный запах парфюмерии и кремов. - Это замечательно, что мы живем вместе. Ты - лучшая девушка на свете! А я самый счастливый!» Британи улыбнулась, похлопала его по щеке и чуть отодвинулась: «Ты мне прическу мнешь. Я тоже рада, что мы вместе сняли квартиру. Ты удивил меня немножко, когда предложил это так неожиданно, сразу после нашей поездки... Но так лучше даже. Знаешь, поживем вместе, присмотримся друг к другу перед свадьбой... Наш роман расцвел так быстро и бурно! У меня голова немного закружилась от всего этого. Так ты думаешь - розы? Только выключи этот гадкий телевизор. Вечно показывают всякие ужасы в новостях. Вот опять кто-то покончил с собой! Выключи! Эти передачи только портят предсвадебное настроение». И она опять улыбнулась одними уголками губ.

Зелинский еще крепче прижал Британи к себе, будто кто-то пытался ее отнять: «Сейчас выключу, дорогая, только счет посмотрю. Сейчас просто перерыв, - а сам подумал, - уж не идет ли она на попятный? Насчет свадьбы и всего? Нет, вроде не передумала пока. Цветы выбирает, платье. Нужно быть к ней повнимательнее. Что там за муру по телеку показывают?» «Я где-то видела ее, у меня отличная память на лица - Британи оторвалась от журналов и в упор смотрела на экран. - Отравилась газом, какой ужас! Ну из-за чего молодой девушке кончать с собой? Не понимаю! (Игорь побледнел и задержал дыхание.) В госпиталь ее привезли еще живой. Как это врачи ничего не смогли сделать? Судить их нужно. Ее родители могут получить несколько миллионов за дочку и ребенка. Кончено, их не вернешь, но все-таки... И чуть весь дом из-за нее не взорвался. Вспомнила! Мы ее в хелс-клубе видели, помнишь? Она у тебя на прежней квартире убирала... полька эта».

Игорь дотянулся через ее плечо до ремоута и экран погас: «Бог с ним с этим баскетболом, - он с натугой глотнул слюну. - Счет я посмотрю завтра в газете. Так какое платье ты хотела заказать, со шлейфом или без? Ну и память у тебя, мой котеночек! Я бы ее в жизни не узнал». Он сказал почти правду. Тоня Москалина выветрилась из его головы, как дым, как утренний туман и даже по ночам не снилась. Он с трудом узнал ее на скверной фотографии на экране. Была и сплыла. Печально, конечно, но... Мало ли какие эпизоды случаются в жизни.

135

Первое знакомство

В этот день у меня был выходной. Мои выходные приходятся на самые неожиданные дни недели. На этот раз он пришелся на среду. Я сидел на берегу озера в парке и смотрел на горластых серых чаек, метавшихся с истерическими криками над водой в поисках корма. Чайки, жирные и наглые, напоминали летающих крыс. Ничего романтического в них не было. Стояло прохладное ветреное утро. Парк пустовал. Только ранний собачник выгуливал огромного пятнистого дога. Дог, как и положено, застывал по делу и без дела под каждым столбом, а собачник терпеливо дожидался результатов, стоя рядом. Если результат был положительный, собачник со вздохом нагибался, подбирал специальной лопаткой плоды деятельности дога в полиэтиленовый кулечек, и опять обреченно следовал за ним. Загрязнение парка каралось штрафом до двухсот долларов, а собачник был явно не из зажиточных.

На соседней скамеечке сидел пожилой лысоватый человечек и пытался читать газету. Ветер рвал газету из его рук, сворачивал ее в причудливые формы и даже пробовал унести вверх к сизым, быстро бегущим облакам. Но человечек оказался настойчивым и терпеливым. Один край газеты он подсунул под себя, а второй прижал локтем к спинке скамейки. В этой замысловатой позе он углубился в чтение. По заглавию я определил, что это была местная русская газетка с объявлениями. У меня в кармане лежал такой же экземпляр, и мне стало любопытно, что именно так заинтересовало моего соседа.

Объявления в русских газетах меня всегда развлекали. Чего только тут не обнаружишь! «Сахджа-йога. Приглашаем на общедоступную программу самореализации, практикующую пробуждение духовных сил. Приходите и получайте!» «Перевозка и все виды деливери. Быстро и нежно. Цены ниже низких». «Одно-бедренный кондоминиум с новым карпетом и паркинг спейсом».

Дивные перлы попадаются в рубрике знакомств: «Молодой человек весом 42 кг, культурный и воспитанный, ищет невесту из хорошей семьи, не старше семнадцати. Можно некрасивую, но чтобы была скромная, хорошая, добрая и хозяйственная».

«Разочарованная, но очаровательная женщина ищет живого мужа, который займется воспитанием ее самой и ее запущенного ребенка». «Для женитьбы не созрел, но хочу спутницу для уик-эндов, культурэнжоойментов и приятного времяпрепровождения. Мне нравятся блондинки, но подойдет и рыжая, с хорошим образованием». На этот раз мое внимание привлекло заманчивое приглашение похоронного бюро обращаться к ним, не стесняясь. В ближайшее воскресенье бюро организует детскую экскурсию в зоопарк.

Среди отчаянных призывов парикмахеров и массажистов, поздравлений и соболезнований я заметил следующие впечатляющие строки: «Частный детектив за умеренное вознаграждение предлагает свои услуги. Тайное становится явным! Звоните по телефону...» «Что за бред собачий!» - невольно вырвалось у меня. Человечек на соседней скамейке тут же повернулся в мою сторону, слегка приподнялся и на чистом русском языке (с характерным легким американским завыванием) любезно поинтересовался: «Не сочтите за назойливое любопытство, но позвольте узнать, какая именно заметка в этом неприхотливом издании вызвала у вас столь бурную реакцию». Я ткнул пальцем в объявление. Лысоватый заскользил взглядом по строчкам: «Так, так... Скончался мистер Трахтенбоймс... Смотрите, он-таки умер!.. Старый заточник... И где же это он был в заточении? И почему не отшельник или страстотерпец? Ах, это он маникюрных инструментов заточник! Частный детектив... А над чем вы собственно так потешаетесь, молодой человек? Это мое объявление. Позвольте представиться - частный детектив и сыщик Рафаэль Коровин».

Осознавая полное неприличие своего поведения, я все-таки не мог сдержаться и опять неудержимо расхохотался. Но потом подавил смех и плавно трансформировал его в кашель и невнятное хрюканье. Мистер Коровин терпеливо ждал, пока я отклокочу и отбулькаю. Еще раз откашлявшись, я, наконец, успокоился, извинился, протянул ему руку и назвал свое имя. «Да я не обижаюсь, молодой человек... Я и сам понимаю, что это забавно и даже несколько вызывающе. Но, с другой стороны, все дело привычки. Шерлок Холмс, например, или Отец Браун, Ниро Вульф или, скажем, Эркюль Пуаро... Сначала это, может быть, тоже звучало смешно. Чем хуже Рафаэль Коровин? И заметьте, все они были фигурами несколько комическими. Пуаро был чрезвычайно усат и крохотного роста. Ниро Вульф - невероятно толст, никогда не выходил из дому и разводил орхидеи. Ну станет ли нормальный человек разводить орхидеи? А Холмс с его глубокомысленными замечаниями, вечной трубкой и скрипкой? Это вообще ходячая карикатура! В конце концов, детектива судят не по имени и не по внешности!» - и Рафаэль, приосанившись, кокетливо откинул назад со лба седой локон, частично прикрывший его изрядную лысину. «Скажите, а вот это... детективное дело всегда было вашей профессией?»

- Ну что вы! В Союзе, то есть в бывшем Союзе, я работал инженером-сантехником. Но всегда до страсти увлекался детективами. Вы не поверите, я прочитал, кажется, все детективы, издававшиеся когда-либо на русском языке и даже многие на английском. Я разыскал в букинистических магазинах всего Ната Пинкертона и не брезговал даже макулатурой типа «Майор Пронин». Порою и в подобного рода литературе встречаются изумительные эпизоды! Но мне никогда не приходило в голову, что я могу стать профессионалом. Вы же помните, как это было в стране Советов... Папа мне посоветовал пойти учиться на инженера. Все-таки верный кусок хлеба. Институт, работа, поездки в колхозы, отпуск в Крыму... Незаметно прошла вся жизнь.

Нет, уехать в Америку я даже не мечтал. Знаете, умер отец, мама тяжело болела. Какая Америка? А папина могила? А трехкомнатная квартира в центре? Правда, потолки всегда текли. И горячая вода была только в жаркое время года. А лифт работал только по выходным. Но как все бросить? И вдруг - дождались! Перестройка! Перепалка! Гласность! Потом - трах-бах и Нагорный Карабах! Все показывают по телевизору. Моя мама никогда не читала газет, но зато смотрела все программы подряд. Она мне сказала: «Рафик, они взялись за армян. Потом - наша очередь. Надо ехать! Ты молодой, тебе надо жить!» Ну какой я был молодой? Когда мы уезжали, мне исполнилось пятьдесят восемь лет. Вы знаете, какой был среднестатистический возраст мужчины в Советском Союзе? Вы, конечно, не интересовались! В ваши молодые годы подобные пустяки меня тоже не волновали. А я заинтересовался. Шестьдесят три года! Мне оставалось каких-то паршивых пять лет. Стоило ли из-за такой мелочи беспокоиться? За это время даже кооперативной квартиры не выплатишь. Я лежал на диване и читал детективы.

Когда я приехал в Америку, то узнал, что здесь мужчины живут до семидесяти четырех. Это уже срок! Представляете, мне подарили еще одиннадцать лет. Я иду по Чикаго. Я встречаю друзей, которые уехали пятнадцать лет назад. Я думал, что увижу их только в раю. Это и было, как рай. Май месяц. Все цветет, как безумное. А магнолии! А запах! Я никогда не видел цветущей магнолии. И вообще никакой. Что Сочи? Я же был не парикмахером, а инженером. Максимум, который я мог себе позволить - раз в три года побывать в Крыму, в Малоречке, да и то не в курортный сезон. А мама? У нее хронической диабет и ей можно было есть только гречку... И фрукты! А вы знаете, сколько в моем родном Житомире стоил преднизолон в ампулах, особенно, когда его не было в аптеке?

Короче, я почувствовал, что снова родился на свет. Я сказал себе: «Рафаэль, ты второй раз родился, это твой второй шанс! Как ты проживешь свою новую жизнь? Исполнятся ли твои мечты? Кем ты станешь?» И я ответил себе - только детективом!

Не смейтесь, молодой человек! Вы думаете, что я теоретик и вообще ненормальный. Знаете что, заходите ко мне как-нибудь вечерком. Я познакомлю вас с мамой и расскажу вам пару занятных историй. Мы живем тут недалеко, на Ланте. Из окон прямо замечательный вид на озеро.

Он вручил мне свою визитную карточку, церемонно раскланялся и удалился, помахивая газетой. Глядя ему вслед, я подумал о том, какие только курьезные фигуры не порождает советская эмиграция. Карточку я засунул в карман и направился в противоположную сторону вдоль берега, вспугивая носатых крикливых чаек.

Так состоялось мое знакомство со знаменитым Рафаэлем Коровиным, изменившее ход всей моей жизни. Но в тот момент я об этом даже не подозревал.

Я встретил моего странного знакомого через две недели в приемной у врача, когда заехал за своей двоюродной сестрой, работавшей секретарем у психиатра. Мы вместе должны были отправиться прямо оттуда на семейный обед к тете Розе в Индиану. Когда я приехал за ней, Люся была занята. Мне пришлось дожидаться ее, сидя в приемной среди безумных и полубезумных старушек советского происхождения. Старушки вели светскую беседу о сложностях английского языка. «А как будет по-английски лето?» - поинтересовалась бабулька лет девяноста, которая до этого тихо лежала на диванчике, предположительно в коме. Все очень удивились, и другая старушка, которая все еще смахивала на даму, вежливо ответила, что лето будет «саммер». «Ага! - удовлетворенно отметила бабулька, - а по-еврейски лето будет «зуммер», и опять впала в кому. «Нет, «зуммер» - это зима!» - вставила третья бабка вредным голосом. На несколько минут беседа иссякла. Затем вредная бабка гордо произнесла: «А осень будет «оутмн»!» И обвела всех присутствующих победоносным взглядом. Дама, знавшая слово «саммер», тут же возмутилась и сообщила, что осень - это «фол». Она точно знает это, потому что живет в Америке уже пятнадцать лет. Некоторое время они препирались, но авторитет старожилихи одержал верх. Все затихли, уткнувшись в свои газеты и журналы, и только вредная бабка тихонько повторяла, спрятавшись за пожелтевшим от времени «Новым русским словом»: «А я точно знаю, что осень - это «оутмн».

В этот момент в приемную ввалилась новая партия психических. Она состояла из здоровенных мужиков лет по шестьдесят. На открытых мохнатых шеях блистали золотые «Звезды Давида», одна другой больше. Мужики зычно обсуждали прекрасные былые времена в бывшем Союзе, когда они работали на какой-то Одесской фабрике. Причем один из них был, судя по их словам, директором, а два других - чем-то заведующими. Между ними, как мопс среди волкодавов, суетился маленький и кругленький Рафаэль Коровин. Мужики тут же затеяли склоку со старушками, в ходе которой выяснилось, что у всех присутствующих номерки на одно и то же время, ровно на два часа.

Пока они собачились, Рафаэль отделился от стаи и подошел ко мне поздороваться. «Вы тоже на прием?» - осторожно спросил я, вспомнив его объявление. «Нет! - мистер Коровин понимающе улыбнулся, - я привез своих знакомых. Им нужно сделать инвалидность. Знаете, такой возраст, что до американской пенсии далеко. На работу им не устроиться - ни слова по-английски. А жить на что-то нужно. Почему «жульничество»? Все, кто приезжает из Союза, - ненормальные, в той или иной степени. Если бы они были нормальными, то давно бы уже жили в Америке, а не ждали бы до шестидесяти лет. Что же вы к нам не заходите? Мама будет рада», - заключил он.

Люся, наконец, появилась из кабинетных недр. Я попрощался с Рафаэлем, и он выжал из меня обещание, что я зайду в ближайший выходной.

Рафаэль жил с матерью в девятиэтажном потертом кирпичном доме на улице Лант. Дом стоял на самом берегу Мичигана рядом с парком. Квартира их была расположена на последнем этаже, и я изрядно вспотел, пока до нее добрался. Лифт у них не работал. Видимо, существует особая порода людей, у которых лифт никогда не работает, независимо от того, в какой стране они живут.

Дверь открыл сам Рафаэль. Он был в голубой шелковой пижаме и меховых тапочках. Каждый из них размером с тазик изображал лапу динозавра с когтями. Стуча когтями по паркету, Рафаэль ввел меня в гостиную и представил своей маме. Судя по виду, ей было лет двести с небольшим. Берта Цезаревна покоилась в необъятном кожаном кресле. Она улыбнулась мне улыбкой королевы в изгнании и благосклонно кивнула. Колени ее покрывал толстый клетчатый красно-зеленый плед. Поверх пледа, изрядно придавив Берту Цезаревну, сидела гигантская лохматая кошка и смотрела на всех пустым ненавидящим взглядом. С потолка свисала клетка с пестрым хохлатым попугаем.

Внезапно попугай издал леденящий душу рыдающий вопль. Я вздрогнул, но ни Берта Цезаревна, ни кошка даже не оглянулись. «Не обращайте внимания, - подбодрил меня Рафаэль, - он всегда нервничает, когда в дом приходят новые люди. Правда, замечательная птица? Говорит только по-испански.. Его зовут Кэш. Купил специально для мамы, чтоб ей не было скучно, когда я на работе». «Ваша мама разговаривает по-испански?» «Нет, ни слова. Но она очень плохо слышит, так что ей все равно, на каком языке он говорит». «Зачем ей попугай, если у вас есть кошка? Они, наверное, плохо совмещаются?» «Во-первых, не *совмещаются*, а *уживаются*. Русский язык забываете, молодой человек. Чтобы они совместились, кошка должна его сожрать. Это невозможно хотя бы потому, что она вообще не ест сырого мяса. Кошка его игнорирует, она тоже глухая. Кошка нужна маме, чтобы снижать давление. И она у нас появилась позже, чем Кэш. Это очень интересная история. Мое первое детективное расследование на американской земле. Если хотите, я вам расскажу». Я выразил живейший интерес и Рафаэль поведал мне следующее.

Когда я только начинал свою деятельность частного детектива, то особенно внимательно просматривал объявления в местных газетах. Кто-то что-то потерял, кто-то кого-то разыскивает - вот вам и интрига, вот вам и кусок хлеба для сыщика. В одном из номеров читаю душераздирающее объявление: «Помогите вернуть Нэнси! Я не хотел ее обидеть! В прошлую пятницу ушла из дому... Особые приметы: семнадцать лет, беленькая, голубоглазая, нежная и ласковая. Вознаграждение каждому, кто сообщит об ее местонахождении». Чувствуется, что человек в отчаянии и нуждается в помощи профессионала. Звоню по телефону, назначаю встречу. Приезжаю к нему домой. Дверь открывает пожилой еврей. Можно даже сказать старый, очень старый, древний, то есть почти рассыпается... Подслеповатый, ничего не видит. Зовут его Джей. Живет один, как перст, в огромном захламленном доме.

Он очень обрадовался, когда узнал что я - частный детектив и берусь вести его дело. И я тоже был рад, что он согласился принять мою помощь. Все-таки первое дело... Достаю блокнот, готовлюсь делать записи. Спрашиваю: «Чем вы обидели Нэнси? Какие у нее были мотивы уйти из дома?» «Понимаете, молодой человек (я для него-таки молодой!), ночью у меня бессонница. Брожу по дому. Я на нее наступил случайно в темноте. Может, я ей сделал больно? Плохо вижу». Но кто ночью хорошо видит? Пожилой человек, чего только с ним не случается. Заговаривается немного. Я еще не все хорошо понимаю, он говорит по-английски, естественно, с еврейским акцентом.

Продолжаю пунктуально собирать информацию: «Были ли у нее друзья, к которым она могла уйти?» «Нет, Нэнси почти не выходила из дома. Она тоже старенькая, и ей тяжело было двигаться». (Семнадцать лет! Ничего себе старенькая. А ты тогда какой?) «Во что была одета ваша Нэнси, когда ушла из дома?» Он вроде бы удивился: «Ошейник на ней был с ее именем, с биркой, что у нее сделаны прививки от бешенства. Больше ничего».

Тут мне все стало окончательно ясно. Недаром я изучал детективную литературу. Я понял, что Нэнси - это кошка. Как я догадался, что не собака? В пятницу был дождливый день. Собаку наверняка одели бы в попонку. Кроме того, собак регулярно выгуливают, а Нэнси редко выходила из дома. Первая загадка была решена. Оставалось найти Нэнси. Для начала я решил расклеить по городу объявления с портретом Нэнси и ее хозяина. Вид престарелого отчаявшегося хозяина вызовет жалость и, следовательно, больше людей откликнется. Кроме того, часть объявлений я решил расклеить на уровне кошачьего роста в надежде, что сама Нэнси заметит портрет хозяина и, почувствовав приступ невыносимой тоски по дому, вернется обратно. Самым важным моментом я считал то, что текст объявления был написан на разных языках, включая русский, польский, корейский, китайский, арабский, хинду, а также иврит.

Я рассуждал так: кто чаще всего читает объявления и вообще без дела шатается по улицам? Те, у кого нет работы. А у кого нет работы? У тех, кто недавно приехал в страну и плохо знает английский. Поймут ли они объявление, написанное только по-английски? Вряд ли. Вы успеваете следить за ходом моей мысли?

Мой успех превзошел самые смелые ожидания. В первый же день мне принесли десять заблудших кошек и котов, из которых пять были чрезвычайно похожи на Нэнси. В последующие дни количество их росло в геометрической прогрессии. Через неделю кошек, похожих, как две капли воды, на Нэнси, уже некуда было девать. Число их перевалило за четыре десятка, и так как они все время бегали и метались туда-сюда, я не мог их точно сосчитать. Я собрал их всех в заброшенном гараже позади моего дома. Теперь мне предстояла самая сложная часть работы - выяснить, кто же из них подлинная Нэнси. Ни одна из представленных мне для осмотра кошек не имела на себе именного ошейника, но это ничего не значило. Ошейник мог потеряться. Его могли снять.

Первое, что я попытался сделать - это выяснить, кто из них отзывается на имя Нэнси. На первый зов пришли пятнадцать штук. На второй - одиннадцать, причем только три из них были в первой партии. Для чистоты эксперимента я позвал: «Васенька». Явились двадцать четыре кошки, из них шесть - из первой партии, и восемь - из второй. Я понял, что так ничего не добьюсь.

Я позвонил Джею и поинтересовался, что Нэнси любила делать. Он немного подумал и ответил, что спать и смотреть по телевизору мыльную оперу «Молодые и беспокойные». Я притащил в гараж телевизор и оставил его включенным на весь день. Половина кошек смотрела все подряд, остальные беспорядочно подходили и уходили, не давая никакой пищи для размышлений. Две кошки спали на телевизоре, четыре перед ним и одна - позади. Я впал в отчаяние. Во время кормежки все кошки смотрели на меня чистыми голубыми глазами. По гаражу носились облака белой шерсти. Между кошками стали завязываться романы, так как некоторые из них оказались котами. Джей тосковал и говорил, что без Нэнси долго не проживет...

В конце второй недели как-то вечером ко мне пришла крохотная желтая морщинистая старушка. Она говорила только по-китайски и долго кланялась в прихожей. В руках у нее были мое объявление и большая хозяйственная сумка. Она открыла сумку и вытащила оттуда нечто напоминавшее побитый молью очень потрепанный меховой воротник. Это была Нэнси, с именным ошейником, голубыми глазами и абсолютно дохлая. Семнадцать лет - это не шуточный возраст для кошки. Видимо, бедняжка, почувствовав приближение конца своей жизни, решила не травмировать хозяина и ушла из дома, чтобы спокойно умереть. Я поблагодарил старушку и выдал причитающееся ей вознаграждение. Труп многострадальной Нэнси я положил в коробку из-под ботинок и закопал вечером на соседнем пустыре. Потом вернулся в гараж и выбрал из бедовавших там четвероногих самого симпатичного пушистого и голубоглазого зверя. Надев на него ошейник покойной Нэнси, я позвонил Джею и сказал, что буду у него через десять минут. По дороге эта тварь изодрала мне когтями руки и обшивку на сиденье машины.

Надо было видеть, как обрадовался старик, когда я вручил ему белую встрепанную кошку. (Впрочем, возможно это был и кот, я не проверял.) Он целовал ее, гладил, причитал на иврите, на идиш и по-английски одновременно. Я даже испугался, что он задушит бедное животное и все мои хлопоты пропадут впустую.

- Джей, - сказал я проникновенно, - Нэнси долго скиталась по улицам и терпела разные невзгоды. Это могло травмировать ее нежную кошачью психику. Дай ей время прийти в себя и опомниться от свалившегося на нее счастья. Ветеринарные специалисты считают, что от подобного стресса ее животная личность могла претерпеть значительные изменения. Будь ласков и внимателен с нею, и Нэнси скоро придет в чувство.

Через два часа Джей позвонил мне и сообщил, что Нэнси чувствует себя прекрасно. Она гонялась за мячиком и съела за обедом втрое больше обычного. Очевидно, прогулка пошла ей на пользу. Сейчас она выбежала во двор и играет с другими кошками, при этом - громко орет. (Из этого я сделал вывод, что псевдо Нэнси оказалась котом.)

На следующий день я нанял маленький автобусик и отвез оставшихся котов и кошек в Общество защиты животных. Перед тем как загрузить их, я предложил маме выбрать одну - для себя, и она взяла самую большую. У мамы как раз был гипертонический криз, и врач посоветовал ей завести кошку. Он сказал, что когда гладишь какое-нибудь пушистое животное, снижается кровяное давление. Кошку мы назвали Машенькой. Она оказалась абсолютно глухой. Знаете, белые кошки с голубыми глазами часто рождаются глухими.

Таинственное отравление

- В большом мире происходят большие трагедии. Нежная Офелия сходит с ума и бросается в реку. Отелло безумствует от любви и ревности и душит Дездемону. Король Лир скитается безумный и бездомный, горько сетуя на своих неблагодарных дочерей. Публика рыдает и утирается платочками. Занавес падает и зрители расходятся по домам с потрясенной душой.

Но что произойдет, если Офелию будут звать не Офелией, а Клавой, или в лучшем случае Жанной? Влюбится она не в принца датского, а в таксиста и сиганет в какую-нибудь паршивую речушку с неприличным названием? Отелло-Рабинович, работающий программистом, приревнует свою Светочку к владельцу авторемонтной мастерской и пырнет ее отверткой? А король Лир потерял свои земли, привилегии и величие еще до рождения, и его под именем Зямы Абрамовича неблагодарные дочери сдадут в Дом для престарелых? Будете ли вы рыдать и содрогаться, узнав об этом от соседки, в очереди за апельсинами? Где проходит граница между большим и малым миром? Или дело только в поэтическом таланте того, кто описывает события? Вы успеваете следить за ходом моей мысли? Конечно, она не нова. Но, знаете, мне обидно. Все, кто пишет о нашей эмигрантской жизни, почему-то описывают ее в юмористическом плане. Как будто на всех напал истерический смехунчик. Я сейчас расскажу одну историю. И поверьте, когда я расследовал это уголовное дело, мне было не до смеха. - Так начал свой очередной рассказ Рафаэль Коровин, когда я зашел к нему как-то в свободный вечер.

- Жила у нас по соседству одна злющая презлющая бабка. Настоящая холера, а не женщина. Приехала она в Америку с сыном, его женой и с их двумя детками. Все ей не нравилось - еда не та, воздух не тот, и люди не те, и язык. Куда ее привезли и зачем? Почему все кругом говорят не по-человечески? Это над ней специально издеваются. Не может быть, чтоб в Америке не понимали по-русски! Словом - темный ужас! Но, естественно, всем было не до старухи. Сын на работу устроился, сразу же купил машину. Водить толком не умел, но жизнь заставила. Без машины в Америке не прожить. И вот буквально через пару месяцев сын этот попал в аварию и умер в больнице. Заснул на скоростной дороге за рулем и въехал под трак. Такое случается на американских трассах, асфальт слишком гладкий, укачивает. Уже не смешно!

После этого старуха совсем озверела. Невестку поедом ела. Мол, она во всем виновата, зачем всех в эту проклятую Америку притащила на погибель? Каждый день крики, истерики, проклятия и скандалы. Невестке, бедняге, и так несладко. Дети - не подарки. Старший Дима только поступил в университет, когда умер отец. Пришлось теперь ему сесть на машину возить пиццу, подрабатывать вечерами, ночами и по выходным, чтобы поддержать семью. Он и раньше странным был, а от такой жизни совсем свихнулся. Дочке Верочке - пятнадцать лет. Отдали ее в еврейскую школу, где религиозные ортодоксы учатся. Все мальчики в ермолках и с пейсами, а девочки - в юбках до земли. Она каждый день рыдает - одноклассники плохо к ней относятся, обзывают русской свиньей. (Дожили - еврейского ребенка упрекают в том, что он русский!) Сумасшедший дом, одним словом.

И вдруг эта старуха умирает. Отчего, почему - непонятно. Она хотя и старая была, но крепкая, как дуб, и злобная, как цепная собака.

Полиция заинтересовалась. То невестку вызывают «на беседу», то девочку, то Диму. Я с ним был немного знаком, играли в шахматы в парке. Сначала я не вмешивался в это дело. Но вот один раз приходит ко мне Дима, бледный, как смерть, и просит, чтоб я его проконсультировал по своей детективной специальности. Он мне признался, что у них дома часто скандалили. В пылу ссоры Дима кричал бабке, что ее удушить мало за то, что она выделывает. Если она не отстанет от Диминой матери, то он, Дима, ее собственноручно

146

пришибет. (Нервный парень... С другой стороны, чего не скажешь в пылу ссоры?) Теперь бабка умерла. Врачи утверждают, что она отравилась или ее отравили. О самоубийстве не может быть и речи. Все, кто ее знал, в один голос твердят, что она неоднократно обещала похоронить всех своих родственников, прожить еще 150 лет и ничего никому не оставить в наследство. Полиция узнала все эти подробности от кого-то из соседей, и теперь Диму явно подозревают и допрашивают через день.

Когда Дима мне все это выложил, он посмотрел на меня слезящимися глазами побитой собаки. Я не мог отказать. Для меня стало делом моей детективной чести выяснить, отчего загнулась старуха.

Я решил начать именно с соседей. Долго думал, как бы половчее завести знакомство. Зашел к ним во двор и вижу, что рядом находится овощной магазин и помойка как раз обращена к Диминому дому. Огромный железный бак размером с небольшой автобус, куда каждый вечер из магазина сваливают несвежие фрукты. Это на ИХ вкус фрукты несвежие! Но чем плох для человека, недавно приехавшего из Союза, чуть подгнивший сбоку ананас? Все равно ананас! А где подгнило, можно срезать ножом. У этого бака каждый вечер толпится эмигрантская небогатая публика и каждый вылавливает, что ему по вкусу. У жильцов ближайшего дома, естественно, преимущество и на пришельцев они смотрят свысока, как будто это их личный мусорный бак. Одним словом, прекрасный повод для знакомства.

Я сделал вид, что тоже интересуюсь вялым салатом и потемневшими бананами, и пристроился между пожилым мужчиной в шевиотовом костюме-тройке и полной дамой в фиолетовых шелковых шароварах. Поговорили сначала о том, что буржуи выбрасывают еще хорошие овощи на помойку и сколько они бы стоили сейчас в Москве. Потом плавно перевожу разговор на последние события. Дама мне тут же радостно выложила, что в соседнем доме отравили на прошлой неделе старушку. А мужчина в тройке вдруг как-то надулся, побагровел солидным лицом, сунул почерневшие бананы в сетку и направился к подъезду. И тут фиолетовая дама таинственным шепотом выложила мне, что солидный мужчина в тройке - ближайший сосед той самой ныне покойной старушки. Они воевали между собой не на жизнь, а на смерть. Мужчина был в прошлой жизни дантистом и безумно гордился этим.

- Вы заметили, у него весь рот золотой? Завистливая старуха не могла этого вынести и, подсмотрев однажды, как он рылся в баке, стала величать его «помойником». Этого самолюбивый бывший дантист в свою очередь не мог вынести. До драк иногда доходило. У дантиста собачка есть, породистая. Старуха как-то эту собачку чуть не потравила стиральным порошком. Развела его в молоке... Еле выходили. После этого дантист пообещал достать мышьяк и отравить ее самое, как крысу. Представляете? Он же зубной врач, ему и мышьяк в руки. Он, наверное, и отравил! Так все соседи говорят между собой. Прямо преступление и наказание какое-то! - и дама немного задохнулась от восторга.

- Да, что-то мелковаты сегодня бананчики! - заметил я, чтобы не проявить излишнего интереса к ее рассказу. Дама слегка обиделась, поджала губы и молча продолжала собирать свой утренний улов в кулечек. Потом она удалилась, шевеля шелковыми фиолетовыми боками, а я взял на заметку все, что услышал и решил переговорить со старухиной невесткой.

В подъезде на всех почтовых ящиках красовались русско-еврейские фамилии, написанные английскими буквами. Здесь обитали Пиндрик и Шмуклер, рядом расположилась нежная супружеская парочка Читэльман и Шитэльман. Они, видимо, недавно приехали и еще не разобрались, как их фамилии звучат по-английски, бедняжки. Да еще и эмиграционные чиновники записали их по-разному. Может пошутить хотели? Дальше шли какие-то разношерстные Зальцбурги, Гинзбурги, Шварцбурги и среди них затесался, радуя глаз, Богдан Скоробогатько с супругой Ривой Кац.

Я позвонил и мне открыла дверь симпатичная женщина лет сорока с заплаканным лицом и кудрявыми седоватыми волосами, небрежно выкрашенными хной в розовато-рыжий цвет. Я ей представился как частный детектив с американским опытом и рассказал, что Дима попросил меня помочь им в выяснении криминальной истины. Когда я заговорил о Диме, она прямо расцвела. Видно было, что сын - ее любимец. А когда упомянул о старухе, глаза у нее стали безумными и налились слезами, а лицо аж почернело. Видно, здорово ей досталось от покойницы. Рассказала она мне немножко, как они жили вместе. Честно признаюсь, что человек я незлой, но эту старуху, судя по рассказам, нельзя было не отравить. Как бы там ни было, невестка клянется, что она и тем более ее драгоценный Димочка здесь ни при чем. Старуха - это был ее крест, но она готова была терпеть все ее фокусы в память о любимом муже.

Конечно, с профессиональной точки зрения, они остались на подозрении. Но я, человек опытный и неплохой физиономист, понимаю, что вряд ли они могли на такое решиться. Уж больно оба были запуганы, да и не в еврейских это традициях своих старух травить. Если б все перетравили своих склочных родственниц, кто бы нам пек настоящие штрудели и гоменташи? К кому бы мы ходили в праздники на фаршированную рыбу?

Оставался в запасе золотозубый сосед-дантист. Я решил отправиться к нему и поговорить по душам. Вдруг выползает откуда-то из недр квартиры тощее заморенное существо с глазами на пол-лица и такое перепуганное, будто его до этого долго били по голове. Меня знакомят - это дочка Верочка. И я сразу раздумал уходить. Не может быть ребенок таким перепуганным только оттого, что бабка померла, или от еврейской премудрости в школе. Что-то тут не чисто! Попытался разговорить ее, куда там! Отвечает только «да» или «нет» и таким голосом, будто она еще вчера померла, и ее забыли похоронить. Но я недаром изучал психологию и детективное дело. В конце концов нащупал ее слабое место - девочка очень любит кошек. Я ее сразу пригласил познакомиться с моей Машенькой, маминой кошкой. Сначала она стеснялась, но потом согласилась прийти к нам в гости вместе с Димой .

Это наглая ложь, что дети легко приспосабливаются к новой жизни. У них - свои сложности. Просто у родителей в эмиграции так много разных проблем, что на проблемы детей у них не хватает ни сил, ни времени. И дети героически сражаются в одиночку. Язык они действительно схватывают быстрее взрослых, но не только потому, что способнее, - у них нет другого выхода. Старшие могут спрятаться за незнание языка и молчать годами, оправдываясь тем, что «не знают английского». Детям же такая роскошь недоступна. Их выставляют в школу, где волей-неволей приходится все время говорить, читать и даже писать. В результате через два-три года образуется прослойка деток, которые щебечут наполовину по-русски, наполовину по-английски. Интересно, что первыми выветриваются из родной речи глаголы. Поэтому то и дело слышишь: «гив ми стакан оф ватер», «лет го то зе садик» и так далее. Оба языка смешиваются в их многострадальных головах, английские формы приобретают русские окончания. Любимым глаголом становится «иметь». Мама, я могу иметь на диннер эту котлету?

В лучшем случае, в семье образуется двуязычие - родители вопрошают по-русски, дети отвечают по-английски. В худшем - они перестают разговаривать совсем. И никогда те, кто приехали в Америку «за тридцать», не будут говорить свободно и красиво на великом и могучем английском языке. Не верьте им, если они хвалятся, что владеют языком в совершенстве. По-видимому, ваш английский настолько плох, что вы не замечаете их жуткого акцента и дубового построения фраз. Русские евреи легко узнаются на слух по раскатистому «р», которое они умудряются вклеить в любое английское слово, даже в то, где его отродясь не было. Самые упорные годами ходят на курсы, делают домашние задания, получают стипендии, сдают экзамены... и тайком слушают «русское радио», так как американское они совершенно не понимают. Они создают свое, им одним понятное, наречие, русифицируя все, что попадается «на язык». Отсюда такие шедевры, как «двухбедренная квартира», «оплавиться на пособие», «мокровей» и даже «лаковый», что означает «везучий» и происходит от английского «лак». Но вернемся к нашей истории.

На следующий день оба многострадальных чада Верочка и Дима явились к нам. Мама напоила их чаем со своим коронным печеньем. Верочка поиграла с кошкой, поговорила с попугаем, порозовела, заулыбалась и стала отдаленно походить на человека. Перестала меня дичиться: «Дядя Рафик! Дядя Рафик! Какая ваша Машенька умная». Я решил ковать железо, пока горячо. Приспособил Диму беседовать с мамой о ее ревматизме (это надолго), а сам с Верочкой вышел на балкон. С девятого этажа вид на озеро изумительный. Бедная девочка прямо задохнулась от восторга. Конечно, в своей квартире с окнами на овощную помойку она такого не видела.

- Дядя Рафик, - говорит мне этот бедный затравленный ребенок, - как бы я хотела улететь далеко в море, как птица! И никогда не возвращаться...

Я почувствовал, что момент настал, и говорю ей прямо: «Я знаю, что тебе сейчас очень тяжело и на душе лежит какой-то камень. Я - твой друг, можешь честно рассказать, что тебя мучает». Тут она начинает рыдать, разрываться от плача, а потом выкладывает мне все как было. Я даже не ожидал такого. Оказывается, в школе с ней случилась неприятность. Для другого, может, мелочь, а для Верочки - целая трагедия. В школьной раздевалке она выронила ключ, и он упал в карман куртки другой девочки из очень богатой еврейской семьи. Верочка видела, куда упал ключ. Не задумываясь, она залезла в этот проклятый карман и достала его. Кто-то увидел и тут же доложил директору, что «русская девочка» шарит по карманам в раздевалке и ворует у своих американских одноклассников. И хотя у той девочки ничего не пропало, «делу» дали ход и затеяли целое судебное следствие. Потом что-то у кого-то украли, и нашу Веру, без всяких разбирательств, с позором выкинули из школы.

Она боялась рассказать об этом матери или Диме. После смерти отца она вообще всего боялась. Ну и решила «умная голова» покончить с собой, чтобы избежать позора. Пришла домой, развела в молоке какую-то дрянь, которую бабка заготовила, чтобы травить мышей в квартире. И тут девочке пришло в голову, что перед смертью нужно принять душ и переодеться. (Где только дети всего этого набираются?) Дома никого не было. Она оставила стакан на столе и полезла в ванну. А тут, как на грех, пришла из магазина бабка. Увидела - стакан молока стоит и, чтобы не пропадать добру, все выдула. Что с Верочкой случилось, когда она вышла из ванной и обнаружила, что молоко выпила бабка, даже трудно описать. Она сразу вызвала скорую, но было уже поздно. Никому и в голову не пришло спросить, откуда она знала, что нужно вызвать врача. Все решили - увидела, что бабушке стало плохо и сообразила.

Я вам не буду рассказывать, что этот ребенок пережил. Сами можете догадаться. Главное, что она выговорилась, немного успокоилась. Я им помог уладить это дело с полицией. Верочку пару раз сводили к психиатру. Перевели ее, конечно, в другую школу. Девочка стала нормальной. Приходит к нам иногда поиграть с кошкой.

Вы скажете, где же тут мои профессиональные достижения? Какая моя заслуга? А я вам отвечу - плевать мне на достижения и заслуги, если вся эта история благополучно закончилась. О моих личных достижениях я, может быть, расскажу в следующий раз.

Зачем еврею попугай?

В воскресенье, с утра, небо заволокли темные войлочные тучи, а потом началась гроза. Летние грозы весьма характерны для

Чикаго. Я собирался в выходной прокатиться на велосипеде по берегам Великого озера. Но ввиду плохой погоды прогулку пришлось отменить, и я решил сходить к кому-нибудь в гости. Выбор у меня был не богатый. Когда я пришел к Рафаэлю Коровину, он был в философском настроении. Рафаэль сидел в кресле-качалке и смотрел через балконную дверь на бушующий Мичиган. На нем была его любимая голубая шелковая пижама и огромные меховые тапочки в виде когтистых лап. В руках он держал кривую почерневшую трубку, которую, впрочем, никогда не закуривал. Эта трубка выполняла иные функции. Она делала его похожим на Шерлока Холмса, и он ею размахивал в такт своему повествованию. В этот день Рафаэль произнес длинный монолог, который мне очень понравился. Я привожу его дословно.

- Все говорят: «Мы решили уехать в Америку... Нас преследовали... Мы обрекли себя на эмиграцию... Мы принесли себя в жертву детям!» Чушь! Никто ничего не решал и никуда себя не приносил! Все мы - только мелкие частички одного общего процесса, тотального исхода, если хотите. Посмотрите на муравьев, ползущих из одного муравейника в другой! Может быть, каждый из них тоже мотивирует свои действия какими-то личными причинами, но нам сверху хорошо видно, что они выполняют свою видовую или природную задачу. Как это называется? (Я не силен в биологии.) Или птицы, когда они летят на юг, а потом возвращаются в родные края. (Кстати, вы задумывались над тем, почему именно наши края считаются для них родными, а не южные страны?) А иногда, вы знаете, они меняют свои маршруты. Вы успеваете следить за ходом моей мысли?

Волна эмиграции сорвала нас, как листья с дерева, и понесла по свету. Сначала оторвались самые крайние, легкие... Свежая зелень, еще не укрепившаяся на ветках. Самые неустроенные и беспокойные - бунтари, борцы. Не отягченные престижной работой, прекрасными квартирами и спецпайками. И среди них затесались жуликоватые дельцы и уголовники, которым грозили сроки. Прожорливая саранча на молодой листве. Потом двинулись разумные и чуткие, сумевшие «посчитать на два хода вперед» и увидеть грядущий развал страны. Дрожащие листья с распростертых ветвей. За ними потянулись завистливые и бесхарактерные, испугавшиеся, что будут хуже других. И, наконец, тронулись с места «прекрасно устроенные», у которых «все было», когда они почувствовали, что почва начинает колебаться и под их ногами. Они в Америке продолжают оплакивать свои квартиры, ковры и машины. Проросшие у самого ствола дерева сочные толстые побеги. И последними остались неустроенные, слабые, беспомощные, трусливые или просто равнодушные и к будущему, и к жизни. Желтоватые, подсохшие ростки, которые не могут ни расцвести, ни оторваться. А дерево стоит полуголое, как осенью. Корявый серый ствол, сухие сучья...

- Я вам еще не надоел? Ну что ж, тогда давайте я расскажу вам что-нибудь детективное! На улице бушевала осенняя ночная гроза, сверкали молнии, грохотал гром, - так начал свое очередное повествование Рафаэль Коровин - частный сыщик, «министерская голова» и мой большой друг. - Я сидел перед телевизором и смотрел какой-то очередной фильм ужасов. Я, знаете ли, люблю «ужасы» в кино. Они такие милые, старорежимные - все эти ходячие мумии, говорящие скелеты, духи, живущие в пылесосах и телефонах, чудовища, напоминающие карликовых динозавров или гигантских пауков... Мне странно, когда говорят, что детям вредно это смотреть. Вспомните сказки Братьев Гримм (сколько в них разных кошмаров), или гоголевского Вия. Ребенок любит страшные сказки! И взрослый человек любит, если он не вырос окончательно и не превратился в сухарь.

В тот вечер я насмотрелся столько всяких страстей, что уже начал вздрагивать от скрипа половиц и раскатов грома за окном. Неожиданно в мою дверь негромко постучали. Нужно заметить, что в тот период моей жизни я подрабатывал в качестве страхового агента. (Это позволяло мне продержаться «на плаву» в перерывах между детективными расследованиями). Мои клиенты, в основном русские, взяли себе за правило являться ко мне домой в самое неожиданное время суток. Но на этот раз я вздрогнул от стука, и странное предчувствие мелькнуло в моей душе.

В дверях стоял шустрый молодой человек лет двадцати пяти с бегающими глазами и невинным жирным личиком херувима-переростка. «Мне бы шуру нужно сделать!» - радостно вскричал он с порога. «Какую Шуру?» «Я что-то не так сказал?» - удивился молодой человек, вваливаясь в прихожую и обдавая меня густым запахом французского одеколона. Его геркулесовские плечи обтягивал мохеровый пушистый свитер игривой расцветки. В глаза мне бросились новенькие часы «Мовадо» и толстый перстень на правой руке. «Иншуру на машину, я имел ввиду! Вы - страховщик?»

- Ах, вам иншуренс нужен, страховка то есть! - догадался я. На какую сумму будете страховаться? Вы купили новый автомобиль?»

- Машина у меня старенькая, на свалку пора, поэтому страховать ее будем на самую большую сумму. Потом отгоню ее в соседний штат, сниму номера, вроде украли, и получу все сполна с компании. В Калифорнии все так делают... Да, кстати, у вас и жизнь можно застраховать? Ко мне в гости родственники из России скоро приезжают...

Я, признаться, почувствовал себя неуютно: «Родственников вы хотите тоже... в соседний штат?»

Молодой человек гулко расхохотался над моей непонятливостью и плюхнулся в мое любимое кресло. Кресло жалобно застонало и слегка осело. «Нет! Я же не людоед какой... Родственники уедут обратно в Москву, а потом они пришлют справки о своей смерти. В России за доллары сейчас что угодно можно купить. И я получу все сполна от страховой компании. Знаете, в Калифорнии все так делают.» «Больше никаких идей у вас нет?» - поинтересовался я с иронией. «Есть, а как же! Такая наша русская ментулити - всегда при идеях». Простодушный молодой человек, с криминальным складом ума заворочался, устраиваясь поудобнее в кожаном кресле. При этом опять в меня ударила волна французской парфюмерии с такой силой, что я едва устоял на ногах.

- Еще можно купить медицинскую страховку на двести тысяч долларов. Поехать в Россию в гости. Потом прислать оттуда счета - вроде вам сердце пересаживали или почки. Получить все сполна с компании и поделиться с врачом в больнице, который выписывал счета. Живые деньги! У них, в Калифорнии все так делают!

Ангелоподобного молодого человека звали Сеней. Я доходчиво объяснил ему, что аферами не занимаюсь (его это чрезвычайно удивило). Когда первый приступ изумления прошел, он сказал, что машину страховать все равно нужно, и он ее отгонять в соседний штат в данный момент не собирается, на ней тесть пока поездит. А в следующем году он найдет страхового агента посговорчивее. Он с удовольствием делился со мной своими разносторонними знаниями по части обжуливания страховых компаний, пока я заполнял бумаги.

Из соседней комнаты вышла, мягко ступая, белая кошка Машенька. Она подозрительно принюхивалась к незнакомому запаху.   Сеня одобрительно потрепал ее по широкой спине и заметил: «Большая киска! И подпушек у нее качественный... Ну, иди, иди... полуфабрикатный воротник». «Кто же вы будете по специальности?» - поинтересовался я. «Меховщик! - гордо ответил Сеня, - и отец мой этим занимался, и дед. Свое дело держали». Машенька быстро оценила ситуацию и шустро юркнула за дверь. Она отлично разбиралась в людях, несмотря на то, что была глуховата.

Я показал Сене, где нужно расписаться, и сообщил ему сколько будет стоить его страховка. От названной суммы он заметно погрустнел. Долго рылся в скрипучем кожаном бумажнике, но так ничего и не достал: «Можно, я вам не долларами, а фудстемпами (талонами на питание) заплачу? Денег, знаете ли, жалко... Нельзя? А если я сейчас отдам половину. Остальное - через месяц. Тоже нельзя...»   Он тяжело вздохнул и, наконец, отслюнявил мне требуемую сумму. Но продолжительная грусть не была свойственна его натуре.   Прощаясь, он хлопал меня по спине и приглашал заходить к нему в мастерскую, если, скажем, лисью шубу нужно будет перешить, или что...   Эта встреча сильно пополнила мои обширные познания в области криминальных трюков.

После этого я встречал веселого Сеню в русском ресторане. Он издали махал мне жирной ручкой, но близко не подходил, чему я, признаюсь, был очень рад.   Однажды он представил меня очаровательной пышной даме в золотистом платье с глубоким вырезом. На пухлых пальцах ее сверкали бриллиантовые кольца, а в прекрасных черных, слегка навыкате, глазах дрожали слезы. «Это моя жена, Риммочка! Риммочка, расскажи господину Коровину про свое несчастье, может быть, он, как страховщик, нам поможет». И Риммочка, вздымая мощную грудь рыданиями, поведала мне о своем горе. Когда они ехали сегодня в ресторан, она в такси потеряла одну сережку из пары, принадлежавшей еще прабабушке. «У моего прадедушки был ма-аленький сахарный заводик на Украине до революции, - всхлипывая, пояснила Риммочка, - и он дарил прабабушке разные безделушки». Она указала на оставшуюся сережку (изрядную гроздь бриллиантов), сиротливо болтавшуюся в розовом ушке, напоминавшем плотно начиненный вареник.

«Чем же я могу помочь, мадам, если факт потери драгоценности уже свершился?» - поинтересовался я. «Нельзя ли сейчас застраховать эти сережки и получить за потерю с компании? - она умоляюще подняла на меня прекрасные влажные глазки раненой газели, - в Калифорнии все так делают!» Я понял, что она достойная жена своего мужа. Как вы знаете, я всегда чрезвычайно любезен с дамами, поэтому попытался мягко ее урезонить: «Понимаете ли, Риммочка, страховка существует для того, чтобы компенсировать потерю, если имеется определенный процент риска, что эта потеря произойдет. Если вы уже потеряли что-либо - это совершившийся факт, а не риск. Для того чтобы вещь застраховали, вы должны предъявить ее, или фотографию. Как же можно это сделать, если вы эту вещь уже потеряли?» «Не беспокойтесь, - живо перебила меня сообразительная Риммочка, - у меня есть знакомый фотограф, который снимет оставшуюся сережку дважды, а потом совместит негативы, и получится две. Мой дядя-ювелир даст расписку, что мы у него эти сережки купили». Убедившись, что доводы разума на нее не действуют, я, чтобы прервать эту бесплодную дискуссию, сказал, что страхование драгоценностей - не моя специальность.

Я думал, что после этого Сеня на меня обидится, и я больше никогда его не увижу. Но я жестоко ошибался. Ровно через месяц Сеня появился у меня дома еще более сияющий, чем обычно. Он пышил здоровьем. В этот прохладный ноябрьский день от него несло жаром, как от раскаленной печи. Он приехал прямиком из хелс-клуба, после тренировки, бассейна и сауны. Кудрявые волосы были еще мокрыми после душа. Он любовно поправил их в прихожей перед зеркалом, скинул модный длинный замшевый плащ и вошел в столовую, сразу заняв в ней большую часть пространства. Кошка Машенька моментально забилась под диван, а моя гостеприимная мама сразу же предложила нам выпить чаю с ее коронным печеньем. Вы же знаете мою маму? Берта Цезаревна любит, когда в дом приходят люди, много людей. Она очень общительная. Тот период, когда меня донимали мои русские клиенты, был самым радостным в ее американской жизни. Сеня от чая не отказался, хотя заявил, что забежал только на секунду, по делу.

Прихлебывая чай из блюдечка и намазывая маслом печенье, он восторженно сообщил мне, что недавно попал в автокатастрофу и теперь уж повытрясет денежки из страховых компаний. Меньше, чем на сто тысяч, он не согласен. «Вы, наверное, сильно пострадали?» - посочувствовал я. «Ужасно пострадал! - подтвердил Сеня, засовывая в рот три печенья, склеенных вместе, - тяжелейшее сотрясение мозга получил, сдвинулись шейные позвонки, жуткие головные боли. А моральная травма? Я же почти невменяемый! - он громко расхохотался. - У жены моей произошел выкидыш. (Она и до того не сильно беременная была, но зачем случай упускать? В Калифорнии все так делают.) Я хотел посоветоваться, можем мы ли по этому поводу получить страховку еще за одного человека?» «Не знаю, - ошарашенно признался я, - с адвокатом нужно поговорить. Страховые агенты такие вопросы не решают».

- Еще и адвокату в лапу давать? Ах, шакалы! Ну, врач еще - понятно, справку там написать. Он тоже кушать хочет. Но адвокату - за что? Правда, я с моим английским, в суде ни в жисть не разберусь. Вы не знаете хорошего русского адвоката, чтобы шкуру не драл? Таких не бывает? Да, кстати, я в полицейском рапорте написал, что в машине вместе со мной ехали еще моя бабушка, теща, сосед с женой и двумя детьми и парализованный дядя (со стороны тещи). Эти гадюки в полиции сказали, что в мою двухдверную «Тойоту Тарсел» столько народу не влезет. Нужно кого-нибудь выкинуть. Кого ты посоветуешь? Наверное, соседа. Он - человек ненадежный, не наш. Много о себе понимает. Подумаешь, выучился на шестимесячных курсах в Америке! Программист недоношенный, «сыстэм-аналыст»! Я его знаю, он на Подоле в парикмахерской работал, дамским мастером. Ну, и мастер был по дамской части...

Берта Цезаревна одобрительно кивала в такт сбивчивой Сениной речи. Она ничего не слышала, так как стала глуха еще больше, чем ее кошка. Но ей нравилось, что за столом шел оживленный разговор, чайник дымился - все как раньше в Житомире, когда к нам приходили гости. Я снабдил Сеню телефоном страховой компании и заверил его, что больше ничего не могу сделать.

Ночью меня мучили кошмары. Мне снился жирный Сеня с белыми ангельскими крыльями за спиной и с арфой в коротких волосатых руках. Он попал в очередную автокатастрофу и явился с того света, что бы получить страховую премию за свою загубленную молодую жизнь. В каком-то смысле сон оказался пророческим.

После этого Сеня мне звонил еще несколько раз по телефону. Он сообщил, что ему удалось найти толкового адвоката и сейчас он судит владельца той машины, что его ударила, их страховую компанию, городской муниципалитет за то, что улица была плохо освещена, врача, который поставил ему неправильный диагноз после аварии, и свою жену, которая (по его словам) вела машину в момент катастрофы. Он надеется оттяпать в результате хотя бы четверть миллиона.

Некоторое время я о нем ничего не слышал, и вдруг (сразу после Нового года) открываю русскую газету и вижу на одной странице сразу пять Сениных фотографий. Сердце у меня защемило, когда я понял, что это некрологи. Родственники, друзья, сотрудники и соседи со всех концов Америки, Израиля и бывшего Советского Союза превозносили душевные и деловые качества покойного. Я даже пожалел, что не познакомился с ним поближе при жизни. Я позвонил Риммочке, чтобы выразить соболезнования. Она приняла их с достоинством и рассказала, что Сеня умер от ножевого удара в грудь сразу после встречи Нового Года. Он отмечал праздник с дружками из Калифорнии в русском ресторане (а заодно они решали некоторые вопросы совместного бизнеса). Внезапно вспыхнула ссора. Все были немножко выпивши, погорячились... И вот - трагическая развязка - несколько ножевых ранений. Кто-то легко отделался, а несчастный Сеня умер через несколько часов в госпитале св.Френсиса.

Меня это не слишком удивило, но я, понятно, вслух ничего не сказал. В конце разговора Риммочка попросила меня зайти, чтобы перевести на русский язык статью, написанную американским корреспондентом о Сениной трагической гибели в местной газете. Я, конечно, пообещал.

Риммочка встретила меня в гостиной собственного дома, купленного незадолго до Сениной гибели. Ее элегантное черное траурное платье эффектно выделялось на фоне новенького белого кожаного дивана. Возле нее крутился лысоватый бойкий молодой человек, чем-то смутно напоминающий Сеню. Она представила его, как Сениного троюродного брата, недавно прибывшего из Одессы. Приехал ли он для совершения акта кровной мести или просто так - осталось неясным. Детей дома не было, они уехали с бабушкой в круиз на Багамы, чтобы прийти в себя после пережитых потрясений.

Риммочка благоговейно разложила передо мной успевший уже слега пожелтеть газетный лист. «Я не смогла ответить на вопросы корреспондента. Он брал всю информацию в полиции и в Еврейской федерации. Прочитайте мне, что же он написал о моем Сенечке», - и она приложила черный кружевной платочек к глазам.

Статья называлась: «Трагическая гибель политического беженца из России». В трогательных выражениях корреспондент описывал Сенину борьбу с бесчеловечным коммунистическим режимом, преследования, нищету и лишения, через которые он прошел на своей неласковой Родине. (О меховой мастерской в статье почему-то не упоминалось.) Далее описывалось, как по приезде в Америку Сеня в течение долгих лет не мог найти работу и вынужден был пользоваться благотворительностью различных организаций, чтобы как-то прокормить тяжело больную жену и троих дефективных детей. От такой жизни Сеня стал психическим инвалидом. После этого он развелся с женой, которая не смогла вынести подобной жизни с невменяемым мужем. От горя и страданий жена ослепла и теперь тоже инвалид.

В этом месте повествования я смущенно покосился на черноокую Риммочку и, встретив ее незамутненный взгляд, опустил глаза. При расследовании оказалось, что убийца тоже русский эмигрант и психически невменяемый и не может отвечать за свои действия. Внизу мелким шрифтом корреспондент благодарил работников Еврейской федерации, Соушел секьюрити и Пабликэйд, любезно предоставивших ему возможность ознакомиться с документальными материалами.

Закончив чтение, я не мог поднять глаза на безутешную вдову. Риммочка сдержанно рыдала, уткнувшись в диванную обивку и приложив к губам платочек, чтобы не измазать ее помадой. Сенин троюродный брат тихонько уговаривал ее не отчаиваться - у нее еще вся жизнь впереди и найдется достойный человек, который поддержит ее в трудный час. Закончив рыдать, Риммочка поблагодарила меня и проводила до дверей. Троюродный брат поддерживал ее за пышный локоть, и я сообразил, кого он имел ввиду, когда говорил о достойном человеке. Все в этой истории было ясно, как апельсин, и мне негде было применить мой талант аналитика и сыщика. Хотя, с другой стороны, все элементы детективной истории были налицо - таинственный незнакомец, криминальная среда, трагическая гибель главного героя, пресса, введенная в заблуждение...

Придя домой, я сообщил маме, что собираюсь навеки уйти из страхового бизнеса и не желаю больше видеть у себя в доме никаких клиентов. Берта Цезаревна чрезвычайно огорчилась. Вы же знаете, как она любит общество. Чтобы как-то утешить ее, я купил попугая. Кэш - это замечательная птица и говорит только по-испански. Но маме безразлично, она все равно ничего не слышит. И все-таки это - компания, живой голос в доме. Вы успеваете следить за ходом моей мысли? Конечно, он иногда орет по ночам и не дает спать. Но лучше пусть меня будит по ночам Кэш, чем мои клиенты. А вы спрашиваете, зачем еврею попугай?

Как бы подтверждая последнюю фразу, Кэш издал леденящий душу вопль и распушил красный хохол на голове. Берта Цезаревна благосклонно улыбнулась и предложила мне еще чаю и печенья. Она всегда присутствовала при наших беседах, хотя не могла в них участвовать из-за глухоты.

Бежевый Макинтош

Рафаэль Коровин сидел в голубой шелковой пижаме и смотрел через балконную дверь на замерзающий Мичиган. Зимний день угасал над черными крышами Чикаго. Последние его отблески окрасили обледеневшие деревья в кровавый тревожный цвет. В опустевшем, заснеженном парке бродили серые канадские гуси. Сообразительные пернатые не собирались покидать сытную североамериканскую землю, чтобы лететь в какие-то сомнительные теплые страны третьего мира. Они прекрасно осознали преимущества капитализма, плодясь и размножаясь на тучной почве Среднего запада под бдительным оком ревнителей природы. Увесистые холеные птички (килограммов по десять-пятнадцать каждая), казалось, при всем желании не могли оторваться от земли. Гуси лениво ковырялись в рыжей прошлогодней траве, уныло торчащей из-под грязноватого снега. Печальная картина!

Рафаэль постучал кривой почерневшей трубкой по краю пепельницы, но пепельница осталась сверкающе чистой. Трубка была пуста. Коровин никогда ее не раскуривал и только размахивал трубкой в такт своему повествованию. Курению же Коровин предпочитал чай с домашним печеньем, которое виртуозно пекла мама частного детектива Берта Цезаревна.

Рафаэль раздраженно указал трубкой в сторону гусей и недовольно произнес: «Паниковского на них нет! Шейка... крылышки... Это же поэма, а не птица. Сколько качественных продуктов пропадает впустую. Перегнать бы их по воздуху клином в Россию или на Украину! Их там живо пустили бы в оборот.

Впрочем, они так разжирели, что, верно, и долететь не смогли бы. Слышали анекдот, как англичанин и русский обедают в буфете? Шведский стол. Русский, конечно, уплетает за обе щеки. Англичанин-сноб смотрит на него с презрением. Русский спрашивает англичанина: «Чего ты не ешь? Вкусно!» Англичанин отвечает надменно: «Я ем только когда голоден». А русский пожалел его: «Ну, ты совсем как животное!» Не смешно?»

Берта Цезаревна лучезарно улыбнулась и закивала. Она налила нам чаю, и придвинула блюдо с печеньем, благоухавшим корицей и медом, как счастливое детство. Попугай Кэш закудахтал и забормотал по-испански в своей башенной клетке. Белая кошка Машенька потерлась о мои брюки. За окном совсем стемнело. В комнате стоял уютный полумрак. Только накрахмаленная вышитая скатерть на столе была освещена низкой висячей лампой с красным цветочным абажуром. В углу мягко светился экран компьютера системы «Макинтош». Светло-бежевый ящик, начиненный электроникой, - последнее приобретение Коровина и его очередное увлечение.

Рафаэль, наконец, отвлекся от мерзлого Мичигана и гусей, и опять пришел в благодушное настроение. Он редко унывал. Шумно прихлебывая индийский чай и любовно поглядывая на бежевый компьютер, он изложил мне свою новую идею.

- Будущее - за компьютерами! Кибернетическое пространство! Виртуальная реальность! Электронные коммуникации пронизывают всю планету. Компьютер - окно в мир! Даже не просто в мир, а в новые миры. Я уверен, что межпланетные контакты будут в первую очередь установлены через компьютерную сеть!

Рафаэль немножко задохнулся от восторга и закашлялся. Берта Цезаревна заботливо постучала по его спине, чтобы он не подавился чаем. Рафаэль закрутился на стуле и скинул блюдце с вишневым вареньем. Фарфоровое блюдце разбилось с музыкальным звоном. Кошка, не разобравшись что к чему, кинулась на защиту хозяина и обшипела Берту. Попугай, желая принять участие в общем веселье, зашелся истерическим воплем.

Когда все успокоились, и Рафаэль отмыл варенье с голубой пижамы, он продолжил прерванный монолог о светлом компьютерном будущем. Оказывается, он уже подключился два дня назад к международной системе электронной связи ИНТЕРНЕТ и теперь наслаждался открывшимися возможностями. Первым делом он поместил в бизнес-секции объявление о том, что частный детектив с большим опытом берется расследовать самые запутанные криминальные тайны за разумное вознаграждение. Предложений пока не было, но Рафаэль отличался замечательным терпением.

В ожидании крупных дел, он изучал различные разделы Интернета и наткнулся на секцию «Романы по электронной почте». В этом месте повествования детектив опасливо покосился на маму. Но та, как обычно, не слыхала ни слова и только сонно кивала. Понизив на всякий случай голос, Рафаэль произнес хвалебное слово в защиту электронных знакомств: «Подумайте, сколько одиноких людей на планете. Что делать холостому мужчине средних лет, вроде меня? Где встретить приятную интеллигентную собеседницу, и, может быть, верную спутницу жизни? Не бегать же мне по ночным барам и танцулькам...» Я представил себе Рафаэля в шелковой голубой пижаме и мохнатых тапочках, входящим в ночной бар, и согласился, что это - не выход. «Вы говорите, можно посмотреть объявления в русских газетах? Я пробовал... вот, полюбуйтесь!»

Рафаэль выхватил из пачки макулатуры, лежащей возле телевизора какое-то пыльное издание: «Шатенка ищет порядочного человека для серьезных отношений. Кто знает, что может прийти в голову шатенке? Кого она считает порядочным и что для нее означает «серьезные отношения». Что произойдет, если она перекрасится в блондинку? Она перестанет быть серьезной? Цвет волос - это ее основное достоинство и отличительная черта? Или полюбуйтесь на такой шедевр: «Преподаватель из Ташкента познакомится с мужчиной...» Ни больше, ни меньше - просто с Мужчиной. Надеюсь, что хотя бы «преподаватель» - это женщина. Впрочем, при общем падении нравов, даже в этом нельзя быть уверенным. Не всякий решится обратиться в бюро знакомств, - продолжал Коровин, шумно прихлебывая душистый чай, - есть в этом нечто унизительное. Заполнение анкет, любопытные взгляды клерков, наконец - плата за услуги... Кроме того, - Рафаэль застенчиво улыбнулся, - мой английский... Вы знаете, я владею языком в совершенстве, но акцент! Американцы плохо понимают меня». Я сочувственно кивнул. Акцент у Коровина был настолько жуткий, что он и сам понимал себя с трудом.

- У меня классическое британское произношение! - с пафосом продолжал Рафаэль. - Я с детства учился говорить на литературном английском языке! И, конечно же, многие американцы недостаточно образованны, чтобы оценить тонкости этого древнего прекрасного языка Шекспира и Брайтона... то есть Байрона.

Я про себя подумал, где это Коровин, выросший в Житомире, умудрился подцепить классическое британское произношение. Но вслух, понятное дело, ничего не сказал.

- С компьютером же все гораздо проще, - разглагольствовал мой друг, - интимно, индивидуально, элегантно, бесплатно. Вы успеваете следить за ходом моей мысли? Я поместил объявление: «Приятный мужчина зрелого возраста хочет встретить родственную душу, интересующуюся детективной литературой, историей и классической музыкой. Привлекательная наружность не заменит душевной теплоты...» Даю свой электронный адрес и компьютерный псевдоним («тайна вкладов гарантирована», так сказать) и уже через день получаю пять-шесть предложений переписываться и даже встретиться. Первое свидание - в это воскресенье. Джози! Правда, красивое имя? Это - сокращенное от Жозефины?

Я не уверен, что моя мама одобрит этот способ знакомства, но мне кажется, что она излишне консервативна. (Рафаэль опять оглянулся на Берту Цезаревну.) Но, подумайте, кто пользуется компьютерами? Приличные, образованные люди с положением, вроде меня, а не босяки какие-нибудь. Вы успеваете следить за ходом моей мысли?

Я не стал спорить, но решил внимательно наблюдать за компьютерным романом. Мне было чрезвычайно любопытно, что из этого выйдет. Через неделю, возвращаясь с работы, в ясный морозный вечер я зашел навестить моего друга. Дверь мне открыла мама. Коровин стоял на балконе и, сурово сдвинув брови, глядел на холодные крупные иллинойские звезды. Поверх голубой пижамы на нем была надета внакидку старая каракулевая шуба Берты Цезаревны с подбитыми ватой плечами по моде тридцатых годов. Этот наряд делал его похожим на горца в бурке и придавал благодушному Рафаэлю дикий и воинственный вид. Увидев меня, он смутился и начал невнятно бормотать о пользе холодного воздуха. Я понял, что Рафаэль чем-то серьезно расстроен и не стал лезть в душу с расспросами. Кроме того, я был уверен, что через некоторое время он сам все расскажет. Так и произошло.

Берта Цезаревна ушла на кухню кормить кошку. Поскольку обе они (и хозяйка и кошка) были очень старые и упрямые, процедура эта занимала много времени. Берта пыталась накормить Машеньку вареными куриными пупками, которые та категорически отказывалась есть. Она прочитала кошке целую лекцию о пользе куриного мяса и о том, как все в Америке зажрались и не понимают своего счастья, но Машенька упорствовала. Будучи зажравшимся американским домашним животным, она признавала только специальную консервированную кошачью пищу предпочтительно из крабов, креветок и красной рыбы. С подобными капризами Берта Цезаревна, пережившая войну, эвакуацию и голод, в свою очередь, не могла примириться.

Мы немного поговорили с моим другом о погоде и о политике. Потом Рафаэль тяжело вздохнул, задумчиво пососал не зажженную трубку, откашлялся и поведал мне о событиях минувшего воскресенья.

Свидание было назначено на одиннадцать утра, в самом центре Чикаго, на Мичиган-авеню, на ступенях у входа в Арт-институт возле одного из бронзовых львов. Рафаэль явился на место встречи в 10 часов 45 минут.

- Я всегда прихожу чуть раньше, на любую встречу - разведать обстановку. Все детали были тонко продуманы. Музей открывается в двенадцать, следовательно, в одиннадцать народу вокруг будет немного и мы легко найдем друг друга. С другой стороны, утренняя встреча выглядит менее официально, больше как дружеская прогулка с обзором достопримечательностей, чем любовное свидание. Я предполагал пригласить ее на экскурсию в музей и попутно выяснить ее художественные вкусы и общий интеллектуальный уровень. Успеваете следить за ходом моей мысли?

Рафаэль надолго замолчал, задумчиво глядя в черное окно. Потом он продолжил рассказ, не поворачивая головы в мою сторону:

- В десять минут двенадцатого я увидел тонкую фигуру в джинсах и широком ярко-желтом пальто, поднимающуюся по ступеням лестницы. Я спрятал очки в карман. (Мне не хотелось с первой же минуты произвести на нее впечатление близорукого чудака.) Но и без очков я разглядел пышные светлые волосы и легкую походку. Сердце у меня екнуло. Чудное видение приблизилось ко мне, протянуло тонкую руку со множеством колец и браслетов и сказало низким приятным голосом: «Я - Джози! Вы, наверное, Рафаэль? Очень-очень приятно познакомиться».

С первых же слов мы почувствовали себя свободно, и разговорились, как старые знакомые. Даже мой британский акцент не помешал нашему взаимопониманию. По мнению Джози, акцент придавал моему голосу особую глубину и эротичность. Погода была замечательная. Прохладно, но солнечно. Мы решили прогуляться по Мичиган авеню. Мы беседовали о детективной литературе и серьезной музыке, и я поражался начитанности Джози и тонкому вкусу. Я чувствовал себя на седьмом небе! Такая удачная встреча! Лица я не мог разглядеть без очков, но оно было бледным, правильной овальной формы. И в одном ухе, по современной моде, поблескивала крупная сережка.

Внимание Джози привлекла витрина модного магазина. Некоторое время я слушал остроумные и критические комментарии Джози по поводу выставленных моделей, и восхитился еще больше. Какое чувство юмора! Какая наблюдательность. Я рассыпался в комплиментах. Музыкальный смех Джози был мне ответом. Я почувствовал нежное прикосновение и услышал кокетливый шепот Джози: «Ты такой симпатичный и милый, Рафаэль... Мы должны стать близкими друзьями, очень близкими...» Я был польщен, но меня немного смутило такое откровенное признание со стороны молодой женщины в первый же день знакомства. Пожалуй, я несколько старомоден в интимных отношениях. Что бы выйти из неловкого положения, я решил незаметно переменить тему разговора. Из нашей компьютерной переписки я знал, что Джози занимается моделированием одежды. Я спросил, в какой компании она работает, и мне была вручена затейливая визитная карточка. Я вытащил из кармана очки, и, уже не смущаясь, водрузил их на нос, так как чувствовал себя совершенно непринужденно. На глянцевой бумаге с золотым тиснением я прочитал: «Шикарная одежда для любителей альтернативного стиля жизни. Дизайнер - Джозеф Вольтер». Я поднял глаза и обомлел. Нежное овальное лицо Джози окружала неопрятная редкая бородка, а под тонким породистым носом топорщились пошлые белесые усишки...

Несколько недель Рафаэль Коровин оправлялся от потрясения. В выходные дни мы прогуливались по берегу Мичигана и беседовали на разные абстрактные темы, вроде падения курса японской иены или роста безработицы в Уругвае. Потеплело. Впервые после холодов на голых деревьях в парке появились нежные почки, а на скамейках - бездомные. Жирные гуси с криками унеслись в пригороды унаваживать поля для гольфа. Во всем ощущалось приближение весны, и Рафаэль забеспокоился. По вечерам опять мягко загорался синий экран бежевого компьютера. Великий детектив сосредоточенно стучал по клавишам, насвистывая популярную когда-то песенку «Эх, Жора, подержи мой макинтош!» Он отправлял бесчисленные письма куда-то в ирреальное кибернетическое пространство. В марте Коровин признался мне, что разыскал в компьютерных дебрях замечательную женщину. (Зная, насколько Рафаэль чувствителен, я не позволил себе даже улыбнуться и выслушал новость с каменным лицом.)

Женщину звали Клодия. Они уже успели обменяться фотографиями. Рядом с компьютерным экраном теперь красовалась полероидная карточка, на которой улыбалась ярко накрашенная брюнетка «далеко за тридцать», видимо, итальянка. На пышной груди красовалась брошь с золотым драконом, а на коленях сидела живая ящерица-игуана. Рафаэль откопал Клодию где-то в Бостоне, где она жила со старшей сестрой, игуаной по имени Тайко и тремя сиамскими кошками. Чем занималась прелестная итальянка - не известно, но мой друг утверждал, что она чрезвычайно образованная особа и, возможно, работник сферы искусства. В своих письмах она постоянно затрагивала духовную свободу, причудливые повороты судьбы, единение с природой и прочие интригующие и соблазнительные темы.

Встреча неотвратимо приближалась. В конце мая Клодия с сестрой собирались посетить родственников в Южной Дакоте и проездом остановиться в Чикаго. Рафаэль безумствовал. Он купил новый двубортный костюм в тонкую серую полоску, лакированные туфли и пять белых рубашек, хотя Клодия собиралась пробыть в Чикаго всего один день. Напрасно я убеждал его, что лакированные туфли давно вышли из моды, а полосатый костюм делает его похожим на мафиози, сподвижника Аль Капоне. Рафаэль был глух к голосу разума. Он решил поразить Клодию и отнесся к этой задаче со всей серьезностью. Памятуя о прошлом печальном опыте, он заказал новые очки в модной металлической оправе. Но больше всего его смущали зубы. Как почти у всех бывших советских граждан, даже те немногие зубы, что еще оставались на своих местах, не отличались сверкающей белизной и совершенной формой, чтобы не сказать больше.

Несмотря на сильный врожденный страх, Рафаэль решил обратиться к дантисту. Друзья посоветовали ему доктора Эдика Бепцхера, который имеет американскую докторскую степень и занимается именно протезами и косметическими проблемами. Коровин благоговейно зачитал мне заманчивую рекламу. «Протезирование немедленно после удаления зубов. Изготовление всех видов протезов из золота, американского, немецкого и японского фарфора, протезы без крючков на магнитах и замках, протезы люситон на мягком основании, флекси-эластичные протезы. Изготовление приспособлений для профилактики патологической стираемости зубов и бруксизма (избавление от скрежета зубов)».

Я бегло просмотрел красочную рекламную брошюру и не удержался от комментариев: «Я не знал, что Вы страдаете бруксизмом, Рафаэль. Мне всегда казалось, что это - философское течение или религиозный культ. Что же до скрежета зубовного, то он находится в компетенции священника, а не дантиста. У вашего доктора поистине широкий профиль. Кроме всего прочего, мистер Бепцхер еще занимаются реабилитацией пострадавших в автоавариях, и офис предоставляет нуждающимся транспорт. Вам не нужен новый «Мерседес», чтобы устроить небольшую аварию? Или вот - гарантируем полную и самую надежную стерилизацию, включая индивидуальные наконечники. Звучит двусмысленно и пугающе».

- Вы все острите, - проворчал мой друг, недовольный тем, что я не разделяю его энтузиазма, - но войдите в мое положение. Мне предстоит встреча с молодой интересной женщиной. И что предстанет ее взору? - Рафаэль разинул рот, и я отшатнулся. - Вот видите! Темный кошмар. Даже Вы ужаснулись, а что говорить о тонкой, образованной особе с артистической натурой?

Спустя три недели и четыре тысячи долларов, мой друг предстал во всем блеске новеньких челюстей японского фарфора. Нужно признаться, что Бепцхер знал свое дело. Коровин выглядел солидно и респектабельно, как киноартист на покое. С таким дивным Голливудским оскалом ему не стыдно будет показаться на глаза прекрасной итальянке. «Поздравляю, Рафаэль! С новыми зубами вы смотритесь прелестно. Ваша улыбка просто ослепительна!» «Кахая, к шерту, уыбка,.. - прошипел Рафаэль, - у меня рош не закшиваечша. Жубы шлишком велики». «А что говорит доктор с американской степенью?» «Дохтор шкажал, што жубы шо временем штанут на мешто и дал мне иншструкчию по уходу жа новой шелюстью. Полюбуйтешь!» И детектив раздраженно сунул мне в руки очередной завлекательный проспект: «Наш офис продолжает советы по уходу за зубами».

В нем имелись такие бесценные указания:

1. Избегайте накусывать на твердые предметы.

2. Не используйте ваши зубы, как «инструменты». От этого пломба или винир могут треснуть пополам или отломаться.

3. Используйте зубные нитки как обычно, но дайте знать врачу, если вы испытываете затруднения при движении нити.

4. Не пользуйтесь зубочисткой в только что запломбированных зубах. Этим вы можете нарушить прилипаемость материала и т.д.

Я с сочувствием посмотрел на Коровина: «Красота требует жертв, и вы - одна из них. Не огорчайтесь, Рафаэль. Возможно, со временем этот роскошный японский фарфор уляжется у вас во рту. Каковы прогнозы великого дантиста? Как долго вы не сможете использовать свои новые зубы «как инструменты»? «Ешо чешые нежеи (еще четыре недели)», - мрачно ответил Рафаэль. Я прикинул, что до приезда Клодии оставалось чуть больше месяца.

Весь апрель мы с Коровиным не виделись. Лишившись на время возможности свободно и долго говорить, он потерял интерес к нашим еженедельным встречам. Потом я уехал в отпуск, забыв на время и о своем друге, и о компьютерном романе. Но как только я вернулся в Чикаго, первым делом позвонил Коровину. На этот раз я захватил инициативу и прямо спросил, как прошла встреча с Клодией. «Вяло прошла, - ответил Рафаэль, но в голосе его не чувствовалось печали. - Я ей не понравился, так мне сказала ее сестра».

Мне стало обидно за своего лучшего друга. «Неужели ее не сразила наповал ваша ослепительная улыбка? Невероятно! Или она оказалась недостаточно образованна, чтобы оценить классическое британское произношение?» «Ее сестра сказала, что Клодии не понравилась моя аура. Знаете, биоэнергетическое поле, или что-то в этом духе? Она оказалась недостаточно яркой, а кроме того, ауре следовало переливаться радужными красками, чего она явно не делала». «Ваша ЧТО? Аура? Она сумасшедшая, эта Клодия? Почему за нее все время говорила сестра». «Не нервничайте так, мой молодой друг! Холоднокровнее... Клодия - не сумасшедшая, а глухонемая, что при компьютерной переписке, разумеется, не было заметно. Что же касается ауры... Основная специальность Клодии - астролог и экстрасенс, «сайкик», а по-русски - ведьма. Судя по ее возрасту, она только чудом уцелела во время процесса над Салемскими колдуньями».

В воскресенье мы играли с Рафаэлем в шахматы на скамеечке в парке на берегу Мичигана. Выиграв три партии подряд, мой друг пришел в отличное расположение духа, и я рискнул спросить, как развиваются его компьютерные романы. Коровин заметил наставительно, что компьютерная сеть должна использоваться для серьезных целей. Всякие хихоньки-хаханьки, кибернетический секс, знакомства и флирт - это для подростков. Его лично больше интересует политика. Вот сейчас, например, он устанавливает электронную связь с Белым Домом, чтобы иметь возможность давать советы непосредственно сенаторам и конгрессменам в Вашингтоне. «Как же Ваши планы? Помните - *мужчина зрелого возраста хочет встретить родственную душу?*

Рафаэль снисходительно улыбнулся. «Родственную душу можно встретить и без помощи электроники и компьютерной техники». Коровин перевел взгляд на синюю гладь Мичигана и прищурился, как будто увидал в далеких просторах искомую душу. «К моей тете Хаве, живущей в Нью-Йорке, из Житомира приехала двоюродная сестра, с внучатой племянницей от второго брака. В конце лета они планируют посетить Чикаго и, конечно, остановятся у нас... Племянница - очень интеллигентная женщина со средним специальным образованием, фельдшер. Недавно разошлась с третьим мужем... Ну что, молодой человек, хотите сыграть еще одну партию, для реванша?» Мы расставили шахматы, и я опять проиграл.

Филадельфийский Оракул

Вы знакомы с Абрамом Соломоновичем Файбышенко? Да, да, с тем самым Абрамом Соломоновичем, о котором писала милуокская газета «Колесо обозрения» и чьим именем был назван ураган во Флориде? Так вот, этот самый Абрам Соломонович стал Филадельфийским Оракулом и сыграл важную роль в моей бестолковой судьбе. Но я расскажу все по порядку.

История эта началась так. В субботу утром я сидел за письменным столом и занимался скучнейшим делом на свете - заполнял налоговые формы. Самое тоскливое время в году - это конец марта. В Чикаго еще лежит вялый снег, и пролетающие машины брызгаются жидкой грязью. Весною и не пахнет, а зима уже всем надоела. С Мичигана дует пронзительный ветер. Цветы, сдуру распустившиеся на магнолии в ясный день, висят, как мокрые розовые тряпки. Кажется, что никогда уже не будет ни солнца, ни зелени, ни тепла. И в это вот унылое время нужно возиться с налоговыми декларациями, разбирать счета, накопившиеся за год, предчувствуя, что в результате всей этой деятельности налоговое управление с тебя же и затребует дополнительные деньги. Грустно!

Конечно, можно было бы пойти к бухгалтеру, который заполнит за тебя все бумажки. Даже искать его не нужно. У меня на столе лежало завлекательное письмо из фирмы Бэбы Макаронец, специалиста по налогам. Привожу его почти дословно, сохраняя стиль оригинала, ибо оно достойно внимания.

«Уважаемый друг, пришло время платить свои Таксы! Наша фирма «Экономические сервисы Бэбы Макаронец» в дополнительной рекламе не нуждается. Многолетняя опытная практика, компетентность и свойственный профессионализм - вне конкуренции, пятнадцать лет в одном и том же месторасположении. Наша репутация отвечает своим требованиям. Имя фирмы говорит само за себя. Рассчитывайте на нас 24 часа в сутки по телефону внизу письма. Клиенты обращаются к нам за сервисом и получают это в кратчайшие сроки на протяжении многих лет.

Особенно последние годы Внутреннее Налоговое Ведомство более серьезно проверяет декларации. Инкомтакс ретурнс будут возвращены обратно налогоплательщикам, если имя и номер иждивенцев, включая форму, где налогоплательщик претендует на дополнительные кредиты на детей, а так же номер человека, ухаживающего за абсолютно всеми детьми до тринадцати лет и федеральный номер детского сада будут отсутствовать. Грамотное заполнение налоговых форм - залог благополучия. Любая неточность или незнание могут повлечь за собою всякие последствия, по крайней мере, в течение трех, а иногда и семи лет, плюс дополнительный налог, процент, штраф и другие неприятности.

За последние годы множество звонков поступают с вопросом, облагаются ли налогом деньги, полученные из-за границы или может нет? За каждую сделку из-за границы банки отчитываются перед разными государственными ведомствами. Например, те налогоплательщики, у которых проценты свыше $400 за год, отмечают в своих декларациях, что нет активов за границей, и вдруг на счет откуда-то поступает сумма. В таком случае мы рекомендуем иметь основание в письменном виде, что это не Ваше, если вдруг потребуют ответа, а то, к сожалению, бывают и такие моменты. Для тех кто обращался к нам в прошлом, получат буклеты и наклейки на компьютере. Всем клиентам нашей фирмы: Спасибо за пратронтаж!

С уважением, Бэба Макаронец».

Я перечитывал это письмо, как рассказ Бабеля, упиваясь неповторимым богатством языка и находя в нем все новые стилистические красоты. Можно было отдаться в лапы многоопытной Бэбы. Но за сервис нужно платить. Да и не хотелось выходить лишний раз из дома в слякоть и грязь. Я был ужасно рад, когда грустные размышления прервал звонок моего друга, частного детектива Рафаэля Коровина. Рафаэль ввалился ко мне яркий и шумный, как майский жук. Он долго отряхивал свою серебряную парку от снега в прихожей, отдуваясь и проклиная холод. «Где вы взяли снег в середине марта, Рафаэль? Вам доставили его в посылке с Аляски?» - спросил я, рассматривая изрядную лужу, образовавшуюся вокруг ботинок Коровина. «Очнитесь, мой юный друг! На дворе - снежная буря, невзирая на март и все прогнозы погоды». Я кинулся к окну. Белые увесистые хлопья летели косой сеткой и смачно шлепались в оконное стекло. Тротуары завалило. Убеленные деревья беспорядочно отмахивались ветвями от снежных слепней. По серому небу неслись рваные тревожные обрывки туч.

Такой вьюги еще не бывало в Чикаго. Это была даже не вьюга, а зимний шторм. Домой Рафаэль уже не поехал. Было опасно соваться на дороги в такую непогоду. Он позвонил своей маме и заночевал у меня в столовой на диванчике. Допоздна мы смотрели по телевизору старые фильмы и беседовали о жизни, как два школьника, пока Рафаэль не задремал, пригревшись под красным пледом.

Всю ночь сверкали молнии, грохотал гром и хлестал снег пополам с дождем. К рассвету, так и не пробившемуся сквозь сырую мглу, еще больше похолодало. Мокрый снег замерзал на лету, как белый крем. В воскресенье утром весь город выглядел так, будто по улицам прошлась орда безумных клоунов, швырявших белыми тортами в деревья, фонари, машины и стены домов. Сосны, покрытые хлопьями взбитых сливок, бессильно опустили лапы, а некоторые даже свалились под тяжестью кулинарной роскоши. Засахаренные кусты. Запудренные деревья. Нежные корочки «бизе» на подстриженных кипарисовых изгородях. Во многих районах Чикаго и пригородах, в том числе и на нашей улице, выбило электричество. Отопление тоже не работало.

Мы с Рафаэлем сдуру решили прокатиться в торговый центр «Линкольн Вуд». Не сидеть же целый день без телевизора и радио в остывающем доме! Торговый центр закрыли в час дня по случаю плохой погоды. Когда мы подъехали, вежливые вахтеры выпроваживали последних визитеров. Мы разочарованно потоптались в теплом холле. Купили два бублика и два стакана лимонада у черных девочек с изумленными изюмными глазами, которые торопливо закрывали свой киоск. Поговорили немного о превратностях судьбы и погоды и отправились по домам. Ветер рвал наши куртки, поддавал в спину. Мы плыли по обледеневшей стоянке к своим машинам, как парусники по штормовому заливу.

Дома мне ничего не оставалось делать, как зажечь свечи и опять заняться своими налогами. В заваленном снегом доме хорошо при свечах писать стихи или письма любимой женщине. Но упаси Бог заниматься финансами в подобной обстановке! Это ввергнет вас в глубочайшую депрессию. Через час я решил пройтись по снежку к почтовому ящику. И что обидно - на другой стороне улицы горят фонари и веселые яркие окна. Музыка доносится, и, вообще, царит праздник жизни. А на нашей - мрак и тишина. На участке соседа буря завалила огромную мохнатую ель прямо на провода, и во всем квартале отключилось электричество.

Расковыряв намерзший снег, я вытащил из ящика несколько писем и груду рекламной макулатуры. Полюбовался на свет и веселье в доме напротив и поплелся домой. Разбирая письма в пляшущем свете свечей, я обнаружил бумагу из налогового ведомства: «Дорогой мистер Алекс Резник, вы задолжали пятнадцать тысяч долларов за прошлый финансовый год. Извольте срочно заплатить вместе с процентами». Я схватился за голову. Все это вместе со снежной бурей и свечами напоминало дурной сон. Я даже ущипнул себя, но проклятое письмо по-прежнему лежало передо мной. Какие пятнадцать тысяч? За что, за какие грехи? С меня на работе аккуратно высчитывают налоги каждый месяц и на руки я получаю денег, как кот наплакал. Перечитал еще раз. Упоминается бизнес в Калифорнии, швейная мастерская. Сограждане, мистеры, кореши родные! Не был я в Калифорнии! Я еще и в отпуск ни разу не ездил. Однажды только с Рафаэлем смотались на два дня в Висконсин рыбу поудить.

Сначала я согрешил, подумав на Бэбу, которая заполняла мои налоговые формы в прошлом году, и помянул ее серией нелестных эпитетов. Но впоследствии оказалось, что мадам Макаронец невинна, как младенец, и я ее зря костил. Через неделю после бесконечных звонков в налоговое управление я выяснил, что произошло. Оказывается, что в солнечной Калифорнии, где-то возле Лос-Анджелеса живет и благоденствует другой Саша Резник, мой ровесник, портной по профессии. Приехал этот Саша всего год назад и когда получал номер в Соушел секьюрити, дубина-компьютер перепутал нас и вручил ему мой номер. С другой стороны, откуда компьютеру знать, что евреев александров резников, как собак нерезаных, простите за плохой каламбур? О чем думали наши родители, называя нас Сашами? Назвали бы его Святополком, а меня - Интегралом. Забавно и оригинально.

Промучился я с калифорнийским Алексом полгода и все без толку. Компьютер превратил нас в сиамских близнецов, которых невозможно было разделить без хирургического вмешательства. Вообще, с момента той мартовской снежной бури все дела у меня пошли вкривь и вкось. На работе началось сокращение, и меня с тремя другими «везунчиками» отправили искать счастья на свободе. Бывшая жена вышла замуж и увезла сынишку в Кливленд к новому мужу. Никого не осталось у меня в Чикаго, кроме друга Рафаэля. Я подумал, может и вправду махнуть в Калифорнию, где нет снежных бурь, цветут олеандры и каким-то резникам так привольно живется, что они не доплачивают по пятнадцать тысяч в налогах? Заодно на месте разъяснится история с моим двойником. Но прежде, чем отважиться на такой шаг, я, конечно, решил посоветовался с Рафаэлем Коровиным. Он же - министерская голова!

И вот я сижу дома у друга Коровина, за столом с вышитой скатертью и жажду его наставлений. Пью чай, и мама великого детектива Берта Цезаревна угощает меня домашним повидлом из райских яблочек. (Яблочки Рафаэль собственноручно собирал осенью с большого дерева прямо под балконом в парке на берегу

Мичигана, вызывая удивление старушек, выгуливающих собак, и резвящихся подростков.)

Выслушав мою печальную историю, Рафаэль глубоко задумался. Он порылся в книжном шкафу и достал из голубой папки газетную вырезку. (Коровин внимательно следил за прессой, и у него были собраны вырезки на все случаи жизни.) Устроившись поудобнее в кресле, Рафаэль наставительно изрек: «Патологическое невезение - это болезнь. Неудачи в любви и бизнесе, появление таинственного двойника - подобные аномальные явления природы не случайны. Чаще всего они вызываются искривлениями биогенной защитной зоны и диверсией астральных тел. Не исключено, что вы попали в поле недружелюбного энергетического излучения. Вы успеваете следить за ходом моей мысли? Нельзя пускать болезнь на самотек. От нее не спрячешься ни под кроватью, ни в Калифорнии, ни на Северном Полюсе. Нужно обратиться к специалисту. Я бы рекомендовал парапсихоцелителя Файбышенко, которого называют «Филадельфийским оракулом». И Рафаэль с выражением прочитал мне объявление из русской газеты.

Оно гласило: «Экстрасенс-целитель, контактер с высшим разумом Абрам Соломонович Файбышенко. Президент и член-корреспондент Международной Европейской академии американских биомагнотерапевтов и предсказателей. Обладает даром ясновидения, яснослышания, диагностики и целительства на любом расстоянии. Устраняет отрицательную энергетику, аномальные и биопатогенные зоны в жилых помещениях и бизнесах. Снимает все виды порчи, сглаза, проклятий, испуга. Изгоняет вселившиеся сущности. Определяет и устраняет причины невезения в жизни, любви, бизнесе. Избавляет от болезней, онкологических, нервно-психических, инфекционных, в том числе и венерических. Устраняет бородавки, лишаи, веснушки, геморрой и шпоры на пятках. Дает ответы на любые четко сформулированные вопросы. Исцеляет домашних животных. Устраняет последствия лучевого и радиоактивного заражения. Изготовляет и заряжает талисманы и амулеты, приносящие удачу. Зарядка воды, кремов и туалетной бумаги бесплатно для всех желающих». Дальше следовали адреса кочующего целителя в Филадельфии, Париже, Вологде и Сарапуле. С фотографии смотрел проникновенными взглядом из под нахмуренных кустистых бровей мужчина лет сорока-восьмидесяти с длинной лохматой бородой, в цветной распашонке.

Я посмотрел ему в глаза и понял, что моя судьба - срочно лететь за советом к филадельфийскому оракулу. Следующий день я встречал в Чикагском аэропорту, в ожидании самолета. Аэропорт (любой аэропорт, не только чикагский гигант) - это полюс человеческого одиночества. Кругом толпы народа, но все глубоко погружены в себя. Все ждут, когда их жизнь сдвинется с мертвой точки, когда объявят нужный рейс. И они расправят крылья и полетят на встречу со своим счастливым будущим. Зуськи! Не будет счастливого будущего! Никуда они не полетят. Они будут киснуть, ныть и зевать в самолете, так же, как и в аэропорту. А когда прибудут к месту назначения, начнут жаловаться на головную боль, несварение желудка, затекшие в полете ноги и скуку. Разве это называется летать?

Плотно сбитая толпа пассажиров сидела плечом к плечу в синих креслах в ожидании самолета. Если бы синяя кожа была натуральной, она принадлежала бы какому-нибудь жуткому монстру размером с кита. Собственно говоря, мне самолета ждать не нужно, он уже стоял за высоким окном, поблескивая боками. Но он никуда не летел. Сломался замок на двери, ведущей в кабину пилотов, а без замка, по правилам техники безопасности, самолет взлететь не мог. Полоса моего фатального невезения продолжалась. Косоглазенькая мексиканка в летной форме объявила пассажирам, что механики пытаются найти нужную деталь для починки, но нигде не могут ее обнаружить в течение двух часов. Интересно, где они ее искали? Может быть сидели в баре, дули пиво и периодически заглядывали под стул - не появилась ли искомая деталь?

Пассажиры раздраженно сопели и хмыкали, не глядя друг на друга. У всех на лицах брюзгливое выражение «не подходи - укушу». От скуки я размышлял, как могло случиться, что сломался замок в кабине пилотов? Какая драма разыгралась на борту воздушного лайнера? Ломился ли кто-то внутрь в надежде разузнать секреты высшего пилотажа? Или наоборот, пилот, которому наскучил монотонный рейс, решил поразвлечься со стюардессой, но в угаре страсти забыл, что дверь в салон закрыта и высадил ее богатырским плечом? Может быть, самолет пытались угнать, и доблестные американские солдаты разгромили салон, гоняясь за террористами? Как бы то ни было, мы сидели больше трех часов в аэропорту, а местное начальство пыталось задобрить нас, раздавая бесплатную кока-колу и кофе. Я пил горячий кофе, проливая его на брюки, и волновался перед встречей с филадельфийским оракулом, которая откладывалась на неопределенное время.

Наконец, мы взлетели. Оторванный от земли и земных забот, я все реже вспоминал о пятнадцати тысячах и двойнике. Мне пришло в голову, что хорошо бы задать оракулу более важные вопросы. В чем смысл жизни, в частности, моей? Будет ли конец света и мировая война? Существует ли вечная любовь? Внизу проплывали какие-то серовато-бурые леса и горные складки, убеленные рваной облачной ватой. Сердце щемило от воздушного одиночества и простора. В голове крутились обрывки песни: «Как тревожен этот путь! Не уснуть мне, не уснуть. Деревеньки, купола...» Но я все-таки уснул и мне приснился оракул в цветной распашонке, сидящий на облаке. Он читал, водя грязным пальцем по строчкам толстую книгу жизни в кожаном переплете, похожую на «Жизнь животных» Брэма. (Была у меня в детстве такая книжка.) Рядом с ним пристроился мой двойник-портной. Поджав под себя ноги он шил себе новый пиджак на те пятнадцать тысяч, которые не выплатил в налогах. Обкусывал нитки и сплевывал вниз. Глядя на него, я почему-то расстроился.

Клиника контактера с высшим разумом помещалась в полуподвале жилого дома, окруженного кустами бузины. Меня приняли не сразу. Близорукая пышная секретарша, крашеная хной, предложила мне почитать журналы в приемной. Но я не мог сосредоточиться на прошлогодних пожелтевших номерах «Мира» и «Вестника». Я волновался, как перед экзаменом. Вдруг филадельфийский оракул скажет мне, что я сам виноват во всех неудачах, потому что я - бестолковый и бесхарактерный? Моя бывшая жена так всегда говорила... Вдруг меня сглазила теща или двоюродная тетка по отцу? Они обе - просто вылитые ведьмы. Вдруг... Но тут открылась дверь и равнодушная секретарша, усиленно потея французским одеколоном, пригласила меня к оракулу. Против ожидания обстановка в комнате была самая обыкновенная. Потертые плюшевые диванчики. Письменный стол. Покосившийся торшер. Две незапоминающиеся картины маслом - зеленовато-голубые пейзажи со снежными вершинами и соснами.

Абрам Соломонович Файбышенко в той же цветной распашонке, что на фотографии в газете, сидел за столом. Он посмотрел на меня водянистыми голубыми глазами и заговорил неожиданно визгливым, но проникновенным голосом. Расспросив о моих проблемах, он примостился рядом со мной на диванчике. «Мы начнем с шаманического путешествия в высшие духовные сферы. Я чувствую, что части вашей души откалывались на протяжении жизни и возвращались к вечному источнику духа. Наша задача вернуть их и соединить в гармоничное целое. Я буду вашим проводником-шаманом. Мой дух отделится от тела и вознесется в космос, а вы будете держаться за мою руку. Я буду контактировать с высшим разумом. Постараюсь уловить недостающие фрагменты души. Не пытайтесь вырвать руку или разбудить меня. Это может оказаться опасным».

Оракул ловко поджал тощие ноги, улегся на коротенький диванчик и цепко схватил меня за руку. Другой рукой он нажал клавишу магнитофона, и комнату наполнил тревожный бой барабанов и заунывные звуки флейт. Файбышенко закрыл глаза, расправил бороду и замер. Он пролежал так довольно долго и даже начал посапывать. Моя рука затекла, и я тихонько потянул ее к себе. Абрам Соломонович глубоко задышал. Потом он начал выгибаться и мелко дрожать. Свободная рука его задвигалась, как будто он собирал что-то. Потом он бросил это что-то в мою сторону и открыл глаза. «Я видел осколки вашей души и уловил их! - торжественно объявил Файбышенко. - Теперь ваша задача удержать их, не дать вашей душе распасться опять и улететь в пространство. Я видел моменты переломов вашей судьбы и тотемических животных, связанных с ними. Когда вам было три года, из тьмы вышел тигр. Вы болели в детском возрасте?» «Нет, не помню. Я вообще довольно здоровый. Только вот бородавка за правым ухом... А тигра я увидел в зоопарке, когда мне было десять лет». «Это могла быть рысь, - настаивал оракул. - Вы видели в детстве рысь? Нет... А кошка у вас была? У соседа была кошка? Вот видите! В двадцать пять произошел другой перелом. Я видел орла. Появлялся орел в вашей жизни?»

Я задумался. «По-моему - не было». «Но перелом-то был? Может быть не в двадцать пять, а в тридцать, или в двадцать два. Вам сколько было, когда вы женились?» «Двадцать восемь». «Чувствуете, какое точное совпадение дат? Орел может означать антиорла, символизировать потерю свободы. Теперь я припоминаю, что орел улетал в небо. Последний перелом произошел совсем недавно. Несколько месяцев назад. Я видел медведя в берлоге. Снег, сосны». Оракул покосился на картину. Я молчал, пораженный. Действительно, все происшедшее полгода назад было связано для меня со снежной бурей. Но при чем тут медведь? «Медведь, - пояснил оракул, - это дремлющие силы. Вы очнетесь от спячки и подниметесь в полный рост. Покажете всему миру, на что способны. Ну, задавайте вопросы! Не больше трех. Меня уже ждут другие клиенты». Я робко задал вопросы, придуманные в самолете. Файбышенко досадливо поморщился. «Что вы в самом деле, молодой человек - война-шмойна. Конец света какой-то придумали. Что будет, то будет. Все мы под Богом ходим! На что вам сдалась вечная любовь? Вы что, вечно жить собираетесь? Задавайте конкретные вопросы, чтобы вас касались». В голове у меня слегка гудело. Я с трудом сформулировал три конкретных вопроса: «Почему мне не везет с женщинами? Что делать с двойником? Где найти работу?»

Филадельфийский оракул сел на диване, отер потный лоб клетчатым платком, отдуваясь, как после тяжелой работы. Он посмотрел на меня проникновенно, похлопал по плечу и заговорил: «У меня двоюродный племянник живет в пригороде Чикаго. Он открыл авторемонтную мастерскую, но денег не хватает и сейчас он ищет партнера. Его дочка Раечка - замечательная девушка. Закончила университет, двадцать семь лет, не замужем. Поезжайте к моему племяннику, предложите себя к нему в дело. У вас есть сбережения? По всему видно, что вы приличный человек. Женитесь на Раечке и поменяйте свою стандартную фамилию Резник на уникальную фамилию жены Блюменкранцман. Все ваши проблемы будут решены одним ударом. За сеанс заплатите секретарше наличными. Счастливого пути!»

Я так и поступил и навеки благодарен Рафаэлю за то, что он посоветовал обратиться к филадельфийскому оракулу. Впрочем, бородавка за правым ухом у меня сохранилась и по сей день.

178

Теремок на Элм стрит

Американские дневники
(пьеса в двух действиях)

«Кто-кто в теремочке живет?»
С. Маршак

Действующие лица:

Г е н а - таксист, в прошлой жизни - чемпион Белоруссии по вольной борьбе, 32 года.

М а р и н а - в прошлом преподаватель французского языка, а ныне - кассирша в банке, под 40.

Д ж е й н - в прошлом Женечка, дочка Марины, 14 лет.

П р и н ц Ч а р л ь з - серый лохматый кот неизвестной породы с завидным аппетитом и темным прошлым, трех лет отроду.

С о ф а - первая жена Гены, длинная и рыжая (родилась маникюршей), 29лет.

Э д и к - их сын, 5 лет.

Е ф и м - первый муж Марины, в прошлом - программист, длинный, тощий и нервный, 40 лет.

В и т а л и й - второй муж Марины, в прошлом и настоящем - аферист и алкоголик, но выглядит хорошо и одет со вкусом, 35 лет.

Б а с я Г р и г о р ь е в н а - мама Марины, в прошлом заведующая столовой, за 60.

О т е ц М а р и н ы - безымянный и бессловесный пенсионер.

Д я д я Л е в а и з К и ш и н е в а - крохотный бодрый старичок, далеко за 70.

Действие первое

Место действия - северный пригород Чикаго, штат Иллинойс. Табличка с названием улицы «Элм стрит». Деревянный домик, похожий на курятник. Большая темноватая комната в полуподвале. Вход в нее прямо с улицы, две бетонные ступеньки вниз. Комната эта - одновременно кухня, столовая и гостиная. Справа от входа - плита, холодильник, мойка с краном, отгороженные узким прилавком. Овальный обеденный стол на рахитичных ножках. В противоположном углу телевизор, продавленный зеленый бархатный диван. В углу - не распакованные чемоданы, всюду стоят картонные коробки с разной домашней утварью. Видно, что хозяева недавно переехали.

Сцена 1

Январь. У Джейн зимние каникулы. Она валяется на грязном лысоватом ковре перед телевизором и грызет «попкорн», который щедро рассыпан кругом. Рядом прогуливается кот Принц Чарльз. Он неодобрительно нюхает «попкорн» и, поддавая лапой, раскатывает белые шарики по ковру. Джейн одета в бесформенные желтые «семейные трусы» с цветочками, называемые в Америке «боксер шорт». В свои 14 лет она тощая, как спичка, ростом с восьмилетнего ребенка.

Из ванной доносится фырканье, трубное сморкание и плеск воды. Гена только что вернулся после ночной смены и принимает душ. Звонит телефон. Звонит долго, тоскливо, никто не снимает трубку.

М а р и н а (*кричит из спальни*). Женька! возьми трубку, я занята!

Д ж е й н (*не поднимая головы*). Я тоже занята!

М а р и н а (*жалобно*). Я ногти крашу, ну подойди, что тебе стоит...

Д ж е й н (*не меняя позы, подползает к телефону и снимает трубку. Молча слушает, потом переворачивается на спину и орет на всю квартиру так, что кот с перепугу шарахается под диван*). Генкина жена звонит! Ты подойдешь, или послать ее на фиг?

М а р и н а и Г е н а одновременно выглядывают из коридора.

М а р и н а. Что этой крысе нужно?

Г е н а (*выходит в цветных трусах, вытирая голову махровым полотенцем*). Чего орешь, как верблюд? Я иду...

Некоторое время он тихо говорит по телефону, прикрыв трубку полотенцем. М а р и н а напряженно прислушивается, но ничего не может уловить. Наконец, Г е н а вытер голову и вылез из под полотенца.

Г е н а (*в трубку*). Да, да, приеду. Не зуди, я же пообещал. А что твой хахаль, он хворый это сделать? Раньше надо было думать, какая у него ментулити, у этого джерка! Черт! Похолдай, у меня вторая линия. Да! Кого? Марина, твой муж звонит.

М а р и н а. Первый или второй?

Г е н а. А я откуда знаю?

М а р и н а. Из Нью-Йорка или из Хайфы? Если это Ефим из Хайфы, я подойду, а если Виталик, пошли его подальше. Не хочу с этой гнидой разговаривать.

Г е н а. Это Ефим. Я сейчас отключусь от второй линии. Софа, Софа! Нам звонят из Хайфы, я переключаюсь.

М а р и н а (*подбегает к телефону в одних чулках и стеганом розовом халатике с кружевами. Одна рука с накрашенными ногтями на отлете. Второй она хватает трубку.*) Фима! Фима! Алло! Мне тебя плохо слышно! Ты из Хайфы, из Израиля звонишь? Как тетя Мара? Как Инна и дети? Что? Я не слышу! Говори громче. Почему ушла, к кому? Она что, сдурела? Какая любовь в нашем возрасте... А дети? Обоих забрала? Что ты делаешь в Бостоне?

Длинная пауза. Г е н а с интересом прислушивается, перестав, наконец, тереть голову. Его длинные волосы торчат во все стороны, как у дикобраза.

М а р и н а. Да, я понимаю... конечно... На две недели? Я поговорю с Геной (*прикрывает трубку рукой*). Его Инка бросила, ушла к израильскому полковнику и детей с собой забрала. Он сейчас в Бостоне, у сестры, но там нет работы. Хочет попробовать в Чикаго. Спрашивает, можно ли у нас пожить пару недель, пока не устроится. А, Ген?

Г е н а (*задумчиво чешет волосатый живот, рассматривая цыплят, нарисованных на трусах*). К полковнику?..

М а р и н а. Ну, к подполковнику, черт его знает... какая разница? Влюбилась, дура. Фима просит у нас пожить, ты не против? Мы его положим в большой комнате на диване.

Г е н а. На диване? Так он без работы теперь... Из него все пружины торчат и спинка отвалилась. Подумаешь - полковник! Я тоже был лейтенантом. И обшивка вся облезла, мочало лезет.

М а р и н а. Что мне для него новый диван покупать? (*В трубку.*) На машину у тебя есть? Без машины в Чикаго никак... Ну хотя бы подержанную.

Г е н а. Полковники - все гады. У нас в армии, когда я служил в Саранске, полковник был редкая сволочь. Каждый раз, когда...

М а р и н а (*истерически орет*). Отвяжись со своим полковником! Я не тебе, Фима. Я понимаю, что он не твой. Будешь спать на диване. Что-нибудь придумаем с машиной, у меня знакомый дилер.

Г е н а. И кошка на этот диван все время гадит. Он весь провонял.

Д ж е й н (*пронзительно и возмущенно кричит, перекрывая телевизор*). Ничего он не гадит на диван. Принц в песок ходит, а вы ему жмотничаете литер купить. Думаете - если кот, так за него вступиться некому? Мам, Генка его вчера ботинком пнул и сожрал рыбные консервы, которые я для кота купила! Если вы так будете обращаться с Чарльзом, я позвоню в полицию и общество защиты животных!

Г е н а (*бубнит*). Консервы все одинаковые, что для кошек, что для людей. Та же тухлая рыба... Никто его не пинал. Он мне сам под

181

ноги подвернулся. Я чуть шею не свернул из-за этого мерзавца хвостатого.

М а р и н а (*отмахиваясь от них*). Я слышу, слышу, записываю. Гена, дай ручку! Эта не пишет, дай другую. Рейс номер.., завтра вечером. Я скажу Гене, чтоб тебя встретил. Я ему тебя опишу. Как Гена выглядит? Обыкновенно. Никак не выглядит... (*Критически осматривает Гену, который продолжает бубнить что-то себе под нос.*) Среднего роста, волосы - темные, нет пепельные! Лицо... Обыкновенное лицо, никакое! Без особых примет, как все. Он водит такси. Как-нибудь узнаете друг друга... У него в петлице будет алая гвоздика. Шучу. Пока.

Д ж е й н. Что, мой папа приедет?

М а р и н а. Слава Богу, нет. Только этого мерзавца здесь не хватало! Это - Фима, из Хайфы, мой первый муж, с которым я еще в школе училась,.. и с Инной, его второй женой. Я тебе рассказывала. Мне тогда было восемнадцать лет, сразу после десятого класса. На выпускном вечере мы танцевали вальс, а потом...

Голос М а р и н ы приобретает ностальгический нежный оттенок, но Д ж е й н не слушает ее. Она выгребает кота из-под дивана, забирает миску с «попкорном». Пританцовывая, напевая, она уходит с трофеями в свою комнату. Г е н а причесывается, собирает редеющие длинные волосы в хвостик на затылке, натягивает линялые джинсы. Чертыхаясь, ищет по всей квартире рубашку.

М а р и н а. Ты куда собрался? Забыл, что у Семы сегодня день рождения в «Метрополе»?

Г е н а (*заглядывая под кресло*). Мне Софа звонила, пацана нужно забрать после каратэ. У нее машина не заводится, а хахаль - опять в загуле. Плевать я хотел на этого Сему. Думает, если дом купил, так уже большая шишка, а сам нужники моет в гостинице.

М а р и н а. Совсем не нужники, а карпеты чистит по воскресеньям, потому что дом в престижном районе купил, не то что мы в этой дыре... Он вообще-то работает инженером-электриком. Его жена меня стригла два раза. Ты не на того Сему думаешь. Это Сема-маленький, из Винницы, а тот, что туалеты моет, - длинный, лысый, из Минска. Сколько тебя Софа будет дергать? Пусть новую машину покупают, если эта не заводится.

Г е н а. У Софы новая не заводится, они купили «Тойоту-корову» на прошлой неделе, мотор еще не разработался.

М а р и н а (*обиженно надувая губы*). Новую? Откуда у людей такие деньги берутся? И не корова, а Королла, сколько раз тебе говорить. (*Все больше раздражаясь.*) Ты как откроешь рот, хоть уши затыкай!

Лучше молчи! На твои заработки не только «Тойоту», даже чулки новые не купишь. Семина жена мне звонила - сказала, что итальянская кожаная мебель на безумном сэйле. Знаешь, такие темно-зеленые диваны и лав-ситы...

Г е н а, не дослушав, уходит, хлопнув дверью.

М а р и н а (*задумчиво*). ...И где это Софа нашла себе такого хахаля?

Сцена 2

Джейн сидит на кухне и поедает вареники с картошкой из большой миски. Напротив нее сидит, пригорюнившись, ее бабушка, Бася Григорьевна, Маринина мама. Похожа на Марину, только вдвое увеличенную в ширину.

Б а с я. Ешь, деточка, ешь. Какая ты худенькая. Помнишь, как дядя Лева из Кишинева говорил: «Все, что съешь, пойдет на пользу, а во вред - только то, что ты НЕ съешь». Возьми сметанки к вареникам. Тебя что, мама не кормит?

Д ж е й н (*с полным ртом*). Не приставай... Не помню я никакого дурацкого дяди Левы.

Б а с я. Вкусные тебе вареники? Кушай, деточка, кушай на здоровье. Тебе поправиться нужно, худая, как скелет. (*Помолчав.*) Как у тебя в школе? Оценки хорошие? У тебя есть подружки?

Д ж е й н. На кой мне подружки? У меня есть кот. Чарли! Чарли!

Кот вскакивает на стол, и Д ж е й н кормит его варениками из своей тарелки.

Б а с я (*робко*). Ты бы ему в мисочку положила...

Д ж е й н. Не приставай...

С дивана поднимается Ф и м а. Он заспанный и растрепанный, спал в свитере и джинсах. Вся одежда в огрызках мочала и кошачьей свалявшейся шерсти.

Б а с я. Доброе утро, Фимочка! Хочешь вареничек?

Ф и м а. Спасибо, мама. Мне сейчас есть не хочется, я еще не привык к смене времени. В Хайфе сейчас ночь. Что за диван! Я весь грязный, будто на помойке валялся.

Д ж е й н. Ну и катись обратно, в свою Хайфу. Баба, не давай ему вареников!

Б а с я. Как тебе не стыдно!

Ф и м а (*одновременно*). Мои дети лучше воспитаны...

Д ж е й н (*перебивает*). Это потому, что их воспитывает полковник!

Не слушая возмущенные восклицания, Д ж е й н сгребает со стола кота, вареники и уходит в свою комнату. Ф и м а отряхивается, брызгает себе в лицо водой из крана и садится есть вареники. Б а с я смотрит на него, пригорюнившись.

Б а с я. Если бы Мариночка меня тогда послушалась, вы бы и сейчас жили вместе, а так... Виталик, алкоголик этот, бандит, Женечкин папа, бросил ее в Америке на произвол судьбы. За что нам такая горькая доля? Связалась теперь с таксистом. Правда, они дом купили, но что за профессия - таксист? Вот если бы она нашла программиста или зубного врача...

Ф и м а. Да вы же сами не хотели, чтоб Маринка за меня выходила замуж, скандалы устраивали.

Б а с я (оживляется, ухватившись за любимую тему). Так кто же женится после школы? Сначала встаньте на ноги, институт закончите. Мужчина должен быть самостоятельный, а не сидеть на шее у тещи...

Ф и м а (хватаясь за голову). Пятнадцать лет я этого не слышал! Мамаша, опомнитесь! Мы уже давно развелись!

Б а с я (ничуть не смущаясь). Вот я и говорю - жили-жили, семья все-таки, и вдруг разводиться! Где это видано, не прошло и года со свадьбы! Сколько мне эта свадьба стоила! Красная икра, черная икра! Холодные закуски, горячие закуски! Домашние штрудели! Дядя Лева из Кишинева специально приезжал поздравить, и здрасьте-пожалуйста - развод. Позор на весь город. Ну чего вам не хватало, жили, как у Христа за пазухой?

Ф и м а (стонет). О-о! Стоило приезжать из Хайфы, что бы все это опять выслушивать...

Вихрем врывается Марина. Она в кожаной куртке, обтягивающих черных рейтузах и высоких замшевых сапогах. Швыряет сумку на диван.

М а р и н а. Генка не приходил? Со вчера его нету, и на работе не появлялся. (Кричит в глубь квартиры.) Джейн, как позвонить в полицию и в морг? У нас записан где-нибудь телефон его бывшей крысы, Софы?

Б а с я. Мариночка, скушай вареничек. Еще тепленький.

М а р и н а. Не приставай! Человек пропал, а ты с варениками! Как фамилия ее хахаля? Фима, позвони этой крысе Софе, мне неудобно.

Скрывается в глубине квартиры, возвращается с радиотелефоном.
Я наберу тебе номер.

Ф и м а (неохотно берет трубку). Добрый день! (Пауза.) Софу можно?

Длинная пауза. Ф и м а с задумчивым лицом осторожно кладет трубку.

В с е в м е с т е (обращаясь к Фиме). Ну что?

184

Ф и м а (*отрешенно*). Он меня послал.

Дверь распахивается. На пороге появляется Г е н а, за его спиной маячит высокая рыжая женщина, в такой же куртке, как у Марины. Под ногами крутится мальчонка лет пяти, их сын Э д и к, который периодически делает левой ногой каратистский выпад. Остальное время он задумчиво ковыряет в носу. М а р и н а кидается к Г е н е.

М а р и н а (*истерично кричит*). Где ты был? Мы уже хотели звонить в полицию и в морг! Я бегала к тебе на работу. Почему ты не ночевал дома?

Г е н а (*смущенно*). Понимаешь, какое дело... Софа крэшд новую машину в эксиденте, тотал... И хахаль комплители выгнал ее из дома, не пускает бэк, так что ей с малым негде теперь...

М а р и н а (*перебивает в запале*). Плевала я на твою крысу Софу, почему ты дома не...

Г е н а (*подталкивая рыжую вперед*). Познакомьтесь, это Софа! Она мне вчера поздно вечером позвонила на работу прямо из госпиталя. У нее сотрясение было. Я их забрал переночевать в мотеле... Они пока поживут у нас.

Неловкое молчание. Все смотрят друг на друга, не зная что сказать. Длинная пауза.

Б а с я. Попробуйте варенички, еще теплые, с картошкой.

Занавес.

Сцена 3

Воскресное утро. Все завтракают за овальным столом – Г е н а, С о ф а, Софа-Генин сын Э д и к, Ф и м а, Д ж е й н и кот П р и н ц Ч а р л ь з. М а р и н а с каменным лицом моет посуду.

С о ф а (*Фиме, кокетливо*). Ты, Фима, весь мир видал! Я б хотела съездить посмотреть в Израиль! Только арабов там до фига, страшно. Все взрывают что-то. Нужно быть не знаю каким крэзи, чтоб там жить. Я бы все время тряслась со страху, что навернусь на бомбе, а тебе что, все по фигу? Ты не боялся в Израиле?

Ф и м а (*польщенно*). Вероятность взорваться на бомбе террориста в Израиле не больше, чем вероятность в Чикаго попасть под шальную пулю каких-нибудь гангстеров.

Г е н а. Вот у нас в армии был сержант, когда я служил в Ижевске, так он все время по голубям стрелял. Такой псих...

С о ф а (*перебивает*). На фига нам твой сержант? Фима, а чего ты делал в Хайфе, кем работал?

185

Ф и м а. Ничего интеллектуального мне не удалось подыскать. Ввиду наплыва русских эмигрантов в Израиле ужасная безработица. Я подрабатывал грузчиком в овощном магазине.

С о ф а с сомнением смотрит на его узкие плечи и разочарованно отворачивается к окну. **Э д и к** делает каратистский выпад ногой в стену. **М а р и н а** тяжело вздыхает и выразительно смотрит на **Г е н у**, тот пожимает плечами, мол, «ничего страшного, подумаешь!»

Ф и м а (*ничего не замечая, продолжает*). На нашей далекой и неприветливой родине, в России, я занимался системным программированием и надеюсь в Чикаго найти работу по специальности.

С о ф а (*опять оживляясь*). Я знаю, программисты до фига зарабатывают. У нас в салоне одна девка, такая жлобиха, выучилась на трехмесячных курсах, написала в резюме, что работала в Москве программистом десять лет, и теперь устроилась на тридцать тысяч. Может, мне тоже выучиться на компьютере? Надоела эта фигня, с ногтями возиться. Придет в салон такая козлиха, у самой голова, как свалявшаяся шерсть на собаке, неделю не мылась, и ей тоже маникюр делай. А ногти у нее, во - полметра. Наверное, в жизни посуду не мыла.

М а р и н а гремит тарелками и еще сильнее поджимает губы. Дверь с улицы распахивается. В комнату вваливается мамаша Марины, **Б а с я Г р и г о р ь е в н а** в слезах и каракулевой шубе. В каждой руке у нее по пузатому чемодану. За ней маячит отец Марины, обтрепанный старик, с черными мешками под глазами и обвисшими небритыми щеками. Он тащит брезентовый баул невероятных размеров, связку кастрюль, электросамовар, вазон с алоэ, подушку с оборочками, осенний пейзаж в золоченой раме и еще разные мелкие предметы. Перед собой он толкает лакированный сервировочный столик. От неожиданности **М а р и н а** роняет тарелку, и та со звоном разбивается о плитки пола.

Б а с я (*сквозь слезы*). Дети, мы пришли к вам жить!

М а р и н а. Мама, что случилось? Пожар? Наводнение? У вас же прекрасная почти бесплатная трехкомнатная квартира по восьмой программе!

Б а с я (*обрушиваясь на диван*). Ой, дайте мне отдышаться! Какой скандал! Ты помнишь эту Терезу, вся в золоте, из менеджмента, которая брала в лапу и всунула нас без очереди? Так она засыпалась, провалиться ей сквозь землю! Кто-то настучал, и теперь она под судом, чтоб ей пусто было! И всех, кого она вселила, выгнали из дома, как незаконно проживающих! Пропали наши деньги. Кому пожаловаться? Куда идти, где приклонить голову?.. (*Опять начинает рыдать, раскачиваясь на диване.*)

М а р и н а. Мама, тебе нельзя волноваться, у тебя давление. Поживете пока у нас, потом получите другую квартиру, ничего страшного.

Б а с я (*сморкаясь*). Ты что, не знаешь, что на восьмую программу очередь на пять лет? Если б не эта пройдоха-Тереза, чтоб она сгорела, раньше чем я ее узнала, мы бы фигу получили. Три тысячи ей дали... (*Вспомнив о деньгах, опять сотрясается в рыданиях.*)

М а р и н а (*Гене, раздраженно*). Скажи что-нибудь. Что ты молчишь, как пень?

Г е н а. У нас в армии, в Сарапуле, у одного лейтенанта сгорел в деревне дом.

М а р и н а. Лучше замолчи, пока я тебя не убила. Мама, не нервничай, будете ночевать в Женечкиной комнате.

Д ж е й н. Еще чего! Мне и так с котом мало места. Честное слово, убегу из дома!

Э д и к вылезает из-под стола и делает каратистский выпад ногой прямо в кота. Кот с визгом убегает. Д ж е й н швыряет в Э д и к а электросамоваром, но попадает в С о ф у. Начинаются всеобщие крики и свалка. Из общего гвалта доносятся отдельные выкрики «Рыжая крыса!» «...обратно в Хайфу!», «Мать вашу... он царапается!» «Чтоб им гореть всем!» «Мяу!» «Он в окно хочет удрать, ловите Принца!» Звон разбитого стекла.

Занавес (но и за занавесом продолжаются возня и возгласы).

Сцена 4.

Та же комната. Разбитое окно заклеено бумажной полосой. На стене висит пейзаж в золоченой раме. Под ним на лакированном сервировочном столике - электросамовар и вазон с алоэ. В комнате прибавилось не распакованных чемоданов и ящиков. С о ф а вытянула ноги поперек комнаты во всю длину, сидя на продавленном диване, и пытается застегнуть высокий замшевый сапог. Но замок сломан и застегиваться не желает. Рядом Ф и м а просматривает гигантскую пачку газет в поисках объявлений о приеме на работу. Периодически отчеркивает что-то в газете толстым фломастером, искоса поглядывая на Софину длинную ногу.

Ф и м а (*просматривая объявления, бормочет*). ... набор на курсы программирования на очень популярных системах... устройство на работу гарантировано... Знаем мы их! Все - жулики. «Что вам мешает осуществить свою мечту купить дом или бизнес?»

Действительно, что нам мешает?!· «Будущее непредсказуемо, но его может спланировать Захар Нисинзон...» Дайте мне Захара! Я хочу спланировать свое будущее!.. А вот, интересно, гороскоп. Хотите предсказание на этот месяц? Софочка, вы кто? Козерог? Водолей? Дева?

С о ф а (*фыркает*). Дева! Ну, ты скажешь! Мне что, двенадцать лет?

Ф и м а. Я спрашиваю в смысле звездного знака. Когда ваш день рождения?

С о ф а. На фига тебе? Ты чего, подарок мне решил сделать? Ну, в ноябре.

Ф и м а. Значит, вы - Скорпион. Вот послушайте: «Первые тенденции к эмоциональному перелому наметятся после пятого числа сего месяца. После пережитых в начале месяца катаклизмов Вы освободитесь от многих связей и лишних контактов и можете ожидать интенсивного обновления партнеров и коллег». Разрешите вам помочь с замком. Я, знаете ли, специалист высокого класса по молниям.

С о ф а (*протягивает ногу и кладет ее Фиме на колено*). Катаклизма - это чего?

Ф и м а. Это - драматическое происшествие вроде автомобильной аварии.

С о ф а (*задумчиво*). У меня и вправду авария была. Ты смотри, как они все знают в газете! Чего там дальше? Обновление партнеров? Так и написано? И чего это я скорпион? Гадость какая...

Ф и м а (*трудясь над замком*). Скорпион - это созвездие! Судьба человека, знаете ли, решается на небесах... (*Пыхтит.*) Ну и замок!

С о ф а. До чего фиговые сапоги! Два года назад купила, и уже зиппер ни к черту, заедает. (*Хихикает.*) Хорошо еще, что не на штанах. Представляешь, у меня на джинсах один раз зиппер заело, так я так в расстегнутых весь день и ходила.

Ф и м а (*справляется наконец с замком, застегивает сапог, выпрямляется, красный, с трудом переводя дыхание*). У вас такая совершенная форма ног, Софочка, прямо как на греческой скульптуре.

Входит М а р и н а. Замирает у входа, критически осматривая парочку на диване. С о ф а медленно снимает ногу с Фиминого колена. Ф и м а закрывается газетой.

С о ф а. Ну, я пошла. Спасибо за сапоги. Чао! (*Уходит, виляя тощим задом.*)

М а р и н а снимает и вешает куртку. Продолжает пристально иронически рассматривать **Ф и м у,** пока он не откладывает газету и не краснеет еще больше.

Ф и м а. Ну, чего ты на меня так смотришь? Помог человеку сапог застегнуть. Что тут особенного? У нас чисто духовные отношения.

М а р и н а. Она - не человек, она - рыжая крашеная крыса! Что ты в ней нашел? Одни кости, глупа, как сапог!

Ф и м а. Как женщина - она меня совершенно не волнует, но у нее оригинальная наивная натура. (*Вздохнув печально.*) Ты же знаешь, меня без грин-карты никуда на работу не берут. Если бы я нашел кого-нибудь расписаться, фиктивно, конечно! Чтобы была гражданка Штатов...

М а р и н а. Тебе мало двух жен, еще надо?

Ф и м а (*вдохновенно*). Мне много, мне не надо двух, мне нужна одна... Ты же знаешь, я всегда любил только тебя. Еще с пятого класса, помнишь, когда ты опрокинула на меня бутылку чернил? Я всегда только с тобой... Ты сама от меня ушла к Виталику. Я так морально страдал!

М а р и н а. Так я же тебя с Инкой на тахте застукала, с моей лучшей подругой! Я что, дурная по-твоему?

Ф и м а. Это было недоразумение, совсем не то, что ты подумала, чисто духовные отношения... Я ей показывал приемы биомассажа.

М а р и н а. И от биомассажа у вас родились двое детей?

Ф и м а (*примирительно*). Забудем прошлое! Начнем все сначала! Я сделал много ошибок в жизни. Ты тоже... (*Опасливо косится на Марину.*) Нет, это только моя вина! Но я изменился. Давай поженимся опять! Гена - тебе не пара. Ты - тонкая, образованная, интеллектуальная, духовная, красивая, а он... - таксист.

М а р и н а. Ты что, серьезно?

Ф и м а (*еще более вдохновенно*). Я приехал из Хайфы, только чтоб тебя увидеть. Я буду работать, как вол. Купим тебе новую машину, дом обставим, поедем в круиз на Багамы.

М а р и н а (*неуверенно*). А как же Гена? Мы, конечно, не расписаны, но дом пополам купили. Он меня так любит! Гена тебя убьет, он был чемпионом по вольной борьбе.

Ф и м а. Ты ему пока не говори...

Появляется **Б а с я Г р и г о р ь е в н а,** зевая, в ночной рубашке под лиловым купальным халатом и в бигуди. Халат выпшт красными шелковыми розами. **М а р и н а** кидается к ней.

Б а с я. Этот Эдик - холера, а не ребенок. Все стенки излягал, смотри, новая трещина.

189

М а р и н а. Мама, он сделал мне предложение!

Б а с я. Раскачался наш Гена. Ну слава Богу... Мне уже даже дядя Лева писал, как это вы так живете не расписанные, как не знаю что. Знакомых стыдно. Ни обручального кольца, ни...

М а р и н а. Мама, мне Фима сделал предложение обратно пожениться!

Б а с я (*на секунду задумывается*). Программисты тоже неплохо... Ты что, не видишь, что Гену твоего Софа окручивает, так на нем и виснет. Плюнь на него. Подумаешь, такси он водит. До сих пор приличного дивана купить не можете. Сын его все стены испоганил. Гони Геннадия в шею. У тебя есть гордость или шиш?

М а р и н а. Что же будет с домом? Он дал половину в даунпэймент.

Б а с я. Сколько там его половина, какая-то четверть? Чтоб он горел. Так я отдам ему из тех денег, что мы получили, когда продали квартиру в Минске, и пусть катится. Дом останется нам и будешь жить вместе, как раньше, с мамочкой! (*Целует Марину.*)

Ф и м а (*хватается за голову и стонет*). Как раньше!!!

Действие второе.
Сцена 1.

Апрель. Та же комната. Стены все в трещинах и в следах маленьких ног. В комнате прибавилось ящиков и чемоданов. За разбитым окном - первые листья на ветках, голубое небо. **М а р и н а** и **Б а с я Г р и г о р ь е в н а** сидят за столом и составляют список покупок к свадьбе. **Ф и м а** на диване, полускрытый за горами багажа, просматривает газеты с объявлениями о приеме на работу.

Б а с я. На мясное - свиные отбивные, курица в тесте и фаршированный хек. Конфеты и торт возьмем в русском магазине. Теперь - закуски. Рыбу копченую - тоже в русском, а колбасу - у греков, там дешевле. Водки бутылок десять-пятнадцать нужно. Виски брать?

М а р и н а. Мама, ну кто пьет виски? Возьмем водки в «ручниках», на два галлона. Пусть зальются. Воды газированной, коки... И шампанского надо.

Ф и м а (*бормочет*). Продается бизнес - нанесение фотоизображений на майки, посуду... Стоматологическому офису доктора Штейншлейгера требуются дентал ассисты...

Раздается грохот, дрожат стены. Дом сотрясается, с потолка сыплется штукатурка. Вбегает **С о ф а** в очень открытом коротком платье и длинном «золотом» плаще, за ней **Г е н а**. Оба приятно оживлены.

С о ф а. Ой, извиняюсь! Это я машиной случайно в угол дома въехала, когда задом подъезжала. Но Генка замажет, не фиг делать. Дырка совсем небольшая. Мы сейчас таун-хауз посмотрели в Буффало, как раз то, что нам нужно. И Эдику близко в школу пешком, даже на автобусе не надо. Бэйсмент офигенный. Ремонт, правда, нужен, но Генка подремонтирует. Скажи, Ген?

Г е н а. А чего? За день все перекрашу, изи. Со мной в армии мужик был, так только этим и зарабатывал. День красит, а потом неделю гуляет. Обои поклеим. Клозинг будет через месяц. Хорошо, что Софке заплатили компенсэйшн за травму черепа после аварии, так с моей половиной за даунпэймент мы еще гараж на два кара пристроим, теплый.

Ф и м а (*с интересом выглядывая из-за газеты, наивно*). У Софы была травма черепа? Я и не знал. Она прекрасно выглядит.

Г е н а. Ну что ты как маленький?! Ничего у нее не было. Дали врачу в лапу и лоеру, а потом поделили с ними, что страховка заплатила. Они за бабки напишут, что ей голову оторвали, лишь бы платили. Слушайте, мы с Софой решили зарегистрироваться по новой, чтоб уж прочно... Так может обе свадьбы справим вместе, дешевле будет? Бай ван, гет ван фри, так сказать. Столы во дворе поставим, уже тепло будет. Мы свою долю внесем.

С о ф а. У нас же почти все общие знакомые, на фига всех этих козлов два раза звать? Ну, и мои девки из салона. Я могу икру по-дешевке достать, прямо из Нью-Йорка, и киевские торты.

Б а с я (*одобрительно кивая*). Расходов меньше, а людей можно позвать больше. Весь мой бывший дом на свадьбу набивается. Родичи из Нью-Йорка и Бостона... И дядя Лева из Кишинева в Штаты собирается. На всю Америку свадьбу закатим. Я штрудели спеку.

М а р и н а. Нужно обоих Сём позвать с женами, мы к ним на новоселье ходили.

Г е н а. Не забудь того гая, что запчасти к машине доставал. Моего босса тоже придется поить, эту гниду. Брокера, что нам моргидж сделал, Игорь его, что ли... Без него мы бы фигу хаус купили... врача Софиного... (*Расхаживает, в задумчивости, припоминая, кого еще необходимо позвать. Натыкается на чемодан и чуть не падает.*) Какого хрена куча посреди комнаты навалена? Повернуться негде!

Б а с я (*примирительно*). Это Фимочкины вещи прибыли из Хайфы. Они тут совсем никому не меша...

191

Пока она говорит, кот Ч а р л ь з прыгает на гору чемоданов, секунду балансирует наверху... и вся гора с грохотом обрушивается, погребая под собой Ф и м у. Из-под чемоданов раздается задушенный крик Ф и м ы и отчаянное мяуканье.

Занавес

Сцена 2.

Длинный свадебный стол во дворе перед домом. Во главе стола, за двумя огромными розовыми кремовыми тортами с целующимися пластмассовыми голубками, сидят рядышком М а р и н а и Ф и м а, С о ф а и Г е н а. Рядом с ними Д ж е й н с котом и Э д и к. Дальше расположились родители, гости, «тот Сёма» и «не тот Сёма» со своими женами, таксисты, парикмахеры, программисты, инженеры, а также люди неопределенных специальностей. Все уже изрядно подвыпили. Поднимается с бокалом Б а с я. Она похожа на лошадь в парадной сбруе. Ее кофточка переливается блестками, а на голове - шляпа с пером.

Б а с я (*торжественно и прочувствованно*). Дорогие дети! Ты, Геночка, для меня тоже как сын, столько жили вместе... Дорогие дети, чтобы вы нам всем были счастливы и здоровы. В этот светлый день, в этот радостный день... (*Вытирает слезы.*) Чтоб вам было как вы себе сами хотите! Чтоб ваши дети имели богатых родителей, а болячки - нашим врагам! Мазлтов и горько!

Все нестройно кричат «горько!», молодые поднимаются, чтоб поцеловаться. Д ж е й н целует кота. В это время среди гостей происходит некоторое замешательство, и к новобрачным вдоль стола ощупью пробирается молодой человек на костылях, в темных очках. Он стучит по столу и кричит громче всех «горько, горько!» Постепенно все замолкают, и молодой человек кричит в полном одиночестве.

Г е н а. Это еще что за чучело?

М а р и н а (*бледнеет, цепляясь одновременно за Фиму и за Гену. Шепотом.*) Помогите! Это - Виталий, мой второй муж!

В и т а л и й (*хватая Марину за руку*). Горько! Горько мне... Что ж это такое, голуба? У вас свадьба и веселье, а меня даже не пригласили. Нехорошо. Почему я, отец твоей... нашей дочери, должен был узнать через каких-то совершенно посторонних людей? Нет у тебя совести, Мариночка! Я тебя так любил, а ты меня дампнула, как говорят американцы, и я покатился по наклонной плоскости... Где моя дорогая Женечка? Я хочу ее поцеловать!

Д ж е й н. На кой мне твои слюнявые поцелуи?! Ты бы лучше алименты платил! (*Хватает кота и демонстративно уходит.*)

192

В и т а л и й (*обнимает Софу и смачно целует*). Женечка, дочка, ты не хочешь поцеловать своего дорогого папу?

С о ф а (*утирается*). Пошел ты на фиг, козел вонючий!

М а р и н а (*в ужасе*). Он слепой! Виталик, что с тобой случилось? (*Плачет, вытирая глаза фатой.*)

В и т а л и й (*бесцеремонно втискивается между новобрачными и усаживается за стол, расталкивая локтями торты и блюда, опрокидывая фужеры. Залпом выпивает шампанское из Марининого бокала, и опять начинает разглагольствовать, обращаясь то к Марине, то ко всем гостям.*) Голуба, со мной случилось жуткое несчастье, за которое ты, безусловно, несешь моральную ответственность. После того, как ты меня бросила и я покатился по наклонной плоскости, я пошел работать в такси. Согласись, что большего падения невозможно себе представить! (*Выпивает еще один бокал шампанского.*)

Возмущенный ропот между гостями-таксистами. **В и т а л и й**, нахально развалившись за столом, закуривает сигарету и пускает дым в лицо **Г е н е**, тот пытается что-то сказать, но начинает заикаться от обиды.

В и т а л и й. Так я, значит, продолжаю, голуба. Пошел я водить это вонючее такси, и представь себе, на второй день ко мне в машину сел пассажир с жуткой рожей, который оказался мусульманским террористом-самоубийцей. У него в кармане лежала бомба. Он взорвал ее перед зданием израильского посольства. Террориста разорвало на куски, машина - вдребезги. В посольстве вылетели все стекла. На тротуаре ранило семерых прохожих. А я - потерял зрение и одну ногу. Даже в газетах писали. Пострадал на службе прогресса.

Возгласы среди гостей. **М а р и н а** плачет навзрыд. **В и т а л и й** курит, наслаждаясь произведенным эффектом.

Б а с я Г р и г о р ь е в н а (*всхлипывая*). Скушай кусочек тортика, Виталик, или штрудель...

В и т а л и й. Я спрашиваю вас, друзья, куда пойти человеку после такого несчастья? Кто посочувствует ему, если не жена и родная дочь. И что я вижу? То есть не вижу, поскольку я слепой, но, что я нахожу? Жена, воспользовавшись моим увечьем, выходит замуж за другого, а собственная дочка брезгует меня поцеловать.

М а р и н а (*робко*). Виталик, но ведь мы уже пять лет в разводе... я не знала...

В и т а л и й (*наставительно*). Для настоящей любви, голуба, не существует формальностей. Никакими деньгами не компенсировать моей моральной и физической потери. Даже если ты, Марина, будешь мне выплачивать алименты, что, безусловно, положено по закону, и разделишь со мной семейные сбережения, это не вернет мне душевного комфорта и утраченного здоровья, хотя и облегчит мое мизерное физическое существование.

Г е н а. Ишь чего захотел! Не жирно ли будет?

В и т а л и й. А ты чего встреваешь, голуба? Твое какое дело? Ты ей кто?

М а р и н а (*сквозь слезы*). Виталик, ну откуда у меня деньги? Все сбережения ушли на дом.

Ф и м а. Я не уверен, что по закону положено выплачивать алименты бывшему мужу, особенно если учесть, что травма и потеря трудоспособности произошли через несколько лет после развода. Я проконсультируюсь с адвокатом...

В и т а л и й (*иронически*). Посмотрите на этого жука! Он уже готов нанять адвоката, чтобы обобрать слепого калеку. Откуда только берутся такие типы? Если ты, Мариночка, потратила все деньги на дом, значит, часть этого дома по праву принадлежит мне. Я еще не решил, буду ли я жить в своей половине дома или сдам ее в рент.

Г е н а. Ну ты даешь! Анбилывыбыл! Уже целая половина дома его!

С о ф а. Ох, и не фига себе!

В и т а л и й. Ух, мы какие! Опять эта козья морда лезет не в свое дело. Что, голуба, хочешь беспомощного инвалида оставить без крова? Не выйдет! Мариночка, кто этот грубиян, который хамит мне, как неотесанный таксист?

М а р и н а. Гена, оставь его. Ты же видишь, Виталик травмирован.

Ф и м а. Неужели ты собираешься выплачивать ему алименты и поселить в нашем доме?

М а р и н а. Что же делать, раз такое несчастье? Куда он пойдет, слепой... (*Опять плачет*)

В и т а л и й (*выпивая еще несколько бокалов один за другим, приходит в хорошее настроение*). Я узнаю голос твоего бывшего мужа-тюфяка Ефима. Мариночка, он все еще программирует, голуба? Отличное занятие для умственных импотентов. (*Возмущенный ропот среди гостей-программистов.*) Запрограммируй его, чтоб он занес в дом мои чемоданы. Я пока буду жить в Женечкиной комнате.

М а р и н а. Там уже живут мои мама и папа...

В и т а л и й (*заметно опьянев*). Дорогая моя теща! Сколько лет, сколько зим! Положишь ее в кухне на раскладушке. Я пойду, прилягу с дороги...

Встает, пошатываясь, собирает костыли. Из под стола вылазит перемазанный розовым кремом **Э д и к** и делает каратистский выпад в **В и т а л и я**, а потом ударяет его головой в живот. **В и т а л и й** летит головой в торт. Вскакивает в бешенстве и начинает гоняться за **Э д и к о м** вокруг стола.

В и т а л и й (*с остервенением, пытается ударить его костылем*). Ах ты паразит малолетний! Бандит! Я тебе покажу, как на калек набрасываться! Чей это ребенок? Оботрите ему морду от крема, он мне все брюки измазал чем-то розовым. Я тебя...

В и т а л и й метко запускает в **Э д и к а** штруделем, но тот прячется за свою маму. Все кричат, перебивая друг друга:

Г е н а. Да он не хромой!

М а р и н а и Ф и м а. Он совсем не слепой!

Б а с я Г р и г о р ь е в н а. Мой штрудель!

С о ф а. Ни фига себе жулик! Навешайте ему как следует. На ребенка накинулся, гад.

Все гости набрасываются на **В и т а л и я**. Свалка. **В и т а л и я** выкидывают за сцену. **Г е н а** запускает ему вслед костылями, а **Э д и к** делает каратистский выпад и издает воинственный клич. Гости возвращаются за стол. Оба Сёмы отряхивают друг другу пиджаки. **С о ф а** поправляет фату.

Г е н а (задумчиво). У нас в армии, когда я служил в Жмеринке, тоже был один солдат, который притворялся глухим. Полковник, чтобы проверить, велел пальнуть из пушки, а того рядом поставили. Ну, тут он и оглох по-настоящему.

Б а с я Г р и г о р ь е в н а. Ешьте, гости дорогие. Веселитесь! Домашние штрудели, икра из Нью-Йорка. Выпьем за молодых! Лехаем! Музыка!

Один из Сём включает магнитофон и раздаются завлекательные звуки «Хава-нагилы». Гости и молодые начинают танцевать. Из дома выходит **Д ж е й н**. Она в огромных военных бутсах на тонких ногах и поношенной маскировочной военной куртке и кепке. За плечами у нее защитного цвета рюкзак, из которого выглядывает кот. Подходит к **М а р и н е**, танцующей с **Ф и м о й**, и дергает ее за платье. **М а р и н а** приостанавливается.

Д ж е й н. Мама, я ухожу из дома. Вы мне все надоели. Я решила поступить в армию.

М а р и н а (*не совсем соображая в чем дело*). Не сутулься. Зачем ты забрала Фимин рюкзак? Куда ты кота тащишь?

Д ж е й н. Кота я натренировала по книге «Дрессировка служебных собак». Он будет со мной служить на военной базе.

М а р и н у оттесняют от **Д ж е й н** другие танцующие пары.

Б а с я (*пролетая мимо в танце*). Женечка, скушай тортик, ты такая худенькая.

С о ф а. На фига ты кота в мешок запихала?

Г е н а. Опять ты мои ботинки сперла... (*уносятся в танце*)

Танцующие гости образуют большой круг. Один из Сём пытается втащить Д ж е й н в круг. Раздаются возгласы: «Почему ребенок не танцует? Все должны веселиться!»

Д ж е й н (*в отчаянии*). Чарли, куси их! Фас! Фас!

Кот жалобно мяукает и прячется в рюкзак с головой. Гости дружно прыгают вокруг Д ж е й н, поднимая тучи пыли. От их прыжков сотрясается сцена. Дом на заднем плане начинает дрожать. Слышится звук подъезжающей машины. На сцену выходит маленький старичок с большим чемоданом. Он лучезарно улыбается и заявляет, ни к кому не обращаясь: «Я - дядя Лева из Кишинева». Гости не слушают и втягивают старичка в круг танцующих.

Д я д я Л е в а (*обращаясь к Джейн, поскольку все остальные скачут и не обращают на него внимания*). Я приехал из Кишинева и буду теперь у вас жить. Это что, свадьба? Зачем у тебя кот в мешке? Кота в мешке - не утаишь! (*Хихикает.*)

Д ж е й н не отвечает и, прижав к себе кота, молча выбирается из круга танцующих. Дядя Л е в а ставит на землю чемодан и кричит тоненьким голосом: «Мазлтов! Мазлтов!» Он закладывает пальцы в проймы жилета и начинает осторожно подпрыгивать вместе со всеми. Дом дрожит еще сильнее, потом медленно разваливается. Грохот. Словно атомный гриб поднимается к весеннему небу туча мусора и пыли. Сцену заволакивают клубы пыли и дыма. Тоненький голос дяди Л е в ы напевает: «Хава, нагила-хава...»

Занавес.

Чикаго 1998

Очень одинокий парус

пьеса

Действующие лица:

Михаил Семенович Нирод, Мика - знаменитый ученый, критик и писатель, бывший профессор, о котором все давно забыли, преподавал в Рязанском университете, 66 лет.

Люся Нирод, Люка - его вторая жена и бывшая студентка, 40 лет.

Кока, Екатерина Михайловна Нирод - их дочка, которая называет себя Мишель, 16 лет.

Идея Лазаревна Нирод - первая жена и тоже профессор из Ленинграда (Петербурга), хорошо сохранившаяся, совершенно седая, но ухоженная, самоуверенная дама, очень далеко за 60.

Валькирия Михайловна Нирод, Валя - их дочка от первого брака, кандидат каких-то наук, меркнущая в блеске своей знаменитой матери, растрепанная и неудовлетворенная, 43 года.

Даша Нирод - дочка Валькирии, 20 лет.

Кржижановский, в просторечье **Жижа** - пожилая немыслимой породы собака Даши.

Мелани - Кокина персидская кошка цвета шоколада, избалованная и наглая.

Мышь - безымянная, беспородная, никому не принадлежащая, неопределенного возраста.

Телефон по имени Алексей.

Действие первое

Сцена 1

Чикагская невыносимая августовская жара. Всюду расставлены разнокалиберные вентиляторы, подобранные на разных помойках. Шторы задернуты, полутьма. Запущенная квартира в очень старом доме на северной окраине Чикаго, в Роджерс Парке. Спальня, где обитает Кока, всегда заперта. Столовая и гостиная соединены между собой высокими арками. Гостиная, отгороженная плюшевой зеленой шторой, превращена в кабинет профессора и его спальню. В столовой на раскладном диване, который никогда не складывается, спит Люся. Диван занимает почти половину комнаты. Фальшивый камин, в котором сложены пачки книг. Круглый стол с разностильными стульями вокруг.

На стенах картины в рамах и без рам, написанные Кокой чуть ли не в младенческом возрасте, когда ей прочили большое художественное будущее и она ходила в студию для особо одаренных детей. Кухня выходит прямо в столовую, от этого в комнатах всегда чадно.

Л ю с я (*в одной желтой рубашке на тонких бретельках выходит из кухни с телефоном, продолжая разговаривать трагическим шепотом, при этом она балансирует пепельницей, сигаретой и стаканом, пытаясь удержать их в руках*). Я сойду с ума, Алексей! Третью неделю он не выходит из дому и меня не выпускает. Пишет, пишет... Зарылся в своих бумагах, как барсук в листьях. Ну, может быть, не барсук, а хомяк. И хомяки тоже не зарываются? Но кто же зарывается? Ах, это я зарываюсь? Не дави на мою психику, Алексей! Дело совсем не в этом! Ты не хочешь меня понять. Я погибаю! Рядом с ним я чувствую себя мумией, из которой высосали все соки. Какие соки в мумии? Не знаю. (*Смотрит на стакан.*) Цитрусовые. Апельсиновый, лимонный и сок грейпфрута. Я похожа на выжатый лимон, такая же сморщенная, кислая и никому не нужная.

Длинная пауза. Л ю с я достает из буфета бутылку коньяка и щедро доливает его в стакан с соком.

Спасибо, но твои комплименты мне ни к чему. (*Пауза.*) Многое изменилось с тех пор. Я ничего от тебя не требую, мне просто не с кем поговорить. Ну и что с того, что ты его безмерно уважаешь? Я его тоже уважаю... иногда, но этого недостаточно. Нужно как-то жить. У нас дочка, а он уже три недели не выходит из своего кабинета.

Выпивает залпом стакан и наливает уже чистый коньяк.

Михаил вообразил, что у него рак. У него болит в боку и что-то твердое. С врачом посоветоваться не хочет или анализы сделать. Ты же знаешь Мику? Он выше этого! Говорит, что у нас нет денег. Жертву из себя строит. Тиранить меня - сколько угодно, но пойти к доктору ему гордость не позволяет. Лечится своими методами. У него появился новый друг - эсктрасенс и травник. Плешивый и шепелявый придурок из Львова, лет семидесяти. Злокачественный экземпляр человеческой породы. Мика, естественно, от него без ума. Где он только находит таких людей? Водой не разольешь. Еще бы! Старикан увидел в его ауре золотое свечение гениальности, ну, профессор и купился на лесть. Экстрасенс ему сказал, что нужно пить китайские травы, и он пьет это вонючее пойло по часам. В квартире - не продохнуть. Ты бы видел эти травы! Жуткая неаппетитная дрянь, вроде ведьминого зелья. По-моему, в эту смесь входят лягушачьи лапки и обожженные кости тигра. Мика заявил, что хочет спокойно умереть и больше не сдвинется с места. Мне все это надоело! Алексей, ты себе не представляешь, как я извелась с ним! Хочет умереть спокойно - пусть умирает, но он же не дает жить никому вокруг!

Кстати, о спокойствии - должна приехать его бывшая, попрощаться. Михаил ее вызвал зачем-то из Ленинграда. Представляешь, какой сумасшедший дом тогда начнется? Он тебе уже говорил? Тебе легко сказать - «не пускай их», а что я могу сделать, если Нирод заявил, что такова его последняя воля?

Раздвигается тяжелая зеленая портьера и торжественно, как на сцену, из темноты выступает профессор Н и р о д. Одной рукой он придерживает клетчатый плед, в который завернут несмотря на жару. Он замирает в арке и устремляет укоризненный взгляд на Л ю с ю. Она тут же гасит сигарету и прячет бутылку под стол.

Л ю с я (*скороговоркой в телефон*). Ну пока, Лидочка. У меня чайник закипел. (*Кладет трубку.*) Как ты себя чувствуешь, Мика? Налить тебе свежего чайку?

М и х а и л С е м е н о в и ч (*умирающим голосом*). Я бы выпил стаканчик горячего. Меня что-то познабливает, пронизывает. Жизненные силы покидают меня, я предчувствую грядущий вечный холод.

Л ю с я. Не удивительно, ты же целые дни сидишь под включенным кондиционером. Еще простудишься, схватишь воспаление легких. Нам только этого не хватало. Сейчас я поставлю чайник.

М и х а и л С е м е н о в и ч (*капризно*). Что я могу сделать, если стоит такая невыносимая жара и духота? Я задыхаюсь, потею. Сколько раз просил тебя не курить в комнатах. (*Обмахивается платком.*) Ты же только что сказала, что чайник закипел? Зачем его опять ставить?

Л ю с я. Я имела в виду, что чайник выкипел, вся вода испарилась (*Целует его в щеку.*) Фу, какой ты холодный.

М и х а и л С е м е н о в и ч. А ты - такая горячая! «О, жар ланит!» (*Тянется ее поцеловать, но тут за портьерой звенит будильник.*) Опять нужно принимать лекарство. Люка, принеси мне чай в кабинет.

Удаляется медленно за зеленый плюш. Л ю с я делает жест, как будто хочет оторвать себе голову, и направляется на кухню.

Распахивается дверь и врывается вихрем К о к а с кошкой на руках. К о-к а неровно подстрижена, выкрашенные в зеленый и голубой цвет волосы щедро облиты муссом и торчат в разные стороны, как иглы на еже. Губы выкрашены черной помадой, глаза и брови густо подведены. Она одета в короткую цветную распашонку и обтягивающие шорты. На шее - цепь на манер собачьей. Уши, губы, нос, брови проколоты и в дырках - разнообразные кольца. Чуть шепелявит.

К о к а (*кричит с возмущением*). Опять я нашла Мелани на гарбидже. Мама, неужели ты не можешь проследить за животным, чтоб он не выскакивал из апартмента?

Л ю с я (*появляясь в кухонном проеме*). Что ты орешь, как ненормальная? Как дела в школе? Я и так целый день слежу за животным, кормлю, пою, мою. На твою кошку у меня уже нет сил и времени. Кстати, кошка женского рода, а животное - среднего. Кто такой «он»?

К о к а. Не прикидывайся, мама, ты меня отлично понимаешь. Звонил мне кто-нибудь? Не ходи голая, это - противно. Ты же все-таки моя мать!

Л ю с я. Я не голая, а в рубашке. Противно - не смотри, и вообще, ты еще мала, чтобы делать мне замечания. Я же не комментирую твои наряды или твой жуткий язык!

К о к а. Еще бы! Только бы попробовала! А что мой язык?

Высовывает язык. На нем тоже болтается металлическое кольцо.

Л ю с я. Смесь французского с нижегородским.

К о к а. Ниже чего?

Л ю с я. Ниже всякой критики. Русский ты уже забыла, а английский толком так и не выучила. Совсем ты одичала, дочь моя. Что это за гадость у тебя на языке? Ты что, язык проколола, ненормальная?

К о к а. Да не кричи ты, оно снимается. (*Снимает кольцо с языка, с тяжелым вздохом. Сразу перестает шепелявить.*) Ты же знаешь, до восемнадцати я не могу ничего проколоть без разрешения родителей, а ты не хочешь подписать. Вот когда мне исполнится восемнадцать - проколю и нос, и язык по-настоящему.

Л ю с я. Не пугай, не страшно! Кончишь школу и катись на все четыре стороны, хоть голову себе прокалывай. Будешь как дуршлаг. А пока - я за тебя отвечаю. Мой руки, Кока. Обед уже готов. Как твои занятия?

К о к а. Совсем я не дурак! Нечего ругаться и обзываться. Летом только идиоты занимаются. Скука в школе, сдохнуть можно...

Сто раз просила на называть меня Кокой. Глупое имя. Я - Мишель. *(Сажает кошку на стол и вытирает руки о шорты.)*

Л ю с я *(ставит тарелки на стол)*. С чего ты вдруг стала Мишель, если тебя зовут Екатериной?

К о к а. А с чего я Кока? Мишель - мое среднее имя. Я могу называться как хочу. Опять картошка с курицей! Я же говорила тебе, что худею. У меня - диета, а ты курицу подсовываешь все время. Есть животных - не гуманно.

Л ю с я. Кока - сокращенное от Кати. У тебя нет среднего имени, не выдумывай.

К о к а *(упрямо)*. Есть! Катерина Мишель Нирод.

Л ю с я. Михайловна твое отчество, а не среднее имя, ты все перепутала. А курица - не животное, а птица. Хочешь, я тебе яйцо сварю?

К о к а. Раз она живая - значит животное. И яичко - тоже животное, потому что из него выведется цыпленок. Сделай мне капусты с сосисками. Нужно бороться против жестокости.

Л ю с я. Из диетического яйца ничего не выведется. Если хочешь бороться с жестокостью - начни с меня. Я тоже живая... пока еще, но не надолго. Почему я должна готовить тебе два обеда, а потом еще мыть посуду? Я что - ломовая лошадь на всех ишачить? Или ишак?

Голос из-за портьеры: «Люка, где же мой чай? И захвати мой белый свитер».

Вот видишь? Подай, принеси, убери... Вся моя жизнь. А ты беспокоишься о какой-то курице! Сосиски, между прочим, тоже мясные.

К о к а. Чего их кошка тогда не ест?

Л ю с я. Твоя кошка ненормальная, как ты сама, избалована до беспредела. Она у тебя ест ананасный кефир и красную икру. Какие уж тут сосиски?

Звонит телефон. Л ю с я и К о к а одновременно кидаются к трубке, но Л ю с я успевает первой.

К о к а *(шипит)*. Опять Алексей? Ненавижу его! Чего он вечно нам звонит? Пусть только еще раз сунется сюда, Мелани ему выцарапает глаза!

Л ю с я *(игнорируя ее реплику, нарочито равнодушно)*. Это - тебя.

К о к а. Хелло! Это Мишель. Вотс ап? О-кэй. Через пять минут. *(Бросает трубку. Обращается к Люсе.)* Я убегаю, приду не знаю когда, поздно. Дай мне пять долларов, я поем пиццу аут.

К о к а поворачивается перед зеркалом, втягивает живот, взлохмачивает волосы, подкрашивает черным губы и убегает, предварительно вытащив деньги из кармана висящего на вешалке плаща. **Л ю с я** тяжело вздыхает и принимается без энтузиазма ковырять картошку на тарелке. Голос из-за портьеры: «Я дождусь когда -нибудь чая в этом доме?»

Л ю с я. Иду, иду!

Наливает чай, набрасывает на плечи плащ и скрывается в другой комнате с подносом.

Сцена 2

Та же комната. В ней прибавились еще пару вентиляторов. На столе - букет увядающих роз. Длинный звонок. **Л ю с я** выходит из-за портьеры в плаще и шарфе, на ходу раздеваясь, идет к двери. Открывает. В квартиру вваливаются **И д е я**, **В а л ь к и р и я** и **Д а ш а** с кучей чемоданов, баулов, корзинок, пакетов. **Д а ш а** ведет на поводке собаку **Ж и ж у**. Все шатаются от усталости. **Л ю с я** ошеломленно отступает в глубь квартиры под их напором. **И д е я** обессиленно опускается в кресло и закрывает глаза, обмахиваясь платком. **Д а ш а** падает на диван и тут же засыпает. Рядом с ней укладывается **Ж и ж а**. **В а л я** смущенно протягивает **Л ю с е** руку, исподтишка рассматривая ее сползающую рубашку, которая почти ничего не прикрывает.

В а л я. Я - Валя, дочка Михаила Семеновича. Мы с вами никогда не встречались, но я много слышала о вас... от мамы.

Л ю с я (*в сторону*). Представляю себе что именно! (*Вале.*) Очень приятно. Я не знала, что вас зовут Валей. Мика говорил мне...

В а л я. Мое полное имя - Валькирия, но согласитесь, жить с таким именем... Извините за бурное вторжение. Мы очень устали за время перелета. Четырнадцать часов с остановкой в Брюсселе. Моя мама, Идея Лазаревна. Впрочем, вы знакомы.

И д е я (*отдуваясь, не открывая глаз*). Имела счастье. Незабываемая встреча.

В а л я (*смутившись*). Мама, перестань. Моя дочка - Дашенька.

Л ю с я. Взрослая девочка. Сколько ей?

В а л я. Почти двадцать. Ужасная поездка, мы совершенно обессилели. Совсем бы пропали, если бы не папин бывший студент, Алексей, кажется... Он встретил нас в аэропорту с машиной. Что папа? Совсем плох?

Л ю с я. Я бы не сказала, мне кажется, ему немного лучше. Он пьет китайские травы. Сейчас Михаил спит, но я его разбужу. А где Алексей, почему он не зашел?

202

В а л я. Он торопился куда-то. Такой милый человек, втащил наши чемоданы наверх. Помог Дашеньке с собачкой. Жижа упиралась, не хотела из машины вылазить. Папа очень ослаб? Почему он спит днем?

И д е я (*открывает глаза, оживляется*). Не будите его, не нужно! Пусть поспит. Послеобеденный сон - для него святыня. Узнаю Мишеля, он не меняется с годами. (*Оглядывает комнату, нюхает розы.*) Вы здесь давно живете? Жарко, под самой крышей. Неудачное расположение. Сколько комнат? Три. Тесновато. Где же мы все разместимся?

Л ю с я (*ошеломленно*). Вы собираетесь остановиться у нас?

И д е я. Конечно! Где же еще? Жилая площадь маловата, но мы реорганизуем спальные места. Мишель пригласил нас погостить, (*приглушив голос*) и попрощаться с ним, но мы решили, что не можем его оставить и будем вместе до последнего мгновения, одной семьей.

В а л я (*извиняющимся голосом*). В Ленинграде стало совершенно невозможно жить. Работы никакой. Мы подумали, что здесь, с папой можно будет устроиться. Продали мою квартиру и...

И д е я обрывает ее нетерпеливым жестом и В а л я испуганно умолкает. У Л ю с и вырывается приглушенный стон. В комнату вбегает К о к а. Она привычным жестом бросает сумку на диван, попадает в Ж и ж у и замирает, удивленно оглядывая собравшихся. Собака начинает тявкать со сна, просыпается Д а ш а и протирает глаза.

Л ю с я. Познакомься, Кокочка, это Валькирия Михайловна, мама Валькирии... (*запинается*).

И д е я (*с недоумением рассматривает многоцветную Коку. Улыбается снисходительно и протягивает ей руку, унизанную кольцами.*) Идея Лазаревна Нирод, профессор.

К о к а (*с интересом рассматривает кольца и крупные серьги, оттягивающие уши Идеи*). Вы наша родственница? Почему у вас такая же фамилия? Мой папа тоже профессор по истории литературы. А вы настоящий профессор, который лечит, или тоже по какой-нибудь истории? Мама говорит, что в Америке есть только одно звание - «профессор кислых щей». (*Получает шлепок от Люси.*) Чего я сказала? Вы из России приехали? Правда, что там сейчас крыс едят и все женщины стали проститутками, мне одна девочка говорила? А не больно, что уши растянуты?

И д е я язвительно улыбается и бормочет сквозь зубы: «Прекрасное воспитание, вся в маму». В а л я от смущения, не зная куда себя девать, начинает ощипывать розы. Л ю с я пунцово краснеет, замечает, что она не одета, и набрасывает на себя цветную длинную шаль. Д а ш а с удивлением осматривается, не соображая, где находится. Собака продолжает тявкать. Голос из-за портьеры: «Что за лай в квартире? Почему мне не дают спокойно вздремнуть?» Появляется всклокоченный М и х а и л С е м е н о в и ч в пледе, валенках, перчатках и вязаной лыжной шапочке. Некоторое время он остолбенело смотрит на присутствующих, а потом бросается к И д е е, целует и обнимает ее.

М и х а и л С е м е н о в и ч. Идочка, как я рад, что вы приехали!. Ты ничуть не изменилась. Валькирия, дочка!. Дашенька, деточка! Как выросла... (*Обнимает всех по очереди. Идея снимает с него шапку и ласково треплет по волосам. Валя утирает слезы.*)

К о к а (*кричит, пробиваясь к Михаилу Семеновичу*). Это я, я - твоя дочка. Вы что, с ума посходили? Мама, скажи им, чего они лезут к папке! (*Виснет на нем, оттирая всех остальных. Он опускается в кресло под ее тяжестью*).

М и х а и л С е м е н о в и ч. Кокочка, не шуми. У меня болит голова. Ида - моя первая жена.

К о к а. Ты что - многоженец?

М и х а и л С е м е н о в и ч (*наставительно*). Идея Лазаревна - моя бывшая жена, а Валькирия - моя дочка от первого брака. Дашенька - моя внучка. Она почти твоего возраста, вы подружитесь. Неужели мама тебе не рассказывала?

Л ю с я. Почему я должна распространяться о твоей личной жизни? У меня и так с ребенком проблем хватает. Сам бы ей и рассказывал. Но тебе всегда некогда поговорить с дочкой. Ты же всегда сидишь в своем кабинете, как енот.

М и х а и л С е м е н о в и ч (*примирительно*). Люка, где ты видела енота, сидящего в кабинете? Давай лучше подумаем, как разместить гостей. И сделай нам чайку. Всегда приятно выпить чего-нибудь теплого с дороги. Правда, Идочка?

И д е я. Опомнись, Мишель. На улице сорокоградусная жара. Какой может быть чай? (*Обращаясь к Люсе.*) Если у вас найдется минеральная вода и лед...

Л ю с я. Только кока-кола. Пойдет? (*уходит на кухню*).

М и х а и л С е м е н о в и ч (*целует Идее руку*). Как вы долетели? Какая погода в Петербурге?

И д е я. Погода нормальная. Не заговаривай мне зубы. Как твое здоровье? И где мы тут все поместимся? Я не думала, что у вас такая теснота.

М и х а и л С е м е н о в и ч (*со слабой улыбкой*). Как видишь, все еще жив, не знаю, надолго ли. В тесноте, да не в обиде. Дашенька может спать на раскладушке в Катенькиной спальне, вместе с собачкой. Если ты не возражаешь, Люка постелит тебе на диване в моем кабинете. Единственная комната, где можно дышать в этом жутком климате. Там стоит мощный кондиционер. Нам нужно о многом переговорить. Как ты переносишь жару, мой друг? У тебя всегда было слабое сердце.

К о к а слезает с его колен и ворчит: «Ну, затянул!» Пересаживается на диван и гладит собаку, рассматривая Д а ш у. Та смущенно поправляет волосы.

И д е я. С каких пор ты стал беспокоиться о моем сердце? Я - в полном порядке, твоими молитвами. Где будет спать Валькирия?

Л ю с я *(возвращаясь с кока-колой и льдом)*. По всей видимости, мне придется уступить ей диван, а самой спать в коридоре на коврике, вместе с кошкой.

В а л я *(смущенно)*. Ну, зачем вы так? Я могу поспать на полу, а потом купим раскладушку. *(Замечает ощипанные розы.)* Извините, я насорила, приберу...

Л ю с я *(пьет холодную воду со льдом, машет рукой)*. Мне все равно. Лишь бы закончилась эта жара. Можем лечь на диване вдвоем, он широкий, раздвигается. На троих. Модель «Ленин всегда с нами».

И д е я *(выпивает воду, утирает губы платочком. Чувствует себя бодрее и начинает привычно повелевать.)* Мишель, ты плохо выглядишь, тебе нужно прилечь. Люсенька, распорядитесь насчет обеда. Дарья, выведи собаку, ей пора. Валькирия - разбирай чемоданы. Мы привезли вам сувениры из России. Это тебе, Катенька. *(Протягивает ей большую пеструю матрешку.)* И еще - электрический самовар с чашками. Настоящая гжель. Мишель всегда любил чай из самовара..

К о к а. Я что, маленькая играть с куклами? Лучше бы икры привезли. Моя кошка ее любит.

Л ю с я *(втираясь между ними)*. Ну зачем было беспокоиться! Какая милая матрешка! Мы ее поставим на камин. Поблагодари Идею Лазаревну, Кока. И самовар... Жаль, что сейчас жарко, а то бы мы приготовили чаю.

И д е я *(наставительно и раздельно, с профессорскими интонациями)*. В Средней Азии всегда в жару пьют зеленый чай, горячий. Помнишь, Мишель, когда мы ездили в Самарканд в шестьдесят восьмом? Всюду чайные, и местное население в тюбетейках и ватных халатах пьет чай целый день с изюмом и

205

урюком. (*Кока фыркает. Идея поворачивается к ней и поясняет.*) Урюк - это сушеные абрикосы, которыми славятся южные республики.

Д а ш а с Ж и ж е й уходят. Звонит телефон. Л ю с я берет трубку. Все смотрят на нее, она слегка краснеет.

Л ю с я (*мужу*). Алексей звонит! (*В трубку.*) Спасибо, Алексей, они чувствуют себя нормально, уже отдохнули немного. Мы все сидим за столом и разбираем подарки. Идея Лазаревна привезла нам прелестный самовар. Михаил Семенович лучше. (*Мужу.*) Тебе привет от Алексея. (*В трубку.*) Дашенька? Она вывела собачку погулять. Да, милый песик... Извини, мне нужно готовить обед. Хорошо, позвони позже. (*Кладет трубку. Обращается ко всем.*) Вы будете холодный борщ?

Сцена 3

Та же комната. Ночь, жара. Л ю с я и В а л ь к и р и я лежат на диване. Обеим не спится.

Л ю с я (*рассматривая подушку*). Опять Кока валялась в постели и все перемазала своей жуткой помадой (*пытается оттереть пятно*).

В а л я. Ваша девочка, Катенька, - очень славный ребенок. Такая непосредственная. Знаете, помада, разноцветные волосы - это возрастное, скоро уйдет. Моя Дашенька тоже прошла через тяжелый подростковый период. Нынешняя молодежь в России - ужас что такое! Не то, что в наше время...

Л ю с я. Думаете, в Штатах молодежь лучше? Слушай, давай на «ты». Неловко как-то, я уже отвыкла от «выканья». Мы же почти ровесницы.

В а л я. Я старше, наверное. Вам... тебе сколько?

Л ю с я (*пропуская мимо ушей вопрос о возрасте*). Нет, так дело не пойдет. Нужно выпить на «брудершафт».

Вскакивает с постели, роется в буфете. Возвращается с бутылкой коньяка и двумя высокими бокалами. Наполняет их до половины, а бутылку ставит на столик возле дивана.

Л ю с я. У меня нет коньячных рюмок, но, я думаю, и бокалы сойдут. Выпьем «на ты»! (*Залпом выпивает и чмокает Валю.*) Дело сделано.

В а л я (*смакуя коньяк*). Твоя Катенька - просто прелесть. Изящная, современная, живая. Надеюсь, наши девочки подружатся. Дашенька меня волнует, последнее время она какая-то задумчивая. Начала полнеть, не хочет учиться... Тяжело растить девочку без отца. Необходимо мужское влияние, внимание...

Л ю с я. Смотря какой отец. Мой на Коку вообще перестал внимание обращать с тех пор, как мы переехали в Штаты. Давай выпьем за наших девок, чтоб они были счастливее нас! (*Наливает бокалы. Выпивают.*)

В а л я (*постепенно раскисая от коньяка*). Ты знаешь, Люсенька, мы так надеемся здесь устроиться. С тех пор, как мама потеряла работу в университете, все идет вкривь и вкось. Я безработная уже полтора года. Дашенька поступила в университет, но теперь за нее нужно платить, а денег нет. Что ее ждет в будущем? Россия превратилась в дикий запад. Нет, в дикий восток. Это еще хуже. Живем, как в джунглях, не зная, что принесет грядущий день. Мой муж... (*Всхлипывает.*) мой бывший муж знать нас не желает. На какие средства девочка закончит образование? Все дорожает не по дням, а по часам. За квартиру нечем платить уже шесть месяцев, пришлось продать мой кооператив, чтобы приехать в Штаты. Теперь осталась только мамина двухкомнатная, но и за нее уже не плачено пару месяцев. Что будет с мамой, со мной, наконец? Без мужа, одинокая женщина...(*Утирает слезы.*)

Л ю с я (*гладит Валю по спине, пытаясь утешить*). Думаешь, мне легче? Приехали в Чикаго шесть лет назад, и по сей день нет своего угла. Снимаем этот курятник. Мика не работает. Думал, что на Западе его встретят с лавровыми венками и оркестрами. Никого его былые заслуги здесь не волнуют, а история литературы - тем более. Языка не знает. Пытался продавцом устроиться в книжный магазин, распугал всех покупателей научными разговорами. Через неделю поругался с хозяином и обиделся на весь свет. Я перебиваюсь грошовыми заработками - то заметку напишу в русскую газету, то дом кому-нибудь уберу, то за ребенком присмотрю. Хорошо еще, что Мика начал пенсию получать, а то бы совсем загнулись. Кока все время клянчит новые тряпки. Знаешь, какие потребности у американских подростков, взросших под сенью телевизора? Да и я еще не старуха. Денег нет... Да что говорить! (*Наливает в бокалы.*)

В а л я (*раскачиваясь от горя*). Что же делать?! Как снискать хлеб насущный?

Л ю с я. Не вой! Разбудишь Мику, потом крику не оберешься. Что-нибудь придумаем. Может теперь он на твою мамочку переключится, будет ее обнывать и тиранить, так я смогу хотя бы из дома выйти. Найдем работу. Две молодые бабы! Что мы, не сможем себя прокормить и своих девок? Ты английский-то знаешь хоть немного?

В а л я. Я же факультет западной литературы заканчивала. У нас в университете отличная преподавательница была, Ирен. Я у нее еще дополнительные уроки брала. Читаю свободно, перевожу. Грамматика приличная. Говорю немного хуже. Перед отъездом я сама уроки давала новым русским. Все рвутся на Запад.

Л ю с я. И у меня Ирен преподавала. Седая такая, подкрашенная фиолетовым с химической завивкой. Она в Англии жила лет десять. У нее муж был дипломат. Ты в каком году университет заканчивала?

В а л я. В семьдесят шестом. Кандидатскую сделала через четыре года. А ты?

Л ю с я. А я - в семьдесят восьмом защитила диплом. Ты Женю Тартаковского помнишь? Он, наверное, с тобой учился. Такой высокий блондин. Играл в студенческом театре. Мы тогда пьесу ставили «Онитаруб» - Буратино наоборот. Все вместе сочиняли. Про студента, который перезанимался и превратился в полено. Я играла Мальвину, то есть Анивлам. Меня заставили длинные панталоны надеть с кружевами под минииобку. Ну и вид был!

В а л я (возбуждаясь). Я тебя вспомнила - ты безумно хорошенькая была, все наши мальчишки слюни пускали. Просто сразу не узнаешь. Что это я говорю такое? Ты и сейчас интересная тоже... Женька был на курс меня младше. Ребята из нашей группы для спектакля тогда декорации делали. Я стихи писала к спектаклю вместе с Колей. Там еще смешная такая была песня про собаку. (Напевает тихонько.)

Собака сторожила гладиолусы,
Маячило ей счастье впереди,
А ветер на собаке гладил волосы
И ей шептал: «С надеждой вдаль гляди!»

Л ю с я (подхватывает).

Собака очень любит гладиолусы,
И слезы умиления текут,
От них на морде остаются полосы
И птички в небе радостно поют.
Но грянул град - помялись гладиолусы...

Не помню, что дальше.

В а л я (допевает).

...Их качественность снижена была,
Собака взвыла ненормальным голосом,
И ах, и ох, и умерла.

Колька тогда собаку играл, он сидел на авансцене и чесался ногой.

Покатывается со смеху. Голос И д е и из кабинета «Потише вы, спать не даете!»

В а л я (*шепотом*). Помнишь Колю, Колю?.. Забыла его фамилию. С маленькими усиками, на Дон Жуана похож. Они всегда вдвоем с Женей ходили.

Л ю с я. Коля Жуковский. Его еще Жуком прозвали. Моя подруга с ним на втором курсе встречалась. Он, правда, за всеми девчонками ухлестывал, и за мной тоже.

В а л я. И за мной! Только я его фамилию забыла. Точно - Жук. Он меня с бывшим мужем познакомил, на новогодней вечеринке в общежитии... (*Опять начинает всхлипывать.*)

Л ю с я. Черт с ним, с Жуком, он не стоит твоих слез. Давай выпьем.

В а л я. Я не из-за Жука... Я - так. Из-за жизни вообще.

Сцена 4

Спальня К о к и. Она сидит, поджав ноги по-турецки на кровати, рядом умостилась кошка. На полу, на спальном мешке лежит Д а ш а в обнимку с собакой.

К о к а. Как ты переносишь такое тиранство этой Идеи? Я бы ни за что не вытерпела.

Д а ш а. Думаешь, мне приятно? Ты бабушку не знаешь. Она вообще-то добрая, но всеми командует: студентами, преподавателями, мамой. Ее, наверное, за это из университета попросили.

К о к а. Попросили чего? А у тебя есть бойфренд?

Д а ш а. Попросили - выгнали, значит. Нет у меня бойфренда. Мне об учебе сейчас нужно думать, а не о мальчиках.

К о к а. Глупости какие! Учеба никуда не денется. Нужно наслаждаться жизнью, пока мы молодые. Ты - симпатичная, только одета, как старушка из бабушкиного дома. У меня есть бойфренд, Стюарт. Мы уже «дейтаем» два месяца. Только маме не говори.

Д а ш а. Твоей или моей?

К о к а. Никакой не говори! И бабушке тоже. А ты уже имела секс с мальчиком?

Д а ш а. Нет еще, а ты?

К о к а. Почти. Тебе сколько, двадцать? Ну, ты совсем старая дева! Вы что там в России вообще дикие?

Д а ш а (вздохнув). Нет, это только я такая... дикая. Бабушкино воспитание. Этот Алексей вам кем приходится? Он мне с Жижей помог, когда она из машины вылазить не хотела и когтями цеплялась. Внес ее на руках по лестнице, а, знаешь, какая она тяжелая? И все чемоданы потом. Он сильный... и привлекательный.

К о к а. Алексей? Противный, я его ненавижу! Он у папы в университете учился, в Рязани, а потом зачем-то в Америку притащился на нашу голову. Звонит, звонит... Он тебе что, понравился? Он же старый! А чего ты собаку Жижей назвала?

Д а ш а. Совсем он не старый, ему лет тридцать, не больше. Когда мне было шестнадцать, мне тоже все старыми казались. Знаешь, с мальчишками скучно, у них руки всегда потные, прыщи и на лице растет какой-то пух. Разговаривать с ними не о чем, только лезут с глупостями. Со взрослым мужчиной можно поговорить о литературе и о жизни. У Алексея глаза красивые, голубые... Жижа сокращенное имя от Кржижановского, революционер такой был в России. У всех собачки Жучки, а у меня - Жижа. За что ты его ненавидишь?

К о к а. Нет, ничего, мне твой собака нравится, только трепаный какой-то.

Д а ш а. Я не про собаку, а про Алексея спросила. Ты знаешь, сколько ему лет?

К о к а (задумывается). Так он тебе нравится? Двадцать пять, по-моему, или двадцать девять. Он высокий, и мускулы у него... Мне просто надоело, что он звонит все время и маме голову морочит. Ты ему тоже нравишься, если он твоего собаку по лестнице таскал, серьезно. Хочешь, мы к нему завтра пиццу есть пойдем? Он в пиццерии работает на доставке, нам бесплатно вынесет пару кусков.

Д а ш а. Неудобно как-то. Разве он пиццу развозит? Я думала, он историк.

К о к а. Очень даже удобно, на дурняк пиццу поесть. Я сто раз с ребятами бегала к нему. На дурняк и уксус сладкий. Он меня подкармливает, никогда не отказывается - подлизывается. Подумаешь - историк! Здесь все пиццу возят или на такси. Он умный, ты не думай! Папа говорит - Алексей талантливый. Если он с тобой закрутит, то от нас отвяжется и перестанет Люке звонить. Ты ноги часто бреешь?

Д а ш а. Что, нужно их брить?

К о к а. Ты действительно дикая. Правда, ты светленькая, на тебе волосы не так видны. У меня есть такие полоски - приклеишь на ногу, а потом оторвешь и брить не нужно. Хочешь попробуем? Таблетки принимаешь?

Д а ш а. Хочу. А какие таблетки?

К о к а (*приклеивает полоски себе и Даше на голени*). От беременности таблетки, я уже полгода принимаю на всякий случай, и тебе могу дать. Теперь мы эти полоски намочим, а когда высохнут, сдернем вместе с волосами. Так пойдем завтра к Алексею?

Д а ш а (*шевеля ногами*). Хорошо, пойдем. Только что мне одеть, чтоб я не выглядела как из бабушкиного дома?

К о к а. Я тебе куртку свою дам, кожаную, только не порви. У тебя джинсы есть? Можем волосы тебе покрасить. В какой цвет хочешь? У меня есть синий и зеленый. Нет, зеленый тебе не пойдет. Мы тебе еще язык проколоть можем или татуировку сделать. Тебе же целых двадцать, ты что угодно можешь.

Д а ш а. Зачем язык прокалывать? Нет, татуировку я не хочу, это больно. Сколько лет твоему мальчику? Чем он занимается?

К о к а. Ему двадцать один, он в магазине работает, где зверей продают, «пэт шоп». Там такие щенки хорошенькие! Я хочу спаниэльчика, но папка не позволяет. Говорит - дорого и шум от него. Жижу вот он терпит. Я хочу ветеринаром быть, когда вырасту.

Д а ш а. Жижа - молчаливая, дедушке ее и не слышно. Я думала, ты художником хочешь быть. По квартире везде твои картины развешаны. Мне нравятся, в них много экспрессии.

К о к а. Экспресии чего? Что это значит? Я их рисовала еще в младенчестве, когда говорить почти не умела. Меня посадят перед мольбертом, дадут краски и кисточки и я мажу, мажу. Сама перепачкаюсь, пол изгажу, а они - хвалят. Глупо! Так смешно, что ты папку называешь «дедушка». Кем ты мне приходишься, тетей?

Д а ш а (*размышляет вслух, задумчиво*). Ты - дедушкина дочка, вроде как сводная сестра моей мамы. Значит ты мне приходишься тетей, а я - твоя племянница.

К о к а (*хихикает*). Здорово, ну насмешила. Здравствуйте, я - ваша тетя! Смотри, уже высохли.

Срывает полоски резким движением. Д а ш а вскрикивает. Голос И д е и из кабинета: «Уйметесь ли вы наконец? Ночь на дворе!» Обе девочки затихают и прячутся под одеяла.

Действие второе
Сцена 1

Знаменитые Чикагские холода. В квартире окна покрыты толстой наледью. За окном бушует метель с молниями и раскатами грома. Все, кроме профессора, собрались в большой комнате. Л ю с я и В а л я пытаются читать, забравшись с ногами на диван. Между ними дремлет собака Жижа. И д е я раскладывает на столе карточный пасьянс. К о к а играет с кошкой. Д а ш а, как неприкаянная, бродит вокруг стола и мнет в руках меховую шапочку. Она только что пришла с улицы, в высоких сапогах. Ее пальто брошено на спинку стула.

И д е я. Бог знает что творится на дворе. Даша, в такую погоду тебе не следовало выходить. Ты немного простужена и ночью кашляла, я слышала. Сними сапоги, наследишь на полу. Валькирия, подвинься ближе к свету. Темно читать. Глаза испортишь.

В а л я (*отрываясь от книги*). Снег все валит. Нас скоро совсем засыпет. Даш, очень холодно на дворе? Повесь пальто, пусть высохнет. Ветер даже сквозь стены пробирает.

Л ю с я. Я включу газ на кухне, будет теплее.

Д а ш а. Мама, я хотела с тобой поговорить.

В а л я. Ты же знаешь, у меня нет пока денег. Когда нам переведут за квартиру, я тебе дам. Попроси пока у тети Люси.

Л ю с я. Пять долларов. Больше не могу. (*Кока пытается что-то вставить.*) И тебе - пять. До следующего месяца, пока мне заплатят за перевод. Девочки, вам нужно искать временную работу. Алексей обещал в пиццерии спросить. Им нужны официантки. Все уходит на продукты.

И д е я. Нужно покупать на сэйлах в магазинах подешевле, «Алди», «Динос». Как все делают. Конечно, если ничего не варить и все покупать готовое - никаких денег не хватит.

Л ю с я (*полностью игнорируя высказывание Идеи, обращается к Вале.*) Представляешь, у нас на третьем этаже завелась мышь. Откуда она взялась? Может, от соседей прибежала по вертикальной стене, как мотогонщик? (*Валя хихикает*). Проклятая мышь опять обгрызла печенье. Я уже в кухне поставила две мышеловки.

К о к а. В такую погоду я ни на какую работу не пойду. Хватит того, что в школу по снегу приходится таскаться. Ненавижу зиму. Мышь - живое существо. Ее негуманно убивать мышеловкой.

И д е я (*не отрываясь от карт*). Не удивительно, когда в доме такой беспорядок и грязь, что появляются мыши. Как здесь еще крокодилы не завелись!

Л ю с я. А когда твоя кошка носится за ней по всей квартире и бьет посуду, и никак не может поймать - это гуманно? Мелани - тунеядка и не выполняет своих прямых кошачьих обязанностей. Что ты скажешь, если она сожрет мышь? Терпеть не могу мышей. Я их до смерти боюсь.

В а л я. Я тоже.

И д е я. Бояться мышей - это малодушие.

К о к а. Мелани не тунеядка, она «туну» не ест, только звериные консервы. А за мышью она гоняется для тренировки, а не для сожрания. Кошка - сила природы, ей положено убивать мышей. Это их личное дело. Даш, ну что ты мямлишь? Скажи им!

Д а ш а. Бабушка, мама! Я вам должна что-то сообщить. Так не может вечно продолжаться. Сколько можно жить у дедушки и тети Люси? Я ухожу. Мы с Алексеем решили поселиться вместе. Он ждет меня внизу в машине. Я уже собрала свои вещи.

И д е я (*продолжая раскладывать карты*). Дашенька, не говори глупости. Если у Алексея серьезные намерения, пусть поговорит со мной, с мамой... Тебе только исполнилось двадцать, куда спешить?

Л ю с я. С каким Алексеем?

В а л я (*опасливо оглядываясь на Люсю, подходит к Даше*). Что такое происходит между тобой и Алешей? Он же старше тебя намного.

Д а ш а. Мы давно любим друг друга, уже три с половиной месяца, и решили жить вместе, чтобы проверить свои чувства. В Америке все так поступают. Спросите у Кати.

К о к а. Они «мув тугезер». Очень даже нормально. И комната будет опять вся моя. Алексей теперь Дашин бойфренд и, наконец, перестанет нам звонить каждый день по десять раз. Даже кольцо ей подарил, «промисс ринг». Даш, покажи кольцо!

Л ю с я. Он - твой что? Бойфренд?

Д а ш а смущенно выставляет руку с колечком. Все молча рассматривают его, не находя слов. В этот момент из-под буфета выскальзывает мышь. Л ю с я визжит и залазит на стол. Кошка бросается на нее, как тигр, и некоторое время они мечутся вокруг стола. Валькирия слабо всхлипывает и забирается с ногами на диван, мелко дрожит. Просыпается от шума и толчков Ж и ж а. Она бросается за кошкой. Кто-то задел за ручку, открылась наружная дверь. Мышь выбегает из квартиры. За ней выскакивает кошка. К о к а кидается за кошкой с криком: «Мелани! Мелани! Кам бэк!» Ж и ж а вылетает за ними с пронзительным тявканьем. Д а ш а, не одеваясь, бежит за собакой, крича: «Она - без ошейника, потеряется!» В а л ь к и р и я хватает со стула пальто и устремляется за Д а ш е й, крича: «Ты простудишься! Надень пальто!» Л ю с я вопит: «Это она нарочно. Она - к Алексею побежала. Девчонка, соплячка! Он - мой! Не отдам!» И д е я выбегает за Л ю с е й и шипит в пролет: «Что ты с мужем делаешь, мерзавка! Вернись, он без тебя погибнет! Он - беспомощный!» Набрасывает пуховую шаль и шубку. С криками: «Вернись! Одумайся!» спускается по лестнице.

М и х а и л С е м е н о в и ч (*в неизменном пледе и валенках выходит из кабинета, выглядывает в пролет*). Куда вы все? Идочка! Люка! Валькирия! Девочки! Куда вы? С кем же я останусь? Не уходите... не оставляйте меня одного...

Напяливает Кокину разноцветную куртку с надписью «Роллинг Стоун», натягивает лыжную шапочку и робкими шагами спускается по лестнице. Отсутствует долго.

Возвращается дрожащий, весь в снегу. И д е я бережно ведет его под руку и усаживает в кресло.

И д е я. Дверь за собой не закрыл. Квартира стояла нараспашку. Совсем у тебя памяти нет. Разве можно тебе выскакивать неодетым в такой холод? Ты же восемь месяцев не выходил. Ты мог заблудиться, замёрзнуть. Зачем ты уселся на ступеньки прямо в снег? Ты такой неприспособленный, Мишель! Как твое сердце? Не волнуйся, она вернется.

М и х а и л С е м е н о в и ч (*совсем потерянный, целует Идее руки*). Идочка, ты моя спасительница! Такая вьюга, такой кошмар. Куда я попал? Я шел, шел, а потом все как-то затянулось туманом и стало совсем холодно. Ни людей, ни машин. Как ты нашла меня? Дай мне нитроглицерин, на нижней полочке. Уже легче. Я так замерз, чего-нибудь горяченького... Поставь самовар. Кто вернется? Мне никто кроме тебя не нужен. Помнишь, как я называл тебя когда-то моей Светлой Идеей? Моя первая любовь. (*Гладит ее волосы.*) Совсем светлые стали... белые.

И д е я (*стараясь не поддаваться сентиментам*). Тебе нужно отдохнуть. Ты перенервничал и заговариваешься. Люся сейчас вернется. Мы разошлись тысячу лет назад, и не нужно ворошить старое. У тебя провалы в памяти. (*Вытирает глаза, отвернувшись.*)

М и х а и л С е м е н о в и ч. У меня действительно провалы в памяти. Все, что было без тебя, за все эти годы куда-то провалилось. Как я мог жить без тебя так долго? Ты - мой светлый ангел! (*Опять целует ей руку.*) Люка не обращает на меня никакого внимания, как на старый башмак. Если можно было бы все вернуть! Начать с начала...

И д е я (*ядовито*). Вспомни, когда мы разводились, как ты валялся у меня в ногах тогда, плакал, говорил, что любишь ее без памяти. Дня не проживешь. Умолял тебя отпустить. Что я только ни делала...

М и х а и л С е м е н о в и ч. Не надо, Идочка. Зачем ворошить старое? Ты бы знала, как быстро проходит страсть и остается пустота, отчаяние. Люка - славная девочка, но она меня совершенно не понимает. Как часто я думал о тебе за эти годы! Ты должна была меня связать, старого дурака, а не отпускать.

И д е я. Опять я виновата? Как ты умеешь все повернуть! Я тогда сделала все, что в человеческих силах, чтобы удержать тебя от пагубного шага. Унижалась!

М и х а и л С е м е н о в и ч (*прерывает ее*). Нет, я один виноват, ты права. Чем я могу искупить свою вину перед тобой? Нечем... Я старый, немощный. До конца жизни я буду расплачиваться за свою ошибку. И я рад, что жизни этой осталось совсем немного, на донышке...

И д е я (*смягчаясь*). Я тебе подогрею чаю, ты совсем замерз. Ты еще совсем не стар. Я тебя старше на два года, но старухой себя не считаю. Мужайся!

К о к а (*входит с кошкой*). Насилу ее нашла. Под мусорный бак забилась, испугалась гадкой собаки. (*Выпятив губы, сюсюкает*). Ах ты, моя мерзавка! Ах ты, моя балда! Ах ты, моя мокрятина! Я тебя сейчас феном высушу. (*Замечает отца.*) Чего ты, папка, мою куртку напялил? Ты что, из дому вышел? Ты же год не выходил. Вот так номер!

И д е я. Где Даша? Где все остальные?

К о к а. Даша уехала с Алексеем. Он ей помог Жижу поймать, и они сели в его машину. Она ему сиденье перепачкала, собака. И уехали. А мама с тетей Валей говорили-говорили на углу, потом сели в мамину машину и тоже уехали куда-то. Не знаю, о чем говорили. Я кошку ловила. О, горячий чай! Так жрать хочу, ужас.

М и х а и л С е м е н о в и ч. Кошмарное воспитание. Жуткий лексикон.

И д е я. Не волнуйся Мишель, я сама ею займусь. Ей нужны ежовые руковицы. Ты же знаешь, все мои девочки прекрасно воспитаны, Валя, Даша... (*осеклась*).

Сцена 2

Л ю с я и В а л я сидят в полутемном баре где-то на окраине города. Обе расстроены. Пьют и курят.

Л ю с я. Ты не думай, что я на твою Дашу злюсь. У нас уже все давно кончено с Алексеем. Не знаю, что на меня нашло. Наверное, от неожиданности.

В а л я. Гадкая, испорченная девчонка! Некому ее приструнить, выросла без отца. Что с ней дальше будет, если она в двадцать сбежала с каким-то проходимцем.

Л ю с я (*обиженно*). Ну, зачем ты так о нем? Он совсем не проходимец. Очень талантливый историк. Алексей был лучшим студентом у Мики на кафедре. Защитил диссертацию в двадцать пять. Конечно, здесь ему трудно, но он нашел работу, переквалифицировался, все равно продолжает писать. По-английски он говорит свободно. Его даже в универсистет приглашали преподавать. В штате Висконсин.

В а л я. Почему же он пищу развозит, историк? Я видела - у него на машине реклама пиццы.

Л ю с я. Он не хотел уезжать из Чикаго... Из-за меня, наверное. Знаешь, он меня так любил, так любил! Или мне только казалось? Я когда влюбляюсь, становлюсь просто невменяемая. Ничего не соображаю. Как с Микой когда-то... (*Закрывает глаза.*) Разница в двадцать шесть лет - это существенно. Особенно теперь, когда он так постарел, болеет. Ты меня осуждаешь?

В а л я. За что? За то, что ты влюбилась? Ты же была такая, как моя Даша сейчас. Ну что она понимает? Я отца своего осуждаю куда строже. Как он мог жениться на зеленой девочке, своей студентке? Бросил мать... Это нормально, это я понимаю, что ты полюбила молодого человека. Но Дашка... Кому нужен такой старый пень?

Л ю с я (*недоуменно*). Ты - о Мике?

В а л я. Нет, я об Алексее. На сколько он ее старше? На двадцать, двадцать пять? Ты же сама видишь, что выходит из таких неравных союзов.

Л ю с я (*смущенно*). На девять... Алексею двадцать девять.

В а л я. А я думала... Вы с ним разве не в университете познакомились? Я почему-то решила, что вы со студенческих времен... Извини, что я лезу в твою личную жизнь.

Л ю с я (*невесело усмехаясь*). Нет, ничего, лезь пожалуйста. Похоже, что наши личные жизни тесно и надолго переплелись. Алексей учился у твоего отца в Рязани, когда Мику выгнали из Ленинградского университета. После скандала, когда оказалось, что я беременна и Нирод подал на развод. Твоя мама, Идея Лазаревна, натравила на него партийную организацию, и его вышибли за «аморалку». Меня тоже выгнали, даже из комсомола исключили. Мика преподавал в Рязани до самого отъезда. «У нас в Рязани едят грибы с глазами. Их едят, а они глядят». Жуткий образ, прямо Сальвадор Дали. Бр-р! Нас тоже чуть не съели, мы вовремя убрались в Штаты.

В а л я (*тихо*). Я не знала, что мама... Я думала, он сам уехал и все бросил.

Л ю с я. Ты, наверное, не знаешь и того, что Идея предлагала мне аборт сделать и деньги совала, пыталась меня купить, чтобы я оставила Нирода в покое и уехала из Ленинграда. Дело прошлое.

Закуривает новую сигарету. Ищет спички. Один из завсегдатаев бара предлагает ей зажигалку и пытается подсесть. Л ю с я с досадой отворачивается.

Л ю с я. Лезут, как пьяные мухи. Ты знаешь, в Штатах почему-то гораздо больше одиноких мужчин, чем женщин. Если бы я хотела, я бы сто раз могла к американцу уйти. Но вот душа не лежит, не поговоришь с ними по душам. Какие-то они все слишком любезные, неживые и в тоже время ограниченные. Ничего кроме футбола и бейсбола их не интересует. И Мику жалко, он пропадет без меня.

В а л я. Что удивляться? Ты - интересная женщина, вот они и липнут. Войны давно не было в Америки, а мужчин по статистике рождается на восемь процентов больше, чем женщин. У нас же в России полстраны в армии. Свободного мужика днем с огнем не найдешь. Алкоголики или преступники. С тех пор как мой муж ушел, ты не поверишь, у меня ничего серьезного не было. Опустилась, постарела. Дашка, гляда на меня, тоже испугалась, что одна останется. Рано начинает.

Л ю с я. Ты шутишь? Ты, Валька, очень симпатичная и хорошо выглядишь на свои годы. Тебя одеть и причесать - будешь красотка. Не обижаешься, что я так? Мы же с тобой как сестры теперь... *(Смеется, она уже изрядно набралась. Целует Валю в щеку.)* Сестры по несчастью. Не беспокойся за Дашу. Двадцать лет - солидный возраст для барышни, себя помню в ее годы. Алексей - серьезный парень. Он женится на ней. Он бы и на мне женился, если бы я в свое время не сглупила. И в постели он - лев... Ну, не буду. Мы теперь разговариваем как две тещи, или как теща и свекровь. *(Опять заливается пьяным смехом.)* Я что-то перебрала. Разбитое сердце требует много влаги. Запрягай. Поехали домой.

В а л я. Как же ты сядешь за руль в таком виде? Тебе нельзя. Может такси вызовем?

Л ю с я. Ты права, моя пьяная сестричка. Разбиться на машине - последнее дело. Я уже побывала в двух авариях, знаю, о чем говорю. Но и домой в таком виде являться не хочется. Слушай, тут мотель через дорогу, я знаю, дешевый. У меня есть полтинник. Переночуем и завтра вернемся в лучшем виде. Ты меня не бросишь?

В а л я. Я останусь с тобой, только маме позвоню, чтоб не волновалась. Думаешь, там есть свободные номера?

Л ю с я. Чудачка, это же Америка! Там всегда есть номера, на три часа, на ночь. Когда мы с Алешкой... Впрочем, это уже не имеет значения. Чего мамаше звонить? Ты что, малолетняя? Они решат в мотеле, что мы - две лесбиянки, решили поразвлечься! Ну и черт с ними. Попроси официанта, что бы он перегнал машину на их стоянку. Дай ему что-нибудь на чай.

Бросает В а л е ключи от машины и несколько смятых долларов.

Сцена 3

Утро следующего дня. И д е я и М и х а и л С е м е н о в и ч чинно пьют чай за столом. Рядом, но чуть отодвинувшись в сторону, сидит К о к а, с вымытой головой. Краска исчезла с ее волос, так же как и ежиные колючки. Она прихлебывает чай, гладит кошку, которая сидит у нее на коленях и с ненавистью смотрит на И д е ю, иногда даже издавая короткое шипение от избытка чувств. Та делает вид, что ничего не замечает.

К о к а. Я не уйду в школу, пока не узнаю, где моя мама. Куда вы ее дели?

И д е я (*невозмутимо*). Твоя мама и тетя Валькирия задержались на работе. Их послали в командировку.

К о к а. Что вы мне уши морочите? Они же нигде не работают. Папка, где Люка? Почему она дома не ночевала? Она что, ушла от тебя?

М и х а и л С е м е н о в и ч (*неуверенно поглядывая на Идею*). Не говори глупости, Катенька. Куда она могла уйти от меня?

К о к а. Действительно, некуда... От Алексея мы уже избавились. Разве какого-то мужика в баре подцепила. Когда она наберется, совсем не соображает, что делает. Нет, она с американцами не очень... Может она стала лесбиянкой и сбежала с тетей Валей? Они и спали вместе.

И д е я (*теряет свое олимпийское спокойствие и густо краснеет*). Прекрати сию же минуту. Что за выражения, что за лексикон! Где ты набралась таких мыслей? Все это - развращающее влияние западного телевидения. Я говорила тебе, Мишель, нельзя девочке позволять смотреть все подряд. Она должна об уроках думать. Катерина, отправляйся немедленно в школу!

К о к а. Папка, чего она мною командует? Она мне кто, бабушка?

М и х а и л С е м е н о в и ч Катенька, не груби Идее Лазаревне, она тебе хочет добра.

К о к а. Она меня раздражает. Пап, скажи ей, чтоб не лезла в наши дела. Дашу и тетю Валю она уже замучила до полусмерти, теперь до меня добирается. Она маму хочет выжить из дома, я знаю, и опять пожениться на тебе.

Дверь отворяется, входят **Л ю с я** и **В а л я**, обе бледные, растрепанные, с головной болью.

К о к а (*бросаясь к Люсе*). Мама! Не отдавай меня Иде! Она из меня хочет сделать кретинку.

М и х а и л С е м е н о в и ч (*повышая голос*). Людмила, где ты провела ночь?

Л ю с я. Не кричи Мика, голова раскалывается. Я вчера перебрала немного в баре и не могла сесть за руль. Мы с Валей переночевали в мотеле. Вдвоем! Можешь сам у нее спросить...

К о к а (*в восторге*). Я же говорила, что они лесбиянки!

И д е я (*грозно поднимаясь во весь рост*). Валькирия - это правда?

В а л я (*смущенно*). Правда. (*Идея падает, как подкошенная, в кресло и начинает злобно рыдать в кружевной платок.*) Правда не то, что мы лесбиянки, а то что в мотеле ночевали, вдвоем. Люся плохо себя чувствовала и не смогла домой...

И д е я. Когда плохо чувствуют - вызывают «скорую помощь», а не напиваются и идут в мотель развратничать. (*Грозно сморкаясь и поворачиваясь к Люсе.*) Ты растлеваешь мою дочь! Негодница! И свою дочь тоже!

Л ю с я (*обращаясь к Михаилу Семеновичу*). Почему твоя бывшая орет на меня в моем собственном доме? Она что белены объелась? Мало мы от нее натерпелись?

И д е я (*обращаясь к Михаилу Семеновичу*). Почему ты позволяешь этой... этой соплячке меня оскорблять?

В а л я (*Михаилу Семеновичу*). Успокой маму, она доведет себя до сердечного приступа. Ей нельзя так волноваться!

К о к а. Папка, выгони их всех!

Кошка соскакивает с Кокиных колен и страшно шипит. Длинная пауза, все смотрят на М и х а и л а С е м е н о в и ч а. Он было приподнялся со стула, но потом беспомощно осел.

М и х а и л С е м е н о в и ч (*хватаясь за сердце, слабым голосом*). Кто-нибудь! Воды...

Сцена 4

Знаменитая короткая чикагская бурно цветущая весна. В открытую кухонную дверь врываются ветки вишни, обильно усыпанной розовыми, неправдоподобно яркими цветами. И д е я разливает чай, тихонько напевая: «Утро туманное, утро седое...» К о к а, не здороваясь, проходит через комнату к двери и подхватывет сумку с книгами. На ней форма католической школы - клетчатая короткая юбка, белая рубашка и синий пиджак. Волосы гладко причесаны.

И д е я (*кисло-сладко улыбаясь*). Катюша, не забудь завтрак. Переходи осторожно через дорогу. Не задерживайся после школы, обед ровно в три.

К о к а бурчит что-то невнятное и хлопает дверью. На звук из-за портьер выползает М и х а и л С е м е н о в и ч. Он изрядно постарел, но выглядит солидно. На нем шелковый с бархатными отворотами чуть потертый халат, вышитые тапочки. Длинные седые живописные кудри аккуратно разложены по плечам.. Он с обожанием смотрит на И д е ю и перед тем, как принять чашку чая, целует ее руку.

М и х а и л С е м е н о в и ч. Катенька ушла на занятия? Кажется, ей не очень нравится в новой школе...

И д е я. Ничего, привыкнет. У католиков больше порядка, строже. В городских школах такая распущенность. И выглядит она в форме прилично. Не то что другие девочки ее возраста. Ты же знаешь, какого труда мне стоило ее туда устроить?

М и х а и л С е м е н о в и ч (*робко*). Я тебе очень благодарен, Идочка, что ты хлопочешь о Коке. Но зачем же так радикально? Мы могли бы отдать ее в еврейскую школу.

И д е я. Не все ли равно? Любая религия - опиум для народа. Католическая школа ближе к дому, и в ней строгие порядки. Строгость с девочками - это главное. Когда Валькирия была в ее возрасте... Кстати, она звонила вчера.

М и х а и л С е м е н о в и ч (*оживляясь*). Как она?

И д е я (*сдержанно*). Поступила на вечерние курсы компьютерного программирования. Днем работает секретарем в каком-то офисе. Получает, конечно, копейки. Передай мне варенье, Мишель. Как двигается твоя статья?

М и х а и л С е м е н о в и ч. Остались последние правки, и можно посылать в издательство. Они по-прежнему живут вместе с Люкой?

И д е я (*презрительно поджимает губы*). Я попросила бы тебя, Мишель, не упоминать ее имени в моем присутствии. То, что они сделали, - непростительно и противоестественно. Позор на весь город. Конечно, нас здесь никто не знает, но молва, грязная сплетня везде расползается, как нефтяное пятно по воде. Валькирия, как бы себя не вела, все же наша дочь, но эта...

М и х а и л С е м е н о в и ч. Люка все-таки Катенькина мама. И потом, может быть, все это и неправда. Они просто снимают вместе квариру, делят расходы. Ты же знаешь, какое дорогое жилье в Чикаго.

И д е я. Не говори об этой твари. Она сначала разлучила нас, а потом бросила тебя, сбила с толку Валю, настраивает против нас Катерину. Изменяла тебе. Пыталась обвинить Дашеньку в том, что она украла ее любов...

М и х а и л С е м е н о в и ч (*болезненно*). Не надо, Идочка! Люка не изменяла мне, она сгоряча на себя наговорила. Простим былые обиды. Мы опять вместе, и это главное*! (Встает и принимается нервно мерять комнату шагами.)* Зачем ты так? Уже все успокоилось, забылось, а ты бередишь мои раны. Мне больно! Давай поговорим о чем-нибудь другом. Что Дашенька?

И д е я. Даша звонила в субботу. Алексей получил место ассистента профессора в университете в Мэдисоне. Они переезжают летом. Дашенька решила продолжать учебу, там же. Собираются расписаться в июне.

М и х а и л С е м е н о в и ч. Я всегда говорил, что он выбьеться. Как далеко до Мэдисона? Они смогут нас навещать? Алексей еще в университете подавал большие надежды. Он был, пожалуй, самым талантливым из моих учеников. Прекрасно писал о римлянах!

И д е я. Два часа на машине. Это в штате Висконсин, на север от Чикаго. Не будь такой божьей коровой! Ты всех готов простить... Пей чай, пока не остыл.

М и х а и л С е м е н о в и ч (*останавливается у окна и в задумчивости отодвигает штору*). Взгляни, Ида! Из нашего окна видно озеро, Мичиган. Я и не знал, не замечал его раньше. Какое оно синее, как море! Какое дивное цветение, взгляни на эти пенные кроны! (*Идея подходит к нему, и он ее обнимает. Они вдвоем смотрят за окно.*) Помнишь, как мы в молодости мечтали поселиться на берегу моря? Наша мечта исполнилась. «Жил старик со своей старухой у самого синего моря. Тридцать лет и три года».

И д е я. Я совсем не чувствую себя старухой. И прожили мы вместе гораздо дольше, чем тридцать лет.

М и х а и л С е м е н о в и ч. У меня появилась идея, Идея! (*Смеется.*) Давай отпразднуем нашу золотую свадьбу через восемь лет. Будто и не было разлуки. Я получу развод с Люкой, и мы поженимся опять. Идея Лазаревна, я люблю Вас и прошу Вашей руки! Окажите мне честь быть Вашим мужем!

И д е я. Восемь лет - долгий срок. До золотой свадьбы сначала нужно дожить. Ты допил чай? Я убираю со стола.

М и х а и л С е м е н о в и ч. Для этого не нужно ждать восемь лет. Люка уже подала бумаги на развод. Мы можем расписаться в июне, вместе с Дашенькой и Алешкой. (*Хохочет, кружит Идею по комнате.*)

И д е я. Оставь, я разолью чайник.

М и х а и л С е м е н о в и ч. Скажи «да»! Признайся, ты любишь меня!

И д е я. Люблю, люблю... Как только мы распишемся, нужно будет подать документы на оформление грин-карты, а то мы с Валькирией живем в Штатах на птичьих правах. Дашенька получит гражданство от Алексея, а мы... Ты принимал свое лекарство?

М и х а и л С е м е н о в и ч (*озадаченно*). Принимал. Ты помнишь, как соловей нам пел в Курске, когда мы были студентами? Я так любил тебя тогда, что не мог спать по ночам, все ходил под твоими окнами. А какая была тогда на небе луна! Огромная, как желтая азиатская дыня... Ты помнишь, Ида?

И д е я (*убирая со стола*). Хватит разговаривать. Заканчивай правки. Я сегодня же отнесу на почту твою статью, когда пойду за продуктами. Тебе купить грейпфрутов, они на сэйле и очень полезны для сердца, или ты опять хочешь апельсины? Где твой рецепт на глазные капли? Закажу по дороге. (*Роется в сумочке.*) Кошелек - взяла, ключи - взяла, газ - потушила, очки на месте. (*Надевает очки. Смотрит в окно.*) Действительно, совсем как море. Взгляни, «белеет парус одинокий в тумане моря голубом. Что ищет он в краю далеком? Что кинул он в краю родном?» Совсем как мы...

М и х а и л С е м е н о в и ч (*утомленный своей вспышкой, тяжело опускается в кресло и откидывает голову*). Я уже не прошу бури, а только покоя. Хватит. Отвоевал.

Занавес

Чикаго 1998-1999

OKHO

OKHO Publishing Company, L.L.C.

848 Dodge Ave., PMB 229
Evanston, Illinois USA
60202
Tel.: (312) 303-8538
Email: OKHO@juno.com

ORDER FORM

Contact Name: Имя и фамилия	
Company Name: Название компании	
Address: Адрес	
Street:	
City:	
State or Province:	
Country:	Zip or Postal Code:

Number of Copies of (количество экземпляров): _____

Emigrant's Fairy Tales Vol. 2 (Эмигрантские сказки, 2). . . . . ___

By V. LeGeza ISBN: 0-9672614-0-4   LOC# 99-62684

Unit Price: Wholesale $5.00 (for stores and libraries, 3 copies and more)

Retail $10.00 (for individuals)

Стоимость экземпляра $5.00 оптовая, $10 розничная   _____

Total Price (Общая стоимость): . . . .   _____

Illinois orders must provide exemption certificate or add applicable

Sales tax (8.5%): . . . .   _____

К заказам внутри штата Иллинойс добавляется налог в размере 8.5%,
или номер сертификата

Shipping and handling: (see the table). . . . .   _____

Доставка (см. таблицу)

Order Total Общая стоимость заказа:. . . . .   _____

Все заказы должны сопровождаться чеком на имя "ОКНО" или денежным поручением.

Shipping & Handling	
Number of Books Ordered:	Shipping & Handling Charge in USA:
1-2 Books	$2.50
3-4 Books	$5.00
5-6 Books	$7.50
7-8 Books	$10.00
9-10 Books	$12.50
Above ten	Call for price

You can also order

Emigrant's Fairy Tales Vol. 1

«Эмигрантские сказки, 1»

By V. LeGeza

ISBN: 0-9672614-0-6   LOC# 99-62684

Unit Price: Wholesale $5.00 (for stores and libraries, 3 copies and more)

Retail $ 9.50 (for individuals)